一葉舟

岡潔

角川文庫
19680

目次

科学と仏教

私の生活に現われた宗教

人はたいてい自然以外に心というものがあると思っている。しかし、自然といえば人の肉体も含まれるから、心は自然の中にあると思っている。それもあちらこちらに閉じ込められて別々にあると思っている。ところが仏教では、心の中に自然があると教えているのである。しかも、こんなふうなぐあいにである。心の中に自然があること、なお大海に一《いち》漚《おう》の浮かべるがごとし。

自然の中に心があると思おうと、心の中に自然があると思おうと、どちらでもよい訳であろう。ところが、明治以後の日本人は大体西欧の習慣に従ってものを見ているから、前者を理性的と思い、後者を宗教的と思うのである。

私は十五年前までは、自然の中に心があると思ってきた。今は心の中に自然があると思っている。

前にどちらと思ってもよい訳であるといったが、この心は刹那《せつな》の現象として自然を現わしているのであって、これが自分の心だということになると、そのあとが実はたいへんなのである。どんなふうにたいへんか、まず、たとえでお話ししよう。

将棋の二上達也《ふたかみたつや》さんが先ごろこういう意味のことをいっていた。

——自分は棋譜を切り抜いて大きな箱に入れている。勝ったものはよいが、負けた棋譜は見るのもいやだから、とりあえずこうしてしまったのである。ときどきそれを整理しようとして、取り出して並べて見るのだが、そうすると茶の間は足の踏みどころもなくなるし、なかなか整理がつかなくて、そのまま幾日も捨てておくものだから、ついに家内が「頭のてっぺんから声を出してしまう。」自分は仕方がないから、がさっと、もとの箱に入れてしまう。結局はじめと同じことである——と。（朝日新聞、私の茶の間）

これと同じことであって、たいへんなのは、この心の整理がたいへんなのであって、それを自然に即して説明しようと思うのであるが、それには道元禅師《どうげんぜんじ》の「正法眼蔵《しょうぼうげんぞう》」（岩波文庫、角川文庫）から言葉を借りるのが一番よいと思う（かぎかっこをつけてあるのが、そのまま借りた言葉である）。

「直趣無上菩提《ぼだい》、しばらくこれを恁麼《いんも》といふ。この無上菩提の体たらくは、すなはち尽十方界も無上菩提の少許なり。さらに菩提の尽界よりもあまるべし」

　恁麼とは未知数xというような意味である。これでこの心には一大中心があることがわかる。そのつもりでこの心を整理しなければならない。

「われらもかの尽十方界のなかにあらゆる調度なり。なにによりてか恁麼あるとしる。いはゆる身心ともに尽界にあらはれて、われにあらざるゆゑにしかありとしるなり。身すでにわたくしにあらず。いのちは光陰にうつされて、しばらくもとどめがたし。紅顔いづくへかさりにし、たづねんとするに蹤跡《しょうせき》なし。つらつら観ずるところに、往事のふたたびあふべからざるおほし。赤心もとどまらず、片々として往来す。たとひまことありといふとも、吾我のほとりにとどこほるものにはあらず。恁麼なるに無端に発心するものあり。この心おこるより、向来《きょうらい》もてあそぶところをなげすてて、所レ未レ聞をきかんとねがひ、所レ未レ証を証せんともとむる、ひとへにわたくしの所為にあらず、しかるべし、恁麼人なるゆゑにしかあるなり……既に恁麼人なり。何ぞ恁麼事に関せん」

　大体わかったが、「あらゆる」というのだから実にたいへんなのである。しかし、肉体は刹那に生滅するが、心の本体は決して生滅しないから、何も急ぐことはないのである。この一生を一日にたとえていえば、今日少しも整理がはかどらなくても、明日もあれば明後日もある。道元禅師はこういっている。

「いかにあらんかこれ過去心といはば、かれにむかひていふべし、これ不可得と。いかにあらんかこれ現在心といはば、かれにむかひていふべし、これ不可得と。いかにあらんかこれ未来心といはば、かれにむかひていふべし、これ不可得と。……またいかなるか過去心不可得といはば、生死去来といふべし。いかなるか現在心不可得といはば、生死去来といふべし。いかなるか未来心不可得といはば、生死去来といふべし」

これまで整理といってきたが、秩序は物質のことであって、心は調和というべきである。道元禅師はこういっている。

「心不可得は諸仏なり、みづから阿耨多羅三藐《あのくたらさんみやく》三菩提と保任しきたれり」

整理されてしまってはつまらない。不調和な部分がなくなってしまえばそれでよいのである。人は普通無意識というが、正しくは心不可得というべきであろう。わからないのはたいてい続きぐあいであるから。

また、そういう心が自分ならば、行為はこんなふうになるべきである。

「果然として仏を行ぜしむるに仏すなはち行ぜしむ」

大体こんなふうである。生活を外から見ると、何か一、二の原理がつけ加わっただけで、別に変わったようには見えないであろう。しかし内から見れば全然別のものになっているのである。私はそれまでと同じように数学の研究をやっている。しかしそれ以後はこうすることによって、自分の心の調和を高めようとしているのである。これが真の道であるが、善、美、妙みなそうであろう。

自分の心の中にすべてがあるのだから、自分のための行為と、他のための行為との区別はないのである。この点は便利である。

この心の全体を調和させようとするとたいへんである。上には限りがないが、一応のところまで行くに、どれくらいかかるかと思って、ちょっと計算してみた。大体千六百年くらいらしい。（もとよりこの数字は、大体の尺度を示すためのものであって、あまり正確ではない）

（三八・九・一二）

数学を解く英知

私は大学を出てから四十年余り数学の研究をしている。数学の研究というとわからないと思う人が多いかもしれないが、それは既知のことをやると思うからで、研究といえば何だってみな未知のことをやるのである。だから、本当に生きている人が、自分の考えを日々の行為にあらわしているのと、本質において別に変わったところはない。ただ、数学の場合、数学上の発見がなぜできるのかということを、世界の大多数の数学者はいまだに知らないのである。

一九一二年（大正元年）というと第一次大戦の始まる少し前だが、その年に死んだフランスの大数学者に、アンリー・ポアンカレーという人がある。「科学と方法」（岩波文庫）という本を書いて、その第一編第三章に数学上の経験を数多くあげて、こんなふうにして発見されるのだが、これが人の頭のどういう働きによるのか、自分にはいかにも不思議だといったのである。

フランス心理学会がさっそくこれに共鳴して、世界のおもだった数学者に問い合わせたところ、結果は大体ポアンカレーと同じであった。

かようにして心理学上非常に重要で興味のある問題が確立されたが、欧米人にはいまだに解決の端緒も得られないのである。

しかし、この問題は東洋人には少しも不思議ではない。これは仏教でいう無差別智《むさべつち》の働きなのである。無差別智とは人の知情意および感覚に働く力であって、この力の働いていることを、その人自身は少しも意識しないというものである。

これは数学についてだけのことではなく、「昆虫記」（岩波文庫）の著者ファーブルは、こういう意味のことをいっている。昆虫の本能はよく観察すればするほど不思議である。しかし、自分はもしまた人に生まれて来ることができたら、続けてここを研究するだろう。しかし、幾代続けて研究しても、ついにこの不思議を解明することはできないだろうと。これも無差別智の働きなのだが、無差別智は欧米流のやり方では解明できないのである。

無差別智のことは東洋人は昔からよく知っている。ただ日本人は明治以後西洋から物質文明を大急ぎで取り入れ、そのなかに住んでしまった。物質文明とは物質によってすべてが説明できるとしか思えないことであって、そのため、明治以前の日本人ならば、すぐにわかっただろうと思われることが全くわからなくなっている。

私は別に、和泉式部《いずみしきぶ》が後世を願う仏教的な和歌を詠み、また古事記と医学について書いたが、明治維新の前後に生きた蓮月尼《れんげつに》という方にも、それに類した一連三首の和歌がある。

宿貸さぬ人のつらさを情にて　朧《おぼ》ろ月夜の花の下臥《ふ》し

野に山にうかれうかれて帰るさを　ねやまで送る秋の夜の月

武蔵野の尾花が末にかかれるは　誰が引き捨てし弓張りの月

第一首は観音大慈（大慈とは人に喜びを与える菩薩《ぼさつ》）、第二首は観音大悲（大悲とは人の悲しみを取り去る菩薩）、第三首は月読尊《つきよみのみこと》（アマテラスオオミカミの弟で、ヨルノオス国をおさめたもう神）を詠んだものであって、だんだん境地が深くなって行っている。第一首は清水谷恭順《しみずだにきょうじゅん》氏の観音経講話にも出ているが、古神道（自然教が混合する以前の神道）が仏菩薩の道であったことが、これによって明らかである。

ところで、数学の研究は一面からいえば無差別智の働きであるが、他面からいえば大脳の働きである（大脳については時実利彦《ときざねとしひこ》さんの「脳の話」（岩波新書）を見てほしい）。時実さんの説では、人の血は六十日もたてば変わってしまうし、内臓諸器官も七年半くらいで細胞が変わってしまうが、脳細胞ばかりは人が胎内で母に受けて以後、生涯変わらないというのである。（医学者によっては、そうでないという人もあるが、これは学説の違いではなく、名称の違いであって、他の医学者が脳細胞と呼んでいるものの中には、生まれてからふえるものもあるが、時実さんはそういうものを正常な脳細胞とは認めていないだけの話である）

その時実さんのいう正常な脳細胞と、一般の細胞との数の比率は、大体一人と日本国民全体との比率に等しい。だから、正常な脳細胞一つが日本国民全体の数に等しい一般の細胞を使ってしているのが大脳の働きである。

大脳とはどのような不思議な働きをするところか、このことから推測できるだろう。その不思議な働きが無差別智と呼ばれるものなのである。それで仏教のいうところをよく聞いて、それをご紹介しようと思うのである。

（四一・三・二〇）

大数学者にも限界

私は胃カイヨウのため堺市にある大阪労災病院で外科手術をうけた。二ヵ月ほど入院し、最近退院して、病院公舎の主治医の家で療養中である。私は天性の科学者であって、身辺に変わったことがあると、すぐ観察の材料にしてしまう。それで、どうしてこういうことになったかをお話ししよう。

私は昭和四十年の夏には、「サンデー毎日」に「春風夏雨」を書いていた。いつごろか詳しいことは忘れたが、ともかく夏中に上京して、文部省、法務省を尋ねた。そして帰って第一回の胃カイヨウをした。このときもこの病院のご厄介になったのだが、このときは注射と内服薬という内科的な治療をうけ、一応なおったのである。このとき自分を観察して得た結果を書いたのが、朝日新聞に連載した「春の日・冬の日」である。

その後も三月置きぐらいにこの病院で見てもらっていたが、第二回の胃カイヨウをする二十日ほど前には、別に異常はなかったのである。それでこの二回目の胃カイヨウは二十日ほどのうちに作ったことになる。どういうやり方で作ったかをみよう。

私は上京して、東京都や神奈川県で三人の人に会い、二回講演した。そして超特急「ひかり」で帰途についた。その「ひかり」が名古屋に着くまでに、私は随想の腹案を立てた。帰ってすぐに素描してみると、四百字詰めの原稿紙百五十枚になった。その他、新聞や雑誌の新年号のために数編の随想を書き、日本経済新聞の「私の履歴書」のために年内に終わるように録音し、最後に数通の大切な手紙を書き、書き終わるや血を吐いて倒れたのである。

ある日本の医学者（姓名は私の主治医である鯨岡寧さんが知っている）が、次のような非常に面白い実験をした。錐《きり》か何かを犬の間脳に突き刺すと、その胃壁から血が勢いよくほとばしり出たというのである。

私の場合は二度ともこの犬のされたことと非常によく似ている。錐のかわりに、初めは心を激しく労したし、二度目は脳を急激に使ったというだけの違いである。数学することは花崗岩《かこうがん》にきざむようなものだからよいのだが、随想することは大理石にきざむようなものだから、同じ刀を使うと得てしてこういうことになりがちなのである。

ともかく私の作った胃カイヨウは物すごく見事なもので、穴を新旧二つあけたのだが、こんな大きな穴はこの病院でも二度目だという。私は直ちに外科手術を受け、胃を五分の四切り取ってもらい、二十一人の人から輸血してもらって、やっと生命を取り止めた次第である。

私は手術を受けてから二十日間ほどはおとなしく寝ていたのだが、それが過ぎるとまたいろいろなことを始めた。前にいった随想の素描を書きなおすのがその一つ、今書いている随想やこれにひき続くものの腹案を立てるのがその二つ、数学するのがその三つである。

どんなふうに数学しているかというと、私はフランスにいた一九二九年（昭和四年）いらい、思いつくことをレポーティング・ペーパーに書いて日付けを入れ、それが手ごろの厚さになると大きな封筒に入れ、表題と日付けを書き、さらにそれが手ごろな厚さになると保存用の大封筒に入れ、表題と日付けを入れて保存して置く、という研究法を続けているが、大体二年間に二千ページほどたまる。それを二十ページほどの論文に書いて仏文で発表する、ということを続けてきたのである。論文一ページの背後に百ページの紙があることになる。もっとも近ごろになって、以前ほどは書かなくなった。それは私が私設数学研究所を持つことになって、そのほうに力の過半をさかざるを得なくなってしまったためである。

ところで、私が今ここでやっている数学であるが、ここには参考書は一冊もないし、例の封筒も少しは持ってきてもらったが、全体に比べるというに足りない数である。それで今は赤手空拳《くうけん》で数学しているようなものであるが、それがひどく私の気に入ったように思う。こういえば、それはどのような数学かということになるが、それに答えることはむずかしい。なぜならあなた方は数学というものを知らなさ過ぎるからである。それで、一人の数学者の話をしよう。

ゲオルグ・フリードリッヒ・ベルンハード・リーマンという人があった。大数学者中の大数学者である。スイスで生まれ、ドイツのゲッチンゲン大学で教鞭《きょうべん》をとった。地位は死ぬ少し前に助教授になったか、あるいは講師のままで一生を終わったか、どちらかである。リーマン一辺倒の同大学のフェリックス・クライン教授のいうところによると、当時二十五歳のリーマンは、既にカナリアのようにさえずっていた、ということである。

四十二年はちょうどリーマンの百年祭であるが、この人のした仕事は、まるで昨日なされたような鮮度を保っている。それほどのリーマンであるが、大観すれば、他のヨーロッパの諸大数学者と同じく、一年生の草花であることを出ない。

その理由は次に説明するが、仏教がないから、そうなるのである。

（四一・四・一〇）

数学に不死の信念

欧米人は、今の大抵の日本人のように、人は死ねばそれまでと思っている。こういえば欧米人はキリスト教を信じているからそうではない、という人があるかもしれないが、それくらいでは「それまで」という言葉の意味が少し変わるだけである。

それで、今の数学者は自分が生きているうちに、研究を一応仕上げておかなければならないと考えている。しかもそういう研究の集まりが数学であるから、数学というものは絶えず進んでいなければならないのであって、立ち止まればそれまでだと考えている。それでは馬車馬と同じことである。

もっとも、このやり方にも面白いところが全くないわけではない。少しわかりにくいかもしれないが、その一番面白いと思うものをお話ししよう。

ものの集まりを集合という。ものが無限個集まっている集合を無限集合という。無限集合には強度（メヘティヒカイト）というものがある。

自然数の集まり……1,2,3……の強度が一番弱く、これを$\aleph_0$（アレフニュル）で表わす。これまで知られているものの中では、0から1までの実数の全体（これを連続体というが）の強度がその次に弱く、$\aleph$（アレフ）で表わされている。この二つの強度の間に、第三の強度のものがあるだろうか、それともないだろうか、ということが長い間の問題だった。これを連続体問題という。

この問題について、アメリカのマッハボーイがいたずらをした。いわば長い巻き紙の一端に、かような強度はない、ということを数学基礎論の言葉と記号とで書き、他方の端にかような強度があると同じ方法で書いて、相接する二つを法則によって入れ変えるという操作を繰り返して、一方を根気よく順々に変えて、他方へ近づけて行った。矛盾するということを確かめてみたかったのかもしれない。ところが結果はこの二つが矛盾しなかったのである。

　これには世界中の数学基礎論の専門家が驚いてしまった。いまだに茫然《ぼうぜん》自失している人が多いかもしれない。

　しかし、これは考えてみれば初めから明らかなことだったのであって、私たちは数学をギリシャから数えて二千五百年もやって初めてこの一例を得、わかる人はわかったのであるが、これは一例に過ぎない。確かにそういう数学は知的には存在するが、私にはそんなものはどうしてもやる気になれないのである。

　ものはみな「情の裏打ち」がなければだめなのであって、知にも意にも情を説得する力はないのである。だから私は民主主義も本義は、泣き悲しむ人が国民の中に一人もあってはならない、ということにあるのであって、多数決は手段に過ぎないといい続けているのである。

　さて、もとにもどって、この馬車馬式のやり方は全然おもしろくないわけではない。換言すれば、数学は組み合わせによって問題をつくりそれを解いて進展するものともいえるが、組み合わせの数は無限にありうるので、理論的にその可能性があるといえても、すぐに人力の限界を越えるので行き詰まってしまう。これはすべて、人は死ねばそれまでと思うからである。

もし「不死の信念」をもってやればどうなるだろうか。

そうすると、この一生をながい旅路の一日のように思うだろう。そうなれば数学する人は、やれば数学にとってプラスになるか、マイナスになるかをいちいちやる前に考え、もし間違えてマイナスになるようなことをやっても、それを発表しないだろう。このやり方でやれば数学の実体である事々無碍法界《じじむげほっかい》（最上の世界）に触れることができる。（これからみれば「欧米人の数学」はその影の描写に過ぎない）従って数学はやればやるほど簡単になるはずであり、組み合わせの数は無限であっても、行き詰まるはずはないのである。といってもしょせんは人のすることだから、比較的な話に過ぎないが、一年生の草花と、常緑樹くらいのちがいはあるように思われるのである。

仏教から不死の信念一つだけを取り入れただけでも、真善美はこんなにも変わるのである。私はこれまでに「春宵十話」「風蘭」「紫の火花」「春風夏雨」などを書いたが、そこでは学問や芸術および人生を、次第に仏教に近づけてきた、といえばいいうるのであって、とくに無差別智の働きが非常に大切であることを主張してきたのである。私たちはここで、仏教から無差別智に関する知識を取り入れたらどうかと思う。それにはよい教科書がある。

山崎弁栄上人《べんねいしょうにん》という方がおられた。安政六年（一八五九）にお生まれになり、明治十二年（一八七九）、二十一歳で出家して浄土宗にはいり、わずか四年で仏眼了々と開いて見仏された。そののち一切経を読了し、浄土宗を出て「光明主義」という一宗を建てられ、大正九年（一九二〇）に亡くなった。

著書は非常に多いが、その一つに「無辺光」というのがある。これは無差別智の四態（大円鏡智、平等性智、妙観察智、成所作智の四智）につき、詳細をきわめて説かれた本である。次にはこの本に説かれた四智の輪廓《りんかく》を素描しようと思う。

（四一・五・一五）

万物は心のすがた

仏教でいう四智の一つ、大円鏡智についてだが、華厳宗法《けごんしゅうのほっ》界観《かい》にならって、物と心とを四種類に分けてみよう。

一 客観の万物の本質は心である。万象は心に帰着する。主観の心と客観の物象とは同一本質である。氷炭相いれないようなものではない。向こうに見える山河大地は自己の観念が客観化して現じた相《すがた》である。実は自分の心を向こうに見ているのである。向こうの物それ自体が何であるかはわからない。物のすがたとなって現われたのは、自己の観念のすがたである。もし自己の心がなければ外界のすがたはどのようなすがたか認識することはできない。ゆえに、すべて客観のすがたなるものは、必ず主観の心に帰すべきものである。これを会色帰心観という。色とは物のことである。

二　さらに一歩を進めよう。主観の心のすがたと客観の物のすがたとは、実は本質一体である。人々は相対の見地から内観を主観といい、外観を客観と見ている。見てごらんなさい。自己の頭から足まで、外部から見れば全体物質、内部から見れば全体精神である。ゆえに、物と心とは本来一体のものを両面から相対的に見ているのだから、色心不二である。これを色心不二観という。

三　さらに歩を進める。客観の物のすがたと主観の心のすがたとは、もと同一本質のものであるから、相互に妨げ合わない。私たちの観念は山河大地のうちにもやすやすと徹することができる。試みに冥想《めいそう》観念してごらんなさい。私たちの観念は大地の中にも徹照して少しも妨げられない。それゆえ私たちの観念中の万物ということもできれば、万物内存の観念ともいうことができる。私たちの主観も法界（観念の世界）に周偏《しゅうへん》してのこすことなく、客観の万物も宇宙に偏在して余すところがない。しかも相互に妨げ合わない。同質異現である。これを物心無碍観という。

四　最後に、宇宙は本来絶対観念であって、宇宙自体は絶対であって、主観とか客観とかの相対的のものではない。しかし相対的に規定せられた人は、客観の物のすがたと主観の心のすがたとを見ている。人は自分から主観とか客観とか、両辺に分けて見ているけれども、絶対者自身から見れば、主観とも客観とも分別していない。ただ絶対である。これを物心無寄観という。

客観の物のすがたと主観の観念とは、同一本質の相対現象であって、すべての物のすがたも一大観念の客観的現象であるとはすでにいった。しかし物質には、私たちが触覚と感じる重量とか、固形態とかのような阻碍《そがい》性（意のままにならないもの）を持っていて、心は観念だから客観も心であるというのは会得し難い。山河大地および木石のような触覚に感じる固形態をなぜ心というのかという人があるだろう。それはこうである。絶対者に写象と意志との二属性がある。意志とは心の力の働きである。たとえば人に意力があって力となり堅固となるように、絶対者の意力が客観的に現われて、私たちの触覚に感じる物質となるのである。このことがよくわかったならば、宇宙万有はすべて一大観念のすがたであることが肯定できるであろう。

主観の心が客観のすがたとはっきりと判別できるのは、同一本質が反対に現われたものだからである。同質だから相関して妨げず、反対だから心は物のすがたを識別する。すべて感覚の能力は反対の刺激の力をまってはっきりと現われる。観るものと観られるものと全く融合してしまっていては、主観を意識することができない。たとえば自己の皮膚の温度と外気の温度とが平均していると、感覚は鋭利でないように、眼眼を見ず、心心を識《し》らないのである。同一本質だからといっても、主観の無形に反対である客観の形式に現われるから、よく意識できるのである。

法相宗では以下に述べるように説いている。

世界は相対的だから、一切の万象が主観の心と客観の物と、反対の二面に現われている。絶対観念を根底として、世界相対に規定せられた個々の存在を衆生心、原語でいえば阿頼《あら》耶識《やしき》と名づける。一切凡夫の心のすがたが阿頼耶識である。

阿頼耶識は自然に存在する（わかってみれば、なんという不思議な自然であろう）。この自然の性が一切万法の本である（法とは、もののことである）。この心識に無明（自我本能）が薫習《くんじゅう》すれば、衆生の心として六道（天、人、修羅《しゅら》、畜生、餓鬼、地獄）に輪廻《りんね》する。もし真如《しんにょ》（仏の心）が薫習すれば無漏《むろ》（ぼんのうのないこと）の聖徳が現われて仏果に向かう。

阿頼耶識は蔵識とも訳する。外界に現われた山河大地等の一切の客観現象は自己の阿頼耶識が向こうに現われたのであって、自己の心の外ではない。心のすがたもそうである。一切衆生各自の根本の習慣に差がある。従って見るもの、思うことが全く違って来る。地獄の衆生は地獄の阿頼耶識をもって、地獄の苦の身と苦の世界とを感じる。人間は人間的に事物を客観し主観している。これを阿頼耶識の境というのである。六道の存在が信じられない人は、人道の中にも六道があるから、それをよく見てほしい。

（四一・六・一二）

宇宙に満ちる如来の光

心の根底を心霊という。前節には宇宙は絶対の大心霊態であることを説きあかした。なんだかわかったようなわからないようなものだなあという気しかしない人は、しばらく心と観念という言葉を、情と情緒という言葉に置きかえて、もう一度読み直してみてほしい。大心霊態にはすがたと働きとがある。個人の心に知力と意志との二属性があるようなものである。大心霊のすがたは法界（理法から見た宇宙）に偏照《へんじょう》する大智慧《だいちえ》の光明である。たとえば日光の遍《あまね》く六合《りくごう》（宇宙）に照り渡るような心の光明である。

この光明を無辺光というのである。無辺光の四大智慧は個人の心理の観念、理性、認識、感覚の四分類に相当するものであって、順に大円鏡智（鏡智）、平等性智（性智）、妙観察智（察智）、成所作智《じょうしょさち》（作智）と呼ばれている。

浄土宗の流れをくむ光明主義では大心霊を阿弥陀如来《あみだにょらい》といい、その働きによって、法身《ほっしん》（不滅の仏身）と報身（功徳の現われた仏身）とに分けている。それで、四智に法身の四智と報身の四智との二種類がある。

法身の四智は天則秩序の理性として自然の一切万法に偏く行きわたっている理性である。これが一切観念と一切理性と一切認識と一切感覚との本源となっている。

この四智が万物に内存して自然界の主観客観の本源となる。また万有を生成する統一摂理の本源となる。また因縁相成し陰陽交感する造化の妙用の本源となる。また感覚作用たる色声香味触法となる。法とは意識のことである。これを六塵《ろくじん》と呼ぶ。また一切衆生（動物）の知覚も運動も、ことごとく如来四智の万物内存から私たちの感覚となり、ないし一切の心の作用のすがたを現わしているのである。法身の四智が万物の中に存在しているから、人類の精神作用もその分に応じて顕現したのである。如来は人を産み育て自分に帰一せしめている。如来が一切衆生という子らの智を向上させて、しかもさらに進んで如来の自境界なる仏智の光明界に帰趣させる（帰り着かせる）ためには、報身仏の四大智慧の光明をもって、衆生の四智を開発させて、如来の自境界に摂《おさ》めて一切の真理をさとらしめるのである。

報身の大智慧光明が偏く十方三世を照らしてのこすことのないのを大円鏡智というのである。すなわち如来の一大観念の光をもって、空間的に十方無尽の世界、山河大地一切の植物等も無量衆生の色想心想一切の万象も炳然《へいぜん》として大円鏡の中に映現する。また時間的に過去現在未来を尽くして、すべて現在と選ぶところがないのである。

天然の人の心を識と名づけ、いまだみがかない珠《たま》のような状態である。天然の人は自然界の中にあって、自己の観念は本一大観念を本体としている、その一分であることを知らず、一大観念と自己の心との間に隔てを置いている。

この肉の個体を自己として天地を自己外のものとして見ている。

自己の心源を開発して全く大円鏡智の光明に照らされるときは、自己の本心、すなわち一大観念であって、一体不二、宇宙一貫して無碍であることを観見する。これを鏡智下に摂取せられたる人と名づける。これを識を転じて智とするというのである。

楞厳経《りょうごんきょう》に釈尊のこういう話が出ている（光明主義では釈尊を応身といい、如来を法報応三身即一の如来というのである）。釈尊が阿難に向かって、お前が目を放って山河大地等を見るのは心があるからだろう。それならば向こうのものが見えるのは、こちらから見る心が出て行って見えるのか、それとも向こうから色形が射出されて、それが目にはいって来るのか、どちらであるか、よく考えてみよといわれた。阿難はよく考えてみたのだが、外界のものを見るこころは、こちらから向こうへ向かって行くようにも思われる。また向こうから映射して来るようにも考えられる。どうしても確かな見解は立たない。

そこで釈尊は次のように教えられた。目が見、耳が聞くことなどすべての感覚も、また客観の色声香味触法の六塵も、また私たちのからだと心とを、組成構造する元素である地水火風空識の六大（かたさあらしめるもの、しめりあらしめるもの、暖かさあらしめるもの、振動あらしめるもの、空間あらしめるもの、わかるということあらしめるもの）も、ないし世界一切の万物も如来蔵妙真如生という一大心霊の現われたものにほかならない。ゆえに自己の心の自性なるものをよく開発したならば、宇宙一切無数の世界塵々ことごとく自己の心源一大観念中の所有なることを明らかにすることができると。

阿難は釈尊のこの懇切なる提唱によって、ついに心眼が開いて、大円鏡智の自己となることができたといわれている。

すべて仏教は単なる観念の哲学ではない。如法に修行すれば、その通りになるのである。光明主義の始祖山崎弁栄上人は出家せられて、わずか四年間で仏眼が開いて、見仏された。その途中のことであるが、自分でこういっておられる。

「予曾《かつ》て華厳の法界観門によつて一心法界三昧を修す。行住坐臥常恒《つね》に観心止まず。或時は行くに天地万物の一切の現象は悉く一心法界の中に隠没し、宇宙を尽して唯一大観念のみなるを観ず。

また一日道灌山に禅坐して文殊般若を読み、心如虚空無所住の文に到つて、心虚空法界に周徧して、内に非ず外に非ず中間に非ず、法界一相の真理を会して後、心常に法界に一にせるは是れ平生の信念とはなれり。

是れ即ち宗教の信仰に所謂光明偏照中の自己なり、大円鏡中の自己なりと信ず」
(四一・七・二四)

平等性智について

阿弥陀如来は、すべてを平等性智《びょうどうしょうち》で統べている。平等性智は宇宙の一大理性である。宇宙全体から衆生の個性にいたるまで、宇宙を法身一大理性、世界性、衆生性の三位に分けて、よく見てみよう。

一 法身一大理性は万物の根底である。地上に栄えている植物と動物は、静と動の相反する両性をそなえているが、いずれも栄養、生殖の営みをする点に変わりがない。また、この両者の進化の起源にさかのぼるときは、動物と植物の区別がつかないものがある。一切の万物は有形の物質と、無形の心の二つを出ない。この二者は同一本性が、内外二面に現われたものである。

地上の一切のものの元素は、百に近い数に上っているが、その分子は陰陽二原子の集合したものである。陰陽二性の相反するものが相たすけて相刺激して万物を作っているのである。かように陰陽の二気は、大にしては太陽と地球のように、小にしては陰陽の二電子のように、また、生物界においては雌雄両性のように、全く反対の性と能とを持っている。実際、宇宙には一大理性が内在して、一切智、一切能を発揮していると考えるのでなければ、この宇宙の巧妙な仕組みは、とても説明できそうもない。

かの天体無数の星宿を見るも、宇宙には常に創造建設が行なわれていることがわかる。万物中の一部分である私たちの身体を見ても、実に巧妙にできている。またその一部分である脳髄の構造機能を調べても、その不思議さに驚くばかりである。

二　世界の相対的理性についてみよう。宇宙に内在する絶対唯一の理性を根底として、世界の各方面に現われているものを、世界性というのである。その現われ方を見るに、すべて因縁因果を離れない。因縁とは空間的に近くにあるものが作用しあうことをいい、因果とは時間的に原因があって結果があることをいう。かように万物ができてゆくことを因縁所生というのである。

三　一大理性を根本とし、世界の相対的な因縁因果によって、生物を生じる。これを衆生性という。

地上に分布する生物は種類が多い。植物を見れば樹木花草から菌類にいたるまでさまざまなものがあり、動物を見れば水棲《すいせい》、陸棲の劣等な動物から、次第に高等な動物を経て、精神生活を営む人類にいたるまで無数の種類がある。

これらの生物はすべてその性のように体をそなえ、その体のように働きをそなえ、その働きのように生きているのである。

生物がそれぞれ特有の性質を持っていることを類性という。人は人の性をもち、犬は犬の性を持っているが、生物はその種類の特殊性を持つばかりでなく、同種類の中においても、個々がちがった個性を持っている。人類にはそれが特に顕著であって、世界の数十億の人々は、すべて個性もちがえば、からだも働きも生活法もみなちがっている。

一人の人の個性は、父母の遺伝により、また環境にもよる。一人の人の父母には父母の父母があり、父母の環境がある。かようにさかのぼって百代にいたれば、一人の人ができあがるには、人だけに限っても、どれだけ多くの人が関係しているかわからない。これを華厳では重々無尽縁起というのである。これが法身の平等智の現われであって、この大秩序には万物の統摂《とうしょう》と自制自造の二つの特徴がある。

一大理性から発展してできた世界の万類には、小さなものは大きいものに、下位のものは上位のものに統制せられる理性がある。生物中の最も微小な生物にも自己を統制する性質がある。また人の身体をみると、一本のうぶ毛でも多数の細胞を集めて一毫《ごう》という統制自治体をつくっていて、他の個体の成分と混じり合わないし、指は一指としての自治体をなし、指は掌《てのひら》に統制され、掌は臂《ひじ》や腕などを合わせて、手という上位に統制せられ、かくて四肢五官五臓六腑《ろっぷ》などの一切が自治をなし、しかも一つの身体に統制せられている。
この個体がいくつか集まって国家となり、国の集まりが地球に統制され、星の集まりは太陽系に統制せられ、宇宙全一の統一自治体を作っている。これが法身如来に統べられているのである。

（四一・八・一四）

遠い「人類の悟り」

星雲は進化して太陽系となり、太陽系は進化して地球を生じ、地球は進化して生物を生じ、生物は進化して人類を生じたのである。かように人類は進化の頂点にはちがいない。しかし、その人類の現状はどうであろうか。

時実利彦さん（東大教授）の「脳の話」（岩波新書）によると、人の大脳前頭葉は、感情、意欲、創造をつかさどる。大脳前頭葉が感情し、その感情に従って意欲すれば、脳の全面的活動が起こる。創造とは感情、意欲に濁りが少なく、かつ、それが相当強くて、そこに自ら現われる四智の働きである。

人は、この身体、この感情、この意欲といえばわかるところを、自分の身体、自分の感情、自分の意欲と思っている。この「自分」が小我＝末那識《まなしき》である。さきに感情、意欲の濁りといったのはこのことである。

動物の感情、意欲は自動的にあまり濁らないように、頭に自動調節装置がついている。しかし、人にはそれがない。人はその代わりに大脳前頭葉に抑止の働きがあって、自主的にこの抑止力を働かせ、濁った感情、意欲の働きを止めてしまうことができる。しかし、この抑止力はそのつど働かさなければならないのである。

平等性智が大脳前頭葉の創造の部に働くと、人の理性となって現われる。人はこの理性によって精神生活を営んでいる。万物は天則秩序の理性に律せられて生成していることは、さきに述べたが、この理性と人の脳裏に感覚せられる理性とは同じ根底からきている。だから各人同一なのである。

人の理性はよく自然の理法を判断し、観察することができる。理性我は法律上および道徳上の自分の権利、義務をよく理解し、おのが分を守って他を侵害することなく、仁慈博愛他に及ぼし自分の苦より推して他人の苦を知る。これは理性が感情に働きかけたのである。

これが人類進化の現状である。普通ここまでを法身平等性智の現われだといっている。しかし、人がこの範囲にとどまっている間は、絶えず大脳前頭葉の抑止力を働かせなければならないのである。孔子は七十にして欲するところに従って矩《のり》を越えないという意味のことをいっているが、よくここのところの事情を説明している。

時実さんは人の大脳は一番よく使われた場合も八〇パーセントに過ぎないといっていられると聞いたが、残りの二〇パーセントには、どのような大切なことが秘められているのだろう。

人類は今後どの方向を目ざして進化すればよいのだろう。仏教が報身平等性智の働きとして説くところを聞いてみよう。

仏教は報身如来の平等性智の「御光」を受けることによって、衆生性（人我）を越え、世界性（法我）を越えて、自分の本然清浄の自性をさとるところまで修行せよと教えているのである。

山崎弁栄上人によると、普通の人がそのために要する時間は、単細胞から人類に進化するに要した時間の倍くらいかかるという。そうすると四十億年かかるわけである。これが人類がこれから進化してゆく道である。

しかし、それくらいはかかるだろう。なぜなら人には癖というものがある。私は奈良女子大で数学を教え、癖について計ってみたのだが、悪い癖をつけるためにかかった時間と、それを取り去るためにかかった時間との比は大体一対二である（教育者はこのことをよく考えてほしい）。人我や法我は進化の途中でつけた悪い癖のようなものだから、全く取り去るには、なるほどそれくらいはかかるだろうと思うのである。

しかし、全然そうなるというのではなく、一応そうなるだけならば、少数の大天才たちは一生のうちにそこまで行っている。

仏教には諸宗派があって、大抵は報身の四智のいずれかひとつに主としてたよって修行している。そのうち平等性智を宗とするもののひとつに禅宗がある。

道元禅師は宋に渡って、死を決して坐禅して、二十六歳のとき悟りを得た。そのとき師の如浄《にょじょう》禅師が心境を聞くと、道元禅師は「身心脱落しきたる」と答えたという。道元禅師がかようにして行き着いた境地を「正法眼蔵涅槃《ねはん》妙心」は次のように形容している。

「はなてば手にみてり、一多のきはならんや、かたれば口にみつ、縦横きはまりなし。諸仏のつねにこのなかに住持たる、各々の方面に知覚をのこさず、群生のとこしなへにこのなかに使用する、各々の知覚に方面あらはれず」

白隠《はくいん》禅師にこういう逸話がある。禅師が悟道して静岡県の寺に住持しておられたとき、町の豆腐屋の娘が不身持ちして子を産んだ。おやじがだれの子かと責めると、娘は平生父が禅師を尊敬しているのを知っていて、しかられないために禅師の子だといった。おやじはかんかんにおこって、子を禅師に押しつけた。禅師は黙ってその子を受け取って、雪の降る日などふところに子を暖めながら、温顔をくずさないで乳をもらいに歩いた。それを見た娘は泣いて父に実を告げた。化はおのずから町の近隣に及んだということである。

光明主義は四智円満に修行するのである。田中木叉《もくしや》著「弁栄聖者伝」という本は是非世に勧めたい。私はこの本を七遍繰り返して読んだが、上人の見仏後の御生涯からは一点の私も発見することができなかったのである。

（四一・九・一二）

万物に「察智」の性

宇宙一大心霊の一切智態には、内容無尽の性相を包含していて、十方三世（現在、過去、未来）一切の事理を包含してのこすことがない。たとえば、応身（教化の対象に応じて現われた仏）の釈尊の華厳三昧《けごんざんまい》（一即一切を顕現する禅定）にそれがすべて現われたのである。

前に述べた鏡智と性智とは、その全体を示すのである。この二つの違いは、鏡智を鏡にたとえるならば、性智はその地金である。また後に述べる作智は部分を示すのである。これから述べようとしている察智は部分と全体との関係を示すのである。それで察智は内容を啓示する性質を持っている。

法報二身（仏の本身である法身と、功徳をそなえた報身）の察智態は一時には推察しにくい。それでわかりやすいために、法報二身の如来の模型である釈尊が、どのようにして弟子たちを済度したかという一例から述べよう。

釈尊は霊山において金波羅華《こんぱらげ》を捻《ひね》って一同に示した。百千の人たちはその意味がわからなかった。このとき迦葉《かしょう》ひとり豁然《かつぜん》として大悟して破顔微笑した。釈尊はそれを見て、迦葉の心霊の啓発したことを印可するために、次のようにいわれた。

「我に正法眼蔵涅槃妙心あり、今迦葉に附属《ふしょく》す」

これは釈尊の察智の光が迦葉の察智を刺激して大悟せしめたのである。迦葉の察智が熟していなかったならば、華を見てもなんともなかったであろう。他の大衆はおのおの察智を備えているけれども、いまだ熟していなかったから、大悟することができなかったのである。

孔子はその高弟顔回のことをこういった。

「回は終日言わず、愚なるがごとし、しかれどもその私を省みれば、もって発するに足れり」また「回は一隅を聞いて三隅を知る」

これも孔子の察智が顔回の察智に働きかけて開発させたのである。

すべて人類には察智の性があるから、自分と他人との言葉が通じ心がわかり合うのである。

教育で知能を啓発するというのも、児童の察智の性が、うちより排《おしひら》こうとするとき、教育をもって、これをたすけて知能を開発させるのである。人類はこんなふうに意識的に知能が啓発するのであるが、この察智性は動物にも、生物にもあって、不識的にこれと同じことをしているのである。

生物の生活を見るに、動、植物の生殖作用は、雌雄両性の二細胞が交感し合って新しい生物を生じるのである。たとえば人の場合は、似てもつかない両親の顔から、そのどちらにも似た子の顔ができる。これは察智の働きである。

宗教においては神人の感応によって、人の心霊を開発して聖子とするのである。神とは如来のことである。これも察智の働きである。

宇宙の現象界を見るに、彗星《すいせい》のようなのは生まれようとする卵であって、太陽に至ってはすでに開発発達して、円満に自己の性能を活動させている。実に無窮の天体は蔵性に属する察智態に開発せられた自然界である。宇宙本体が蔵性の察智態とすれば、どんな所にも開発事業の行なわれていない所はないはずである。

察智は人の心理でいえば、知覚、思想、想像、直覚のような働きである。以下紙数の許す限り、これを種々の方面から詳しく見てみよう。

一　自然界　ここでは察智は他の刺激によって自己を開発する性となって現われている。自然界は前にいったように、因縁因果に規定された相対的の所であるが、察智の方面からよく見れば、相互の感応作用の行なわれない所はない。

太陽から分娩《ぶんべん》せられた地球であるが、もと同一の物質が、今日では太陽と地球と陰陽その性質を異にしている。陰陽とはしばらく世俗のいうところに従ったのである。この陰陽両動の交感によって地球上に有機物を生じ、すべての生物を養っているのである。

陽春陽気に感応して爛漫《らんまん》として百花うるわしく咲きにおうのもこの交感作用によるのである。

二　宗教界　植物の生殖作用は花の美しく咲きにおうときに、全く性質の違った両性の二細胞が合一することによってでき上がるのである。宗教界に行なわれていることはこれにごくよく似ている。

宗教は神人合一によってなるといった。その際、人は雌蘂《めしべ》のようなものであって、如来はいわばここへ雄蘂《おしべ》の花粉を送るのである。神人交感の準備として、人の心理において、知力的察智が先駆であって、察智がまず三昧（精神統一）にはいって、如来が旭《あさひ》のように虹《にじ》のように表象し、また真金色（プラチナ色）に円光徹照して端正無比な表象をもって人の察智の朝あけとなるのである。そのときの人の心は八面玲瓏《れいろう》歓天喜地言語の及ぶところではない。

神人合一を植物の生殖作用にたとえているが、雄蘂の花粉にたとえられているものは、無形の何ものなのか、それともこれは単にたとえに過ぎなくて、実は自己の霊性を開発するだけなのか、と問う人があるだろう。

この理《ことわり》ははなはだ深い。もとより大心霊は無形であって、物質として触覚に感じられるような精子があって感じるのではない。しかし、宗教では一つの表象せられていないもの、霊感に接しなければならない。人々にはもと蔵性から分かち与えられた理性がある。また宗教的衝動である察智の性も備わっている。主体はすでに準備されているのである。しかし人には個体の生理機能から受けた垢質《くしつ》がある。また天然の精神状態は心霊というにはほど遠い。それで人の心霊を開発するためには、霊感に接しなければならないのである。この開発の形式は仏教の各宗各派で著しく違っている。禅の臨済宗では公案（問題）に精神を集中させる。たとえば白隠禅師は「隻手の音声」にて専心工夫させている。そうしていると、察智の門が開くとき、自己の真実理性と宇宙の一大理性とは、もと一体であることを悟るのである。この形式では表面に現われないが、このようなことが可能なのは、報身如来の光明が不識的に照らしているからである。

（四一・一〇・九）

一切を結ぶ察智

一、四智の関係　如来の四智は、もとより別々の体があるわけではない。ただ一大心霊の働きを四方面にわけて説明しているのである。

大宇宙の一部である人類について見るに、感覚は後に述べる作智の働きであるが、感覚は外界の刺激によってそのすがたを受けいれ、感官は大脳前頭葉に報告し、前頭葉はこれによって知覚する。記憶、想像、思想、直覚等はこれに従って起こる働きであって、これが知力である。これは察智の働きである。次に執意し自我を主張するのであるが、これは理知によって統一せられている。これが性智の働きであった。これらのすべてが一つの観念を与える。これは鏡智の働きであった。察智は感覚から受けた資料に対して、外界の経験から得たところと、自己に存する理性とを、よくよく照らし合わせて、正当な判断を下す。その際演繹《えんえき》と帰納との二面から推理する。演繹とは先天的のものであって、万物は互いに隔てをなして個々別々であるように見えるが、事実は一つの理系によってつらぬかれていないものはない。だから自己の理知に基づいて推理を施すことができるのである。

帰納とは後天的なものであって、感覚から得た経験に基づき、個々の場合を論じて断定を下すのである。演繹は総合的であって、帰納は分析的である。この両者は本質が違っているわけではなく、どちらも感覚と理知とを結んで働く察智の働きである。

一大観念態は普遍的であって、分割することができない。作智は宇宙万象、物質であると心質であるとを問わず、特殊でないものはない。特殊の物々が観念と理性とによって一貫されているから、一物が普遍の系につながれて、一切に行きわたる。これを一即一切というのであって察智の働きである。

たとえば小さな人の目の中に無窮の天体、無数の星宿をいれて余りがある。それと同じように、一切の個々に一切の個々を入れるのである。鏡智の普遍的観念態と特殊の感覚的の物々との関係はこれとよく似ている。華厳経ではこのことを詳しく述べているのであるが、いまは言及しない。

二、表情言語等の察智　人は、自己の親愛し愛慕する人は、たとえどれほど遠く隔っていても、自己の察智は、その表象を眼前に現わす。
また、他人と応対して内心の多情を言葉でいい表わす。聞く人はただ符号に過ぎない言葉を受けて、その察智はいう人の心を知るのである。あるいは他人の挙動を見て、彼の意のあるところを察するのである。

三、美術と霊界　絵画において天然の美を表象したものは察智の客観的すがたであって、見る人の心にある察智はこれと感応して、見る人の心を絵の天地に遊ばしめるのである。
感覚を超絶した如来甚深の境界は言葉も及ばないところである。しかし、人に察智が賦与せられているから、察智はよく思想観察して甚深の境界を知るのである。浄土曼陀羅《まんだら》(絵図)は丹彩をもって浄土の理想を表象したものである。しかし、宗教的天才である察智は、この表象を自己の思考によって孵化《ふか》して、生ける啓示として自己の心霊界の浄土に心を遊ばせるようにするのである。

唐の善導大師はかつて浄土の曼陀羅を見て、志気勃然《ぼつねん》としてこういった。神を浄土に栖《す》ませるのでなければ、どうして解脱（人我、法我をこえる）することができようかと。そしてついに浄土をまのあたりに見ることができるようになったのである。

四、表象は察智の客観態　如来がその寵児《ちょうじ》たる人に伝えた察智は、神秘の甚深不可思議の霊相をわからせるために、宗教的衝動、神的憧憬《どうけい》として、宗教的理想として衝動する。その理想は自己の精神に表象を形成する。

美術画像または自然界の美にしても、その表象は自己の心眼の前に投映する。この察智によるがゆえに、この自然界を超絶した霊界に神通交感し、経における十万億土をも神通優遊し、八功徳池《はっくどくち》に神を浴し、七宝林に逍遥《しょうよう》して楽しむことができるのである。察智は釈尊の今現にいまして説法せられるのを聞くことができる。

釈尊の肉体は二千数百年の昔に死なれたのであるが、隋《ずい》の智者大師が法華三昧の定中には、霊山の一会がまだ散じないまま表象されたのである。

ひとり智者大師だけではない。人々に神秘を聞くかぎとして与えられた察智は、一心に仏を見んとの恋念となり、皎々《こうこう》たる満月の相好は、心眼の前に彷彿《ほうふつ》する。伽耶《がや》道場の菩提《ぼだい》樹下《じゅか》に正覚を成ぜられたときのように、御顔はけだかく輝いているのである。

察智がどういうものかを知らない人々は、かかる説を耳にしたならば、それは妄想であるというかもしれない。かような人たちと議論をしても仕方がないから、妄想というならば妄想でもよいが、それならばその妄想といわれる心理作用はどこからどうしてきたかいえるであろうか。

ここで今一度いっておくが、筆者は弁栄上人の意を伝えているのであって、上人は体験されないことはいっておられないのである。

（四一・一一・一三）

千里を見通す天眼

一、肉　眼　私たちは目で外界を見る。なぜ見えるのであろう。見られるのはある波長からある波長までの間の光である。それを見るのは目に光がはいり、それが網膜を通して視覚中枢に伝わり、それが大脳側頭葉の中枢を通して大脳前頭葉に報告されるからである。

光がなければ見えない。また視覚組織のどこをこわしても見えない。しかし、光があり視覚組織が健在すればなぜ見えるのであろう。光の振動が目を通して頭に伝わるからだと思っている人があるかもしれない。それならば幻覚や夢はどう説明するのであろう。心があるから見えるので、ものは関係しないという人も、ことによるとあるだろうか。この説は極端すぎて経験の事実を説明することができない。

どうしてもわからないから、仏教のいうところを聞いてみよう。

見られるものを色《しき》という。見るものを眼《がん》という。この色も眼も成所作智の現われであって同質異現である。だから見えるのである。前に大円鏡智のところで、釈尊が阿難に教えたのと違っているのではないかという人があるだろう。私たち人に現われている作智は、如来法身の作智の末流である。だから法身の四智があるから見えるのだと教えたのであって、法身の四智を一切のものの源泉であるという観点からみたとき、如来蔵妙真如性というのである（正法眼蔵涅槃妙心といっても同じ意味である）。ともかく、見えるのは色も眼もともに成所作智だからである。

他の聞く、嗅ぐ、味わう、触れる（および冷暖を知る）の感覚についても同様である。外界のものを順に声香味触といい、生理の感覚器官を耳鼻舌身という。色声香味触を五塵《ごじん》といい、眼耳鼻舌身を五入という。五塵も五入もともに作智であるから見えるのである。

成所作智とは、このような現われ方で人に感覚と現われている智力である。

前に六塵といったのは、今一つ法を数えるからである。法とは意識であった。法の感覚器官を意という。六入の第六である。しかし意識することだけは作智ではない。意識するのは察智であって、意根（器官を根という）は鏡智および性智である。

人の感覚器官は、この五入だけではない。これら眼耳鼻舌身の上に肉という字をつけていい表わす。簡単にいうときは五入を眼で代表させて肉眼というのである。

私たちの肉眼は全く機械的のものである。同じ器官に同じ刺激を与えると、同じ感覚を生じる。もっと下等な生物の感覚作用は非常に鈍いものだろうと思う。しかし私たち人類の感覚作用も充分鋭利なものとはいえない。この機械的で粗悪な感覚作用によって自然を認識して、それを基礎として一切を説明しようとしているのが私たち人である。

二、天　眼

ところが自然界を見る眼には肉眼以外に天眼というものがあるのである。天眼もやはり作智の働きであるが、このときの働き方は機械的ではないのである。天眼的感覚は自己の心と自然が一致するときに、神通感応して見るのである。やはりともに作智だからそうなるのである。本来このような感覚作用は自然界中に存在するのであるが、人はうまく感応できないから、そういう現象が現われないのである。

天眼は、いながらにして千里の外を見聞し、他心通は他人の心事をよむことができる。どうして彼此《ひし》感応することができるかというと、個々のものは物質的には別々であるが、実は一大精神中の個々であるから、作智の妙用によってこういうことができるのである。

天眼によく似たものに催眠術がある。術者は被術者に幻覚によって他郷のことを見聞させる。また熱火を冷たいと感じさせ、冷たい火箸《ひばし》を焼け火箸と感じさせる。そうすると不思議なことに、前の場合には触れても皮膚はどうもならないし、あとの場合には皮膚が火傷するのである。これらの現象を科学者はどう説明しようというのだろう。

人の生まれたままの心意は、自然に規定せられた生理的本能に従って感覚することしかできない。もし精神修行の結果、作智の働きが生まれたまま以上に達するときは、自然を使用することができる。それまでは自然に使用されているのである。

これは認識についていっているのであるが、実践についても同じことであって、人の道徳的意志も、天然素朴の人は因縁に規定されて、性癖や習慣のために意志の自由を得ないが、道徳的意志が発達すると、意志が自由になって、自我が自己の気質にも習慣にもうち克《か》っておのれを制することができるようになるのである。

釈尊在世のころは充分深く天眼を得た人が多かったらしい。天眼の頂上を「非想非々想」といいその次を「無所有処」というのであるが、名を聞いただけでもおもしろい。自然に対する感覚は鋭敏の極致に達していたのである。しかし大切なのは自然を出離れることであって、感覚が鋭敏になることではない。

（四一・一二・一一）

「仏眼」開けば自在

一、法　眼　自然界の外に法界（観念界）がある。釈尊は、法界の中に自然界のあること、なお大海に一漚《いちおう》の浮いているようなものだ、という意味のことをいっている。ちょっと科学と仏教との関係をいわれているような気がする。

作智はもちろん自然界に働くだけではない。法界にはいっそうよく働くのである。自然界を出離れた法界における感覚が法眼である。法眼が感覚する境界を浄土というのである。

肉眼が自然界において微細な分子動を明らかに感覚するように、法眼は心霊界（自然界を出離れた法界）の妙色荘厳等の五塵を感覚する。肉眼が自然作智の子であるように、法眼は心霊作智の子である。後にいう仏眼は作智の自己であって、全く一致したところである。

自然界と心霊界とは本一体の異現象である。私たちが見ている自然界は、あらあらしくけがれている。だからといってここを去って遠い彼岸に浄土を求めてはならない。法界が開けば、ここが浄土なのである。微妙の荘厳は現われるのである。これはそれほど困難なことではないから、疑う人は自分で修行して確かめてみるのがよいのである。

二、慧　眼　法眼は心霊界をすぐれた五塵の境界として感覚するのである。進んで慧《え》眼《げん》の対象としての作智の働きを述べよう。

自然界の感覚を越え、心霊界の妙感覚を越えると、非物質、非感覚、直観的に一体観のような感じになる。時間、空間、因縁、因果によって生じるところの自然の物質的感覚を越え、また偶像の連続的説話的であることを越え、純粋に形式直観である。ここは次のように形容されている。一大円相、十方洞然《とうぜん》として虚徹霊通、内に非《あら》ず、外に非ず、中間に非ず、一切差別の相を離れ、絶対唯一、智慧の光明、一切の用相（働きとすがた）を離れたる自性天真。

慧眼には感じるものと感じられるものとが共になく、本来一体、ただ自己の直観すなわち同一智慧だから対象は何も現じないのである。

慧眼によって一大心霊界の真境が現前するとき、一切の感覚は跡を絶って、擾々《じょうじょう》たる万物、紛々たる塵類、夢幻泡露の戯論絶えて、一切の約束を脱し、絶対無規の新天地を発見するのである。

三、仏眼

法眼、慧眼はまだ本然の作智と全然一致したのではない。ただその分に応じて作用をするのである。仏眼にいたって初めて報身自然の作智と全く一致するのである。

仏眼は慧眼と法眼とを統一し同時に働かせる。だから仏眼が開いたならば、常寂光土の大知慧、光明界中に衆宝荘厳の妙色を見るのである。

如来の大智慧は無辺であって法界に周徧するとともに、無尽の微妙な五塵の勝妙荘厳を現じ、もろもろの菩薩の法眼は如来作智にて現じたものをよく感覚する。仏眼は作智と全く一致したものだから、自ら境界を現じ自らそれを感覚するのである。

もろもろの菩薩の法眼は報身如来が他に受用させるすがたを感覚するだけであるが、仏眼は如来自受用のすがたを感覚するのである。それで無尽の妙用がある。

仏眼は法慧二眼を統一的に同時に働かせるのだから、一塵の中に十方無量の世界を現じ、これを見るのである。一塵がそうであるように、一切塵についてもその通りである。その塵々中の無量国土に各仏があって大衆のために説法しているのである。

前に肉眼につき、五塵五入を説明したとき、なぜ耳でなければ声を感覚することができないのだろうと思った方があったであろう。仏眼では五入のどれひとつをもってしても、五塵のすべてを感覚することができるのである。

単に五塵五入だけではない。六入の任意の一つによって、六塵のすべてが感覚できるのである。それだけではなく、眼をもって見聞嗅味等の識を起こし、身を使用して自由自在である。臨機応変であって、十方一切衆生のためにひとしく応じ、身を分かたずして同時に現われ、しかも別々のことをすることができる。また、人々と国土との間にも絶対の区別がないわけである。密教でこういっている。不思議国土の塵々中に必ず仏がいる。だから文字通り色心不二なのである。

新潟県の柏崎のある寺の奥さんが、弁栄上人について、光明主義によって念仏三昧の修行をしていたが、うまく行かないのを苦にして自殺しようとした。上人はそのとき三十里も隔った群馬県におられたが、これを知って肉の身を群馬県に置いたまま心霊だけ柏崎へ行かれた。その夜奥さんは寝ていたが、名を呼ぶものがあるので目をあけて見ると、まくらもとに上人が立っていて「仏思いの光明を胸に仏を種とせよ」と、七度繰り返していわれた。奥さんは後に仏眼を開くことができたのである。

私たちはこの機会に、明治の初頭に立ってもう一度見直してみたほうがよいのではなかろうか。明治以前の人は科学は知らなかったが仏教は知っていた。私たちは科学はよく知っているが、祖先の貴重な遺産である仏教のほうは忘れてしまっている。そしてもっと悪いことには、知らないでいながら、知っているように思っている。

私たちは仏教のいうところをよく聞いて、何よりも法律、道徳、教育等について、ここでよく検討するのがよいのではなかろうか。

(四二・一・一五)

教育を語る

人の住む自然について

――岡先生と小林秀雄氏の対話「人間の建設」の本の中に、最も理知の分野である数学の世界といえども、人の感情が大切だ。大きなウエートをもっている――というようにおっしゃっていた先生のお言葉を、非常に興味深く拝見したことが印象に残っています。今日、科学の進歩はまことに目ざましいものがありますが、その学問的裏付けということになりますと、やはり、先生ご専門の数学が進歩したことを見のがすわけにはいかぬようです。とにかく、私ども、住んでおります自然界が人間の知恵によって何がしかの変貌《へんぼう》をしつつあるように思われるわけですが、このような状況の中では、人間の感情はともすれば押し殺されるのではないか――そんな心配をするんです。

岡　自然といってますのは、私たち日本人は、大体明治以後は、自然と思ってますが、これは詳しくいえば物質的自然ですね。しかし人の住んでいる自然というのは、物質的自然じゃないのです。たとえば、立とうと思えば、人は立てますね。このとき全身四百いくらの筋肉が、同時に、統一的に働いたのです。どうして、こういうことができるか――仏教で「無差別智」といっているものが働いたのですね。

無差別智というのは、四種類ほど数えられてますが、同時にパッとわかるという知力、もっとも知だけに働くのではなくて、情意にも働く、それを知で代表させて知力といっているんですが、性質は同時にパッとこう（岡博士、さっと立ち上がる）瞬間的に知の場合ならわかるのです。

私たち、普通使ってます知力は、理性ですね。理性は一つずつ順々に順を追ってわかっていくという知力ですね。無差別智というのは、同時にパッとわかる。立とうと思ったらとっさに立てる――これは無差別智が働いているからですが、これを理性のような知力でやっていこうと思ったら、実にたいへんなことなのです。いま、立つということ一つを例にとったのですが、日常、人のしていることには、いちいちみなこの無差別智が働いているのです。

だから、人の住んでいる自然といいますと、たんなる目で見てわかる物質的自然ではなくて無差別智が働いているような自然である――ということになります。そうしますと物質的自然ではない、ということになります。なぜかといいますと、物質的自然に無差別智が働くということになります。無差別智とは一体何であって、どこへ働くのかということになります。これはとうてい、物質的自然では説明がつかない。つかない、というより、そういうものを一切考えていないから物質的自然でみな説明しようとしている。それが、自然科学。自然科学が中心になっているのが西洋の学問です。人が本当にそこに住んでいないのです。詳しく観察しないから、知らないのです。仏教でいっている自然の中に人は住んでいるのです。物質的自然に住んでいるのではないのです。

そのほか、全く説明のつかないことがいろいろあります。物質的自然があって、ほかのものは無いという偏見もあります。そういうものを一切見ようとしない。で、気づかない。たとえば、このごろ医学でやかましくいわれてます通り、人は生まれてから三ヵ年の間に、環境からとって、その人の中核を作る——こんなふうに。だから家庭という環境が、そのころの幼児には非常に大切である——これが環境教育です。それなんかも、本当にそうだとわたしは思います。

一体、どういう働きが、まだ頭もあまり成熟していない子どもに、そういう力を与えるのか、ということになると、全く説明がつかない。人のいろいろなこと、たいてい不思議と思わないで、頭の霊妙な働きによると思っているのです。しかし、生まれてわずかの子どもに、そのようなたいしたことができるのはなぜかというと、もはや、頭の働きだけでは説明できない。これは無差別智の働きなのです。

そのように、人は動物ですが、動物は、物質的自然界の存在として説明がつかない。無差別智の働くような自然、ということにしないと説明がつかない。

ファーブルは、昆虫の本能はまことに不思議であるといってますが、近ごろだんだん生物学で生命の不思議がわかってきた。みな不思議がってますが、説明はつけられそうもない。で、生物は、この無差別智の働くような自然、そういうところに住んでいるんである。それが、われわれの住んでいる自然である。

西洋人が、自然科学で調べているような物質的自然の中に住んでいるのではないのです。

最も大事な感情の世界

では、無差別智の働くような自然というのは、どういう自然であるか、というと、心の中の自然なのです。仏教では心の中に自然があるといっていますし、私たち日本人も明治まではそう思ってきたのです。つまり、心の中にある自然なので、無差別智は、その心に働く……。

ところで、ご質問とは少うし違いますが、西洋の学問、科学といわれるものの正体は、説明のつくところだけ説明して、あといっさい説明のつきそうもないところは、観察しようとしないために、非常に進んだように見えてます。物質的自然を調べてわかるものは、大体無生物までであって、生命のことはとうていわからない。進んでやしないのです。

わからないことをわからないと、ハッキリいうのならばよいが、これがすべてであるというふうないい方をすれば、自然科学は間違いをいっていることになり、進んでいるどころのさわぎじゃない。

ご質問を二つに切ることになりますが、これが西洋の自然科学です。進もうと進むまいと、あれを調べてわかるのは、無生物の世界だけです。人に大切なのは、生命の世界です。それは、とてもあのやり方ではわからない。

それから、人間の知恵とおっしゃいました。人は、人の世に暮らしているんですね。それが人の一生です。人の世で暮らすとは、どういうことか、ごく簡単に申しますと、人は喜んだり悲しんだりして生きるものです。それが人です。

それじゃ、喜ぶとはどういうことか——と自問自答しますと、喜ぶというのは非常によく知っていると思っている、ところが、さて喜ぶとはどういうことかと見ますと、一つも知らないことに帰す。悲しむということについてもそうです。悲しむというのは、わかり切った非常によくわかったことだと思っている。ところが悲しむというのはどういうことだ、と、自問自答して、さて答えようとなると全然答えられない。こんなふうに、人は感情の世界に住んでいるんです。

が、その感情というのは、まことに不思議なものである。喜ぶとか、悲しむとかを子どもに教えるのに骨の折れたためしがない。わけなしにわかっていく。にもかかわらず、喜ぶとか悲しむとか、これは心のことをいうのでしょうけれど、心のどういう状態かというとこれはもう全然わからない。そういうところに人は住んでいるのです。

そういう不思議な感情の世界に住んでいるのです。この感情の世界の一つひとつについて充分良く知っていると思っているにもかかわらず、実は何も知らないのです。

人は単細胞から、二十億年かかって今日の位置まで向上してきたといわれているのです。どうして、この不思議な感情の世界というものができていったのでしょう。こういうものがあるから、たとえば、仏教で極楽というふうなことが考えられます。感情の世界に住むということがなかったら、そういうものは全然考えられないことなんです。

ともかく、人は感情の世界に住んでいる。その感情の世界の一つひとつは、みんな非常によく知っている。話してもよく通じる。しかし、その一つひとつは実は、一つも知らないことなのです。こういう不思議な感情の世界にいる動物、住んでいるのが人なのです。

その感情をつかさどっているのが、大脳前頭葉なのです。だから、人の中心は大脳前頭葉なのです。人が、人らしく生きていくというのは、喜んだり悲しんだりして生きていくことであると申しましたが、人は働きますね。人の人らしい働きというのはどういうことかといいますと、生きがいを感じるということであります。

生きがいを感じるということはどういうことかといいますと、自分の感情を形に現わす、行為に現わしたり、芸術上の創作、学問上の発見のみならず、つまり美、真のみならず、感情を日常の行為に現わすというのもある。――これが善の道ですね。

そういうふうに心を形に現わす、そして、うまくそれが現わされると喜びを感じる。それが生きがいですね。これも大脳前頭葉のつかさどっているところであって、その心を形に現わすというその働きを創造の働きといっているのです。

数学といえども、創造の働きより出ない。だから感情が形に現われるのです。で、数学上の発見にしても無から有、何があって何ができるかというと、感情があって数学上の発見ができる。だから、情熱といったふうなものが一番大事になってくるのです。

大体、ご質問にお答えできたかと思うのです。二つ別にして、その一つひとつについて……。一つひとつはだいぶ違うと思いますので、一つずつご説明しました。

あなたのところは、教育を主としてやっておられるでしょう。人は、こんなふうなものですから、教育もまたそのつもりでしなきゃいけない、ということですね。

――先生のお書きになったものを拝見しますと、情緒という言葉でいい現わしておられるのが多いようですね。つまり、いまおっしゃった人の感情の世界のことを……。

岡　ええ。人の心をわたし情緒という言葉を使ってます。情緒が形に現われる。人は情緒を形に現わして生きている、その情緒が形に現われるとき、喜びを感じる。それが生きがいです。真善美、みなそうです。

――ところで、その情緒ですが、このごろの日本人の情緒は、戦前よりも不安になってきているといわれていますが、不安だとすると、いったい原因は何にあるのでしょうか。

岡　非常に物質主義的になったからですね。

――少しとうとつになるかもしれませんが、そこで日本人の情緒と愛国心の関係について――。

岡　愛国心とまあ普通いいますが、その基になっているのは私、同胞愛だと思います。同胞愛というのは、過去を懐かしむという情緒だと思います。それが著しく欠けてるんです。教育はもっと、日本民族の過去を教えるという意味で教えなきゃいけない。知らない。へんな批判なんかやったって、たいしたことじゃないんです（苦笑）。昔はこうであった、いっしょにこういうところを生きてきた、その過去をもろともに懐かしむ気持ちが、同胞愛です。

いま非常にその同胞愛が欠けてるのです。懐かしさの情緒の欠如です。土井晩翠もいってますが、その過去を懐かしむという情操ですね。それが欠けてる。教育が、それをやらなければ……。社会党なんて、全然同胞愛がない。まるでないですね。それで人気がないんだと思います。あんなに同胞愛がなくっちゃ、しょうない（笑い）。ただ階級あるのみ、というようなことじゃ……。

――戦後は、同胞愛だ、愛国心だといえば戦前の国粋主義者にみられやしないかと妙に遠慮して肩をすぼめていたようですが、過渡期はともあれ、戦後も二十余年経ってるんですから、もうこの辺で先生のおっしゃる同胞愛精神を醸成せねば……。

岡　ものの本質をよく知ってて、確固たる信念のもとにいえば、いえるんですけど、みなそういう点に対してあやふやなんですね。だから、はっきりいい切ることができない。当然必要です（同胞愛）。戦後は非常に大切なものをたくさん捨て去ってる。それを拾い上げなくちゃならない。とくに物質的でないものをいろいろ捨てたんです。非常に大切なものをね。

――それを学校教育で拾い上げるとすれば、要するに歴史教育にもっと力を注がねば、ということになりましょうね。

岡　全くその通りです。その他、戦後の教育にはずいぶんいろんなものが欠けてます。なによりも教育は、人をつくるのが教育だ——といわれた時期があるが、これは正しいのです。正しいのだから当然いわれるはず。そうすると文部省はすぐ理想とする人間像というようなものを書いてしまった。ところがね、人ができ上がるというのは、教育されて人ができ上がるというのは、どういうことかというと、人らしく知情意が働くということです。これはわかり切ったことです。

真の教育に欠けているもの

そこで人らしく知情意が働くようにするには、どう教育すればよいか、ということになるんです。その情がよく発育するように教育するのが情操教育です。あと知と意が残ってますね。情が一番複雑なんです。知と意の原理はごく簡単なんです。知の中心は前頭葉ですが、一部側頭葉も使ってます。情意は前頭葉だけです。で、この知と意については教育に負う原理は、使わすことによって発育させるという原理、しごく簡単であって、しかもほかにない。

ところが、いまの教育には、その情のほうがうまくいっていない。情操教育が欠けているんですね。知と意のほうも欠けている。これは使わさないからです。知のうちでね、知力というものが働くというのは前頭葉の働きです。たとえば創造力というもの、イマジネーションじゃなくて、クリエーションがね。それが働かないというのは使わないからなのです。前向きの姿勢で考えさすというような使わし方をしないからなのです。意志が発育しないのは、意志教育をほとんど、というより全然しない。いまの教育で一番欠けているものとして、目につきますものは、むしろ意志教育です。

意志の教育が欠けるということは、意志を使わさない、ということです。たとえば、以前は習ったものは覚えようというのが原則でした。このごろは記憶しなくてもよいということになっている。ところが記憶しようと思いますと、非常に意志的努力がいるのです。あの意志的努力は重ねていますとある時期——だいたい中学二、三年になれば、精神統一力になるのです。精神統一というのは意志力の現われなのです。

記憶には、二種類ありまして、小学校へはいる一年前から小学校一、二年ごろは非常にある意味で記憶がよい。このころの記憶力は、無努力の記憶です。だから意志的努力はしないのです。その後また小学校五、六年ごろから、第二の記憶力が伸びてきます。この記憶は意志的努力を欠いては覚えられないのです。

クリエーションの働きは、前頭葉で精神統一下において行なわれるので、心を散らしたままするんじゃありません。だから意志教育が欠けておれば、それができんわけです。それから意志についてなおいいたいことは、意志が発育するということは心でいえばキチッとしまりがあるということですね。心がしまるということ。ところが意志の教育をしないものだから、心にしまりがない。そうすると肉体に現われるのです。どんなふうに現われてるかというと、手足だけがむやみに伸びて、それでいて全然筋金が通っていないという、そういうからだがだいぶできてるでしょう。

筋金が通っていないというのは、時実先生のいい方ですが、ダラーッと手足がむやみに伸びている。これ、見るから意志が発育していない。それからもう一つ、肥満型というむやみにブヨブヨ太る、これも意志が発育していないからです。こんなからだは戦前なかったですよ。意志の教育を全く怠った結果じゃないかと心配しているのです。

よくこの意志の教育というと、戦前の教育を連想するらしい。それで、なんとなくそれが悪いと思ってしまうらしい。しかし、クラゲのようなものばかりつくりますとね、そりゃ、戦争に役に立たんことは確かです（笑い）。しかし、平和にだって役に立たない。一番欠けてるのが、この意志の教育。それに努力の教育では、知力の根本、創造力ですね。創造力というのは前向きに頭を働かせるということによって発育させるので、だから自分から進んで深く考えるというふうな考え方がいるのです。

思考が浅ければ、側頭葉の働きになってしまいます。自分を忘れるほど深く考えこむというに至って、はっきり前頭葉の働きになる。そういう働きを、働かせるということによって前頭葉を発育させる、それが知力です。知力のほうも著しく前向きでなければいけないし、知力を働かせるとき自分を忘れるほど深く働かせるというものでないと好ましくない。それを、やってませんね。

それから、もう一つ。日本国新憲法の前文ですが、あれ、いかにも変だと思って、というのは千年以上仏教がいってきたことの正反対、儒教がいってきたこととあわないので、日本人でこんな作文を書く人がいるというのは不思議だと思って、だんだん尋ねていったんです。そうして教えてもらったところによりますと、あれは進駐軍の示唆だということですね。それにしても日本人にあんな作文が書けたということは本当に不思議だ。

あそこでいっている個人といいますと仏教でいってます「小我」のことです。仏教では、小我は迷いであるから、小我を自分だと思うその迷いをさまして、真の自分、「真我」を自分だと悟るようにせよ、そういってるのが仏教だ。仏教の修行はすべて、そのためにするものです。

小我とは、小さい自分、はっきりいいますと自分のからだ、自分の感情、自分の意欲、大体それを自分だと思うのが小我です。この小我というのを、なぜ自分だと思うかといいますと、人には自己中心の本能がある。これを無明と仏教でいうのです。その自己中心の本能が現われて、自己中心に小さく考える、それが小我です。

この自己中心の本能は抑えなきゃいけないのです。抑止しなきゃいけない。あまりひどい利己的な考えは抑えなきゃいけない。動物はそのまま放任しても、一応秩序をそれほど乱すことはない。なぜかといいますと獣類の頭には、自動調節装置がついている。ところが人類には、それがない。その代わりに前頭葉の抑止力というのが与えられている。ただし、これは自動装置ではないから、自分で進んで働かせなきゃいけない、というのが医学の定説。で、仏教でも儒教でもそれをやってきた。教育等でも戦前はそれをやってた。戦後になって、やめてしまった。だから、あまりひどい利己的な考えを抑えるということを学校でやらなきゃいけない。それをあまりやらぬから非常に利己的になってます。

知情意の教育がうまくいかず、そのうえ、人らしい人をつくるという教育もできてない。人の本質、欠点、人には自己中心に考える本能が働いている。これを応分に抑えなければ、野放しにしたら悪いにきまっている。これは是非やらなきゃならない。それを教育はいっさいやってませんから、ひどくいまの若い人たちは利己的になってきている。ごらんになればわかるようにね。

総力をあげて教育を正せ

——アメリカナイズされた教育にその原因があるんでしょうか。

岡　そう大体、アメリカの教育です。アメリカの教育は側頭葉です。学問、技術、能力等を大事にする教育です、アメリカの教育は。しかしこれはみな人あっての道具です。第一義的に考えるものではありません。間違ってる。直さなければ——。その点にみんなが気づいて、声をそろえていってもらわないと、文部省はなかなか変えやしません。変えようとして一度、腰をすえて教育を考えるんだといいだしただけ、まだましなんですが（笑い）。

——いま、進学一辺倒のような教育になっていますが、あれが教育の本質をだいぶゆがめてますね。

岡　ええ。あの入試の弊害が非常に大きいということを知ってもらわなきゃならないし、教育ですでに男女問題が正常に取り扱われていないということもあります。いまのようでは悪い子どもが生まれるのです。

自然科学は生命現象については何も知りません。それで生命現象についてみようとすれば仏教のいう所を信じるほかありません。仏教は人は不生不滅だといっています。そうすると親子の関係はどうしてできるのでしょうか。仏教は子が親を選ぶのだといっています。自分と性の合ったものの所へ行って生まれるのだというのです。その際、特に性交が関係するというのです。国民は国のために人らしい上品な性交をしなければなりません。でなければ、生後八ヵ月で立つというようなものがたくさん生まれてしまいます。育児や教育でおぎなえるでしょうか。国は性問題を捨てて置いてはならないのです。

前にもいったように、意志教育を全くしなくって、みるから意志の弱そうなからだができてきたって平気だし、それにもう一つ、人は生きがいを感じて生きるものだ、といいました。それができるようになるのが大脳前頭葉の発育です。ところが、このごろの大学生は時間をもてあまし、マンガを見ているのが一般だと聞いてます。全然、これは大脳前頭葉の発育不良、それを簡単に直せると思うのは違う。人ができていない。どうしてできていないかというと頭が発育していない、それが急に直るわけがない。そういうものを大学へ入れたって仕方ないですよ。少しぐらい学問が足りなくても、知を愛し、学を愛して自分で本を求めて読むという人ならだんだん熟練していきますけど、時間をもてあましてマンガを見ているというのは、まったく大学生として生きていない。

これは、教育の誤りがそのまま現象となって出てるんです。それを見て心配する人がいない。大体人の生き方は、人を愛しものを愛して生きるのです。それを大学生は学も知も愛しないし、中学生は同級生を敵《かたき》と思っている。性問題も捨てておけないし、試験地獄も困る。日本は東海粟散《ぞくさん》の辺土に一億の人がひしめき合っていて資源もない。日本民族の一人一人が日本民族を愛し、日本民族に自信を持つのでなければ、日本は生存し続けることができないでしょう。よいものを作り、それを外国にうまく売りさばくには、創造力に自信を持ち、エゴイズムは抑えなければなりません。

みんなもっと時代をよく見て、心配すべきは心配して、そしてできるだけのことをしなきゃいけませんね。教育が、ぼやぼやしているときじゃない。

（四二・八）

片　雲

日本文化の特質

私は四十年の暮れ「国字問題」の内幕を詳しく聞いて赫怒《かくど》しました。

小・中学校の国語教育についてですが、日本の子どもならば日本語を話すことは教えなくてもできるし、書くことは仮名さえ教わればできます。それで問題は読むことです。ところが今の文部省はごくわずかの漢字を略字でしか教えないのです。略字で書いてもよいというのではなく、略字で書かなければいけないというのです。これでは万葉以降の日本人が私たちに書き残してくれたものを読もうとすると、たいへんな意志的努力がいります。たぶん、往年の進駐軍の意図から出たもので、いうことを聞かないと皇統をどうするかわからないぞ、というふうなことをいって脅かされたのでしょう。これは日本語で書かれた文献を焼いてしまう代わりに、日本語そのものを焼いてしまおうとしているのです。

私は奈良に住んでいるのですが、私はそれを聞くや、赫怒して東京へ行き、帰りの汽車の中で随想集「月影」の後半を構想して、帰って一気にそれを書き上げ、数通の手紙を書き終わるや血を吐いて倒れました。胃カイヨウでした。二十一人の血を輸血してもらって、やっと今日あるを得ました。ある医学者が犬の間脳に針を突きさすと、刹那《せつな》にその犬の胃壁から血が勢いよく吹き出たということですが、私はまるで自分の間脳を突き破るようなことをしたのです。

手術後半年くらいは頭やからだは興奮状態にあったようです。毎日必要な胃を五分の四も切り取られてしまったので、これはたいへんだと思ったのでしょうか。食欲も食糧難のころ以来かつてないほどに進み、目方もふえました。

しかし無理はながくは続かないとみえて、この時期が過ぎると、何よりも頭がひどい冬眠状態になりました。これは大脳前頭葉の感情意欲が働かないのです。

ところで、九州に坂本繁二郎《さかもとはんじろう》という洋画の大家がおられます。もう八十四のご高齢で、六十年以上も絵一筋に精進しておられるのです。私はこの冬眠状態にあるとき、人から坂本さんに会うようにすすめられたのでした。ほかならぬ坂本さんだからと思って、私は九州へ出向いてお目にかかりました。

二時間ほど話し合ったときでしょうか、先生は突然はらはらと涙を流して「日本の夜明けという気がします」といわれました。こういうことはいつも二人同時に起こるもので、私のほうも心のなかの冬枯れの野が刹那に緑色を帯びました。からだにもシャンと筋金がはいりました。以来今日まで、二十日ほどになりますが、その状態がつづいていて、少しもその刹那と変わりません。それだけではなく、私はこれならば日本民族は大丈夫と思いました。満州事変以来三十五年にして初めて安心したことでした。

私の頭の冬眠状態はこのようにしてなおったのだから、故障は情緒の中心にあったものにちがいないと思います。

お坊さんはよく「意識眠りて一夜の夢を見、阿頼耶《あらや》眠りて生死の夢を見る」といいます。仏教では心を九層に分けて説明してくれることがあります。心の真底が第九識で、これは不生不滅といわれています。その上の第八識が阿頼耶識で意訳して蔵識といって、個人、民族等の過去一切が蔵されているところです。

その上の第七識を末那識《まなしき》といいます。その現われが小我です。その上が第六識、これが意識です。医でいう意識とは違います。その上が前五識、これはみな感官でして意識によって統べられているのです。意識は自身感官でもあります。心の眼がそれです。心が形に現われて人体を作るのです。仏教はそう教えていますし、私もそう思います。これは心の模型です。第六、第七識は主として大脳前頭葉に現われています。私は第八識は大脳皮質部として現われているのだと思います。

そうしますと私の体験は、日本民族の場合は、大脳新皮質（皮質の上部）が、山にたとえますと非常に高く、木もよく茂っていて、そこに発する清冽《せいれつ》な水が情緒の中心に集まり、一半はからだに送られて勤勉さとなり、他半は大脳前頭葉に出るのだと思います。これが感情であって、それに従って意欲し、創造するのです。

それで私は日本文化の特質はこの清冽な水の特質であって、由来するところは私には少なくとも十万年と思われる民族の歴史にあると思うのです。私にはそうとしか考えられません。


（四二・一）

孫の嘆き

孫は二人ある。上は女で、きのみといって、いま小学二年生、下は男で洋一といい、ことしから幼稚園へ通っている。あと一年幼稚園へ行って、それから小学校である。二人とも長女の子で鯨岡《くじらおか》という珍しい姓であるが、去年の八月から私の家の二階に住んでいる。きのみが「おじいちゃん、はしご段と子ども部屋のある家を建ててくれるように大工さんに頼んでおいて」といったので、その通りにしたのである。

きのみの過去については「春宵十話」から「月影」に至るまでの私の警鐘乱打のなかに何回も素描しておいたが、その荒筋をくり返すことから始めよう。

きのみは赤ん坊のときから喜びを表わすのが上手で、人が来ると必ず手足を精いっぱい振って喜んだ。

童心の時期三十二ヵ月間における母の愛情は、子どもにとって何よりも大切らしい。幸いきのみは充分にそれを受けることができた。そのころ、きのみは奈良公園の近くに住んでいたが、よく父母とともに散歩に行っては、帰りに父母と両手をつなぎ合わせてぶらんこをするのが好きだった。うれしくてたまらないという様子が全身にあふれていた。

童心の季節三十二ヵ月が過ぎて九ヵ月ほどたったころ、弟の洋一が生まれた。以来、きのみは母の愛を独占できなくなったが、それでやっとおとなの仲間入りをしたといえるだろう。

それから一年ほどして、私は「ひとを喜ばせるのはよい子だよ」と教えると、自他の別のあるおとなの世界へはいったばかりのきのみは、さも珍しいことを聞くものだというふうに目を輝かせた。そのとき私は「ひとを嫌がらせるのは悪い子だよ」ともいい添えた。

私は祖父から「ひとを先にして自分を後にせよ」という戒律を受けついだ。それで、きのみは喜びがよくわかるから、私はこの戒律を喜びということにおきかえて与えたのである。

一年たつと、きのみはこの戒律をすっかり身につけた。そして三年たった今ではもう自分の中で新しい解釈をつけ加えるようにさえなった。

少しまえのこと、きのみは父母、洋一、それに私の末娘さおりと、近鉄奈良駅前のタクシー屋さんでタクシーを待っていた。ふと気がつくと、きのみが見えない。捜してみると首を四十五度に曲げ、こうもり傘に全身を託して何か見入っている。何だろうと思ったら、若いお嬢さんが元気に「統一原理」の街頭演説をしているのであった。どうやらきのみは自分で考えるということを自覚しはじめたようだ。私の教える戒律をきのみはさまざまな点から学びとっていた。それがやがては情緒の形成にもつながるのだろう。

ある日、洋一の友だちの宮島君が遊びにきていた。宮島君がきのみをたたいた。おばあちゃんが「たたかれたら痛いでしょう」ときのみにいう。「だからたたいたんだね」と僕が宮島君をからかって合の手を入れた。するときのみが「おじいちゃんまであんなことをいうようになった」と嘆く。戒律を破るようなことをいっているというのである。私はすっかり後悔して謝った。おばあちゃんは「たたかれたら痛いでしょう、だからひともたたきなさんなよ」と戒律を完成する。宮島君はとても気の軽い子で、隣室に走って行ったと思うと人形をピシャッとたたく。するときのみは「お人形でもたたかれたらきっと痛い」

と敢然といいきった。

きのみの心の発達をそれとなく観察していると、子どもの情緒の形成というものがどれほど早く鋭敏であるかわかる。それだけに子どもに与えるものは考慮しなければいけないと思う。

きのみが電気炬燵《こたつ》にあたっている。末娘のさおりがきのみの髪を引っぱる。きのみ「おじいちゃん、さおりちゃんが毛を引っぱったよ」私「いややった?」きのみ「うん、いややった」私「さおりはいけない子だね」さおり「いややったはよかったね」私「うん、しかし、いややったのほうがおもしろいよ」――このごろいやでもないのをいやだといって、あとで「うそや、うそや、ちょっとおじいちゃんにそういってみたかったんや」と女の子らしく私をからかうようになった。どうやら私はもう「ひとを喜ばせるのはよい子だよ」という戒律をさらに深く掘り下げて、「ひとが悲しんでいたら慰めてあげなさいよ」と、次の戒律を与えるべきころだと思った。いまその機会を待っている。

きのみはもうすっかり自分の心の動きを読めるようになった。「やがて」といったようなおとなの言葉もよく使う。いよいよ情操教育だが、きのみは女の子で、私のこれまでの経験はそのままではあてはまらない。しかしそうかといって日本には良い本もない。アンデルセン物語や讃美歌《さんびか》のある西洋がうらやましいが、これをそのまま使ったのでは浅すぎよう。やはり正しい情操教育は家庭という身近な環境からとり上げるより仕方がないようである。孫の嘆きは私たちがその正しい相手になってやることができて初めて解決されるものだろう。

（四二・二）

明治百年に思う

昨年の冬近いころである。私は末娘のさおりをつれて、伏見の桃山城に「明治展」を見に行った。

まず、桃山御陵に参拝しようということになった。御陵は小高い丘の上にあるので、ここからは、伏見や京都の町々を眼下に見おろし、京の北山・西山を前方に眺めることができて、かなりの景観である。「みささぎ」は深い林の中にある。木の間をわけて行くと、ほうぼうで、いろいろな小鳥がとりどりに鳴きたてている。

以前、私がこの御陵に参拝したのは、小学六年のときである。それからもう五十五年にもなる。なるほど、明治の初年から数えて、ことしは百年になるというが、それからずいぶんいろいろなことがあった。

私は「みささぎ」に最敬礼しながら、しばらく感慨にふけった。

冬　隣　る　桃　山　陵　や　御　世　遥　か　石　風

石風とは私である。

桃山陵の隣が桃山城である。しかし、善美を尽くした秀吉《ひでよし》の豪華な城は焼けて今はなく、鉄筋コンクリートの味気ないものになっている。桃山陵の隣に位置するのだったらこのほうがふさわしいだろう。

ほかにも、いろいろ展覧してあったが、「明治展」を見るのが目的だったから、それに主力を傾けて、行きつ戻りつする。

私は、なによりも「日露戦争」より以前の明治の人たちの顔が見たかった。

人形の顔や姿態をあかず眺めたり、ときどきある写真の前にたたずんで、その顔をじっとのぞき込んだりした。また、人形の服装もよく見て回った。

とくにおもしろかったのは、「征韓の論争」だ。まるで岩倉具視《いわくらともみ》が吉良上野介《きらこうずけのすけ》のようで西郷隆盛《さいごうたかもり》が浅野内匠頭《あさのたくみのかみ》のように見える。つまり、この論争では、西郷が岩倉にとても歯がたたないのである。

議会の風景もまたおもしろかった。当時の議会は、ほんとうに国民の選良だったのがよくわかる。また、当時の女学生の服装も、私の思い出を誘った。「稚児桜」という当時の小説である。私が子どものころ、家の書庫から捜し出してきて読んだものである。その話は、なんでも華族のお嬢さんが、両親に内緒で、秀才の貧乏な青年に学資を貢いでいたのが発覚した。叱られるかと思うとかえってほめられる。その結果、青年はお嬢さんと許《いい》婚《なずけ》となり洋行するというような筋であった。

鹿鳴館《ろくめいかん》時代の貴婦人の風俗も、目を見張らせるものがある。

明治の西洋文明が日本に流れ込んだ姿は、とうてい今日のアメリカ文明の比ではなかったのである。

しかし、展示された人形や写真の顔を見てもわかるように、当時の日本人は、自分というものを失わなかった。

だから、今日のように、さしたる混迷というものが生じなかった。

日露戦争のときの将軍たちの絵姿もよく見て感じたが、日露戦争が終わるころまでは、日本はまだしっかりしていたのである。

日本民族の「民族としての目ざめ」はずいぶん古いことだろう。

千数百年前、日本は支那から文字を取り入れた。そのとき、いろいろとよくない思想や習慣も取り入れてしまった。

柿本人麻呂《かきのもとのひとまろ》は、

もののふの八十氏川の網代木《あじろぎ》に　いさよふ波の行方知らずも

と嘆いている。

大伴家持《おおとものやかもち》なんかが支那文明によろめいて、氏とか名とかをやかましくいった張本人だったのだろう。きびしい階級制も、漢室かなにかにならって取り入れてしまった。それらがみな、今日に及んでいる。

さらに、明治の初年に取り入れた西洋文明の中核である「物質主義」が、日露戦争で国の気がゆるむと共に表面へ出て来る。すべて物質によって説明できるという思想の氾濫《はんらん》である。

それでも、明治大帝の御在世中は、まだよかった。

かばかりのめでたき帝《みかど》いましける　御代《みよ》も今日より古《いにし》へとなる　晶子

そして、大帝の崩御されるや、大隈重信《おおくましげのぶ》や加藤高明《かとうたかあき》が、支那に二十一ヶ条の要求を突きつけ、国恥記念日（一九一五・五・九）にされてしまった。

やがて、この日の下に育った支那の子どもたちが青年となる。日本の軍部はそれが恐ろしくて満州事変を始めた。日本が滅びずに今日まで来ると今度は利己主義の洪水である。

懐かしき御世や小春の小半日　石風

私と娘は帰路を京都へととったので、車中で日が暮れてしまった。

山暮るる冬枯れの野は涯《はて》もなく　石風

（四二・三）

「側頭葉教育」

日本のいまの教育は、アメリカ式側頭葉教育（能率教育）である。

「受験地獄」とか「産業教育」など、マスコミが教育問題を大きくとり上げ始めているが、私は私なりに教育を調べてみて、そう思った。これは、進駐軍の野蛮さに起因するのだと思い、デューイの教育学の誤りを、機会あるごとに指摘したりしていた。

ところが、最近、財界の人々と膝《ひざ》を交えて話す機会に恵まれた。そこで、日本はアメリカを見ならって、物質的に非常な躍進をした。今や、工業的生産力では世界第三位である。私たちのただ少し憂うるところは、いっそうの躍進をする源泉をどこに求めてよいかわからない、ということだけである、と聞かされた。

だとしたら、能率教育は財界の要望でやっていたことになるが、状勢がそうであったら、呼びかけ方をすこし変えなければならないだろう。

さて、人で一番大切なのは大脳であることはもちろんであるが、その大脳で一番重要なのが皮質部である。その皮質部を三つに分けて、前頭葉、側頭葉、その他の部分とし、科学新聞から二、三データを拾ってみよう。

側頭葉を機械で造ると、これを動かすに要する電力は十億キロワット、しかるに人の場合はわずかに二十五ワット。

脳実質は、百四十億の脳細胞と各細胞から出ている四十本の連絡線とからなっている。この連絡ぐあいを青写真で示そうとすると、それに要する経費は、アメリカ合衆国の一年の経費の一千万倍。(僅々《きんきん》二十億年に、単細胞をこの霊妙きわまりない人体にまで育て上げた造化の不思議さよ)

大脳側頭葉の働きは機械的であるから、頭は機械だとよく人は思うのであるが、その背後にある大脳皮質部前頭葉の働きがあるから、この機械が動くのである。側頭葉が機械ならば、他の二つは人といえよう。

私はこう想像するのである。アメリカの医学者、心理学者は人を調べるといって、調べやすいものだから側頭葉ばかりを調べていた。そして、アメリカ財界が要望しているアメリカ式「側頭葉教育」を作りあげたのではなかろうかと。

いくら力の源泉が大脳皮質部にあると暗示されても、前頭葉のありさまはそれを使いぬいた人でなければわからず、新皮質にいたっては、本来の日本人でなければ見られないのである。

本来の日本人はどのように見るか、を簡単に説明しよう。

　春雨や蓬《よもぎ》をのばす草の道　芭蕉
　春雨や物語りゆく蓑《みの》と笠《かさ》　蕪村

蕪村の句には、二条か三条しか春雨が降っていないが、芭蕉の句には目のおよぶ限り、万古の春雨が降っている。

なぜであろう。それは蕪村は自他対立して春雨を見たのであるが、芭蕉は春雨になることによって春雨を見たためである。

本来の日本人は「情」の人だから、情の目で見ることができるのである。この目を仏教では「妙観察智」という。

造化が人に賦与《ふよ》した大きな力を使おうと思えば、まず人を育てなければならない。それには生まれてから小学校四年までかかる。これを「育児」といおう。日本民族の場合は、その源泉が非常によいのである。育児を正しく日本人に行なえば、物質的ないっそうの飛躍は易々たるものである。育児をどうすればよいかは、人の子の内面的生い立ちを見なければわからないことだが、これは妙観察智の目を持たない欧米人にはできないから、日本人が自分でしなければならないことである。

何よりも急ぐことは、この誤った側頭葉教育を速やかに止めることである。恐ろしさの一例だけをあげよう。人というよりも、昆虫という気がする青年によく会う。これは前頭葉不在なのである。これは創造力とも労働力ともいうわけにゆかない。私の推定では、今の日本はこのような人を人口の一割以上持っている。ともあれ、この悪傾向を止めるために、私は「育児研究所」がほしいと思うのである。

（四二・七）

梅日和

日本民族の心の調べ

今日は二月十一日、昔の紀元節である。私は紀元節といえば天孫降臨の日とばかり思っていた。そう思って

雲に聳《そび》ゆる高千穂《たかちほ》の
高嶺《たかね》颪《おろ》しに草も木も

を歌っていたものである。紀元節とは民族の心が初めて調べを得た時だというふうに思っていたのである。

それはいつごろであっただろう。またその後日本民族は地球上をどう回ったであろう。私はそれが知りたくてならないのであるが、どこにも書いてないし、現在の私にはごく少

しの手掛かりしかない。

しかしこれはそれだけ自由に想像できるということでもある。それで私はその少しの手掛かりをたよりにこんなふうに思っている。

今から十万年位前が「ににぎの尊《みこと》」時代の始まりであって、そのころ日本民族はチベット高原辺にいた。それからそこを北に降りて、黄河の上流辺に出てそこで稲を作っていた。ここで民族は二つに分かれ、一部はそこに定着して次第に支那上代の文化を開いた。これが漢民族である。

私たちは中央アジア辺を通って南下してペルシャ湾の岸に出た。私には埴安《はにやす》の海といえばなんだかペルシャ湾のように思えるのである。

これからが「ひこほほでみの尊」時代であって、沿岸の河畔河畔で稲を作りながらシンガポール辺まで移動したのだろうと思う。

それからが「うがやふきあえずの尊」時代で、南洋の島々を回り、またシンガポール辺から大陸に渡り沿岸を北上して、南支から琉球《りゆうきゆう》を経て九州の南端に移ったと思う。そのあとが神武《じんむ》天皇時代で、移ったのは九州から大和までであるが、時期は存外ながく、一万年くらいかかっているのではないかと思う。その後が歴史時代である。

私は民族の昔が無性に懐かしく、よく知りたいのであるが、今の私には杳《よう》として知る由《よし》もない。

ではこの民族の心の調べとはどういうものであろう。

私はパリに三年いて、日本がよく知りたくなって、典型的な日本人とはどういう人だろうと思って、初めに俳句や連句によって芭蕉《ばしょう》一門をよく調べ、次に「正法眼蔵」によって道元禅師を調べた。正法眼蔵がわかるまで十数年かかった。言葉はすべて小我の言葉である。この本はそれを巧みに操って小我をはるかに出離れたところの風光を描いてある本である。ふつうのわかり方ではわからない。私の場合はある一刹那《せつな》があって、それ以後「正法眼蔵」に関する限り、どこを見てもすらすらわかるようになったのである。

これで大体典型的な日本人とはどういう人をいうかわかったし、私もその一人だという自覚を得たから、日本歴史からその人を選んでその行為をよく見た。

まず「うじのわきいらつこの尊」がある。自分が生きていては自分が天皇にならなければならないというので、長兄で後の仁徳《にんとく》天皇に皇位を譲るために、さっさと自殺してしまわれたのである。かような高い善行をなんと名づければよいのだろう。

それから聖徳《しょうとく》太子がある。仏教をこの国に取り入れるために、やがて御一家が焼き滅ぼされることをさえお厭《いと》いにならなかったのである。会津八一《あいづやいち》氏は太子の御持仏救世《ぐぜ》観音になぞらえて、こう讃《たた》えている。

天地にわれ独りいて立つ如き　其《そ》の淋《さび》しさを君はほゝえむ

もっとくだると楠木正成《くすのきまさしげ》がいる。正成は深く大義に思いを凝らし、一度立って千早の孤城を守るや、北条氏が日本全国の兵を集めて攻めても抜くことができなかったのである。それほどの智謀の士が、尊氏《たかうじ》の東上に際し策を献じて容《い》れられざるや、易々として廟議《びょうぎ》に従い湊川《みなとがわ》に戦死したのである。この死に方もちょっとできない。

明治以後、日本人は西洋の物質主義（物質によってすべてが説明できるとしか考えられないこと）の中に住んで、人は死ねばそれきりとしか考えられなくなったようであるが、明治以前の日本人はそうは考えなかった。特に典型的な日本人は、日本的情緒の中から生まれてきて、その通りに行為し、またそこへ帰って行く。それを繰り返す、と思っていたらしい。私もそう思っている。

そうすると日本的情緒の基調の色どりは、上に挙げた人々の行為によって窺《うかが》えるわけであるが、なんという高貴な色調であろう。

これが日本民族の心の調べである。

情というもの

もう少しよく説明すると、典型的な日本人は真の自分は死なないし、自分とひととは心が通い合い、自分と自然とも心が通い合うと思っているらしい。これは芭蕉の俳句を見ればよくわかる。仏教の言葉でいえば、真我的な人である。

芭蕉の

秋深き隣は何をする人ぞ

を芥川龍之介《あくたがわりゅうのすけ》は、人は一人一人個々別々である人の世の底知れぬ淋《さび》しさ、ととったらしいが、本当はこうだったのである。

秋も深まると隣人は何をしているのだろうと懐かしくなる。わからないという淋しさもあるが、それは表面だけであって底は懐かしいという温かさである。それが人の世の「あわれ」である。これが芭蕉の俳諧《はいかい》の心である。

芭蕉は「俳諧は万葉の心なり」といっている。そうすると万葉もそうなのであろう。万葉は文字が伝わるとすぐ書きとめたものである。そうすると上代もそうなのであろう。芭

蕉と自然との関係もそうである。表面は淋しいのであるが、底は温く自然に抱かれている。たとえば

旅人とわが名呼ばれん初時雨

なお芭蕉の句の詠み方を見よう。

春雨や蓬《よもぎ》をのばす草の道　芭蕉
春雨や物語りゆく蓑《みの》と笠《かさ》　蕪村

蕪村のものには二条か三条しか春雨が降っていないのに、芭蕉の句は目の及ぶ限り万古の春雨が降っている。

なぜであろう。蕪村は自他対立的に句を詠んでいるのであるが、芭蕉は自分が春雨になることによって春雨を詠んでいるのである。もののこの見方を仏教では妙観察智という。前に典型的な日本人は自分とひととの間に心が通い合う。自分と自然との間にも心が通い合うといった。それが「情」である。

情と愛（欧米でいう）とは違う。愛も情にちがいないがごく浅いのであって、情は心が通い合うのであるが、愛は自他対立する。愛を連続的に変化させるといつの間にか憎しみ

に変わる。それで仏教では愛憎というのである。

私はパリに三年いたが、どうもフランスにはこの「情」という言葉が無いらしい。それで英米はどうだろうかと思って、和英を引いて見たのだが、フィーリングとエモーションとしかない。これは感覚と喜怒哀楽の情とである。こんな浅いものでは仕方がない。やはり「情」という言葉は無いのである。

それで日本民族の調べをひろいいい方でいうと、日本は「情」の国であるといえるのである。その日本民族の心の太陽が主神伊勢《いせ》の内宮《ないくう》である。芭蕉のころの内宮のあり方を蕉門から拾ってみるとこんなふうだったのである。

春めけば人さまざまの伊勢参り
参宮といへば盗みも許しけり

日本民族はこんなふうにして今日に及んだのである。毎年二月十一日ごろになれば、早い梅はほころび始めて、そのころから心が浮き浮きして勉強しにくくなる。すなわち春が訪れたのである。天孫降臨を記念するにまことにふさわしい。

若い世代と二つの気がかり

ところがその日本民族の若い世代の人々についてたいへん気に掛かることが二つある。一つはある成人式の日に非常に淋しげな声の演説ばかり聞いたことである。なんだか悲愴《ひそう》な決意でも聞かされているように思った。今一つは、ときどきなんだか昆虫に似ているような気のする人に出会うことである。

私は「脳の話」の時実利彦《ときざねとしひこ》先生にこのことをお聞きした。

先生は、淋しげな声は、童心の季節によく可愛がってもらわなかったからでしょう、といわれた。私もずいぶんそうかもしれないと思う。人が昆虫（この間は九億年隔たっている）のような気がするのは、大脳前頭葉不在なのでしょうといわれた。なるほどそうすればそうなる。

こんなふうにならないようにするには、どう育てればよいかお話ししよう。

早生まれだとすると数え年三つまでは「童心の季節」である。この季節には、環境をそっくりそのまま写し取って、情緒的に森羅万象を作るのである。情緒とは、いわば時のエキスであって、人とはその人の過去のエキスの総和である。

情緒はすべて大脳皮質部に貯《たくわ》えられる。この季節のものは後頭部によって受けとめられますと時実先生はいわれた。

これがその人の中核である。

私はこの季節を過ぎたばかりの女の子が乳母車に乗って、母に押されながら夕暮れの奈良の佐保川堤を行くのを見たが、驚くべきことにその子は嫣然《えんぜん》と笑っていた。嫣然というのは芥川が好んで使った言葉であるが、山本有三《やまもとゆうぞう》ならば「闇の中に白い花がパッと咲いたように」というであろう。すなわち中核的には充分成熟した女性なのである。

環境は、日本人だから、何よりも情が大事であろうと思う。その他、愛とか信頼とか、向上心とかいうものが家庭にあるようにしてほしい。何よりもお母さんは子どもを可愛がってあげてほしい。かぎっ子は実に困るのである。私はあんな淋しげな声はもう二度と聞きたくないと思う。

この季節の育児の心得としては、いまいったもののほかに、不自然に速く育てようとして、たとえば乾布摩擦をしたりするのをやめてほしい。この季節は、季節はいつもそうであるが、特に、時間が掛かるほどよいのである。

次の三ヵ年、数え年（早生まれ）四、五、六歳が「自我発現」の季節なのである。時実先生のいわれる「前頭葉不在」の一番もとは、ここの育児法を誤ることから起こる。

一口にいえば、ここは「自然」に委《まか》せなければならないところを、「人工」を加え過ぎるのである。もう少し詳しく説明しよう。

数え年四つになれば時間が少しわかり始める。時実先生によると空間は満二歳ですでにわかるという。運動の主体である自分を意識する。もののわけも少しわかり始める、これが理性の始まりである。かようにして自我の外廓《がいかく》ができるのである。数え年五つになれば、感情、意欲の主体である自分を意識するようになる。そうなれば自他の別がわかる。数え年六つになれば自我が顔のほうに向かって外側に働き始める。母親に手を引かれた子が目を輝かせて「ここにどうして坂があるの」という。第一次知的興味が動くのである。お友だちが目につくと小踊りして走って行く。友情の芽生えである。

これらはすべて大脳前頭葉の発育であって、こんなふうにいけば「自然」なのであって、うまくいっているのである。

得てして人がするように、人工を加えると、どういうことになるかをお話ししよう。

人工を加えすぎる育児

大脳前頭葉の感情、意欲が動けば、それが命令であるが、大脳側頭葉は命令に従って動く。一口にいえば記憶判断が側頭葉の働きである。言語中枢も側頭葉にある。能率（速さ）はすべて側頭葉である。

数え年五つになって感情、意欲の主体が自分だという自覚が出始めると、前頭葉が命令して側頭葉を働かせるという操作もできやすくなるにちがいない。

そうすると家庭のお母様たちや幼稚園の先生たちは待っていましたとばかり、いろいろな能力をつけさせようとするのだろうと思う。そのとき主として要求されているものは「速さ」である。いろいろなことを機械的にただ速くさせようとするのである。

言葉ならば要求された瞬間に、直線的に、正確に、そして何よりも速く話すことが強いられるのである。

かような言葉は全く側頭葉的（機械的）であって、少しも前頭葉的（自我的）ではないのである。感じが「機械」であって「情緒の流れ」ではないから、よく聞けばすぐにわかる。

私は随想を書くときも、講演をするときも、数学の論文を発表するときや数学を講義するときさえ、ただ情緒の流れを描写しているのである。

あらかじめ発端の情緒（仏教でいう初一念）だけ用意しておく。そうすると、いざ始めると情緒がおもむろに流れ始める。ちょっとこんなふうにである。

「壬戌《じんじゅつ》の秋七月、蘇氏客と舟を浮かべて赤壁の下に遊ぶ、西風徐《おもむ》ろに到《いた》って水波おこらず」（蘇軾《そしょく》）

ここさえうまく行けば感興がわいてきて、情緒はおのずから流れ始め流れ続けて、発端の情緒の姿を描き終わるまでとまらない。そうなれば、それを見ながら言葉を操って描写することを続けるだけである。

言葉についていえば、そのころの子どもが正しく大脳前頭葉を使っているか、大脳側頭葉的になっているかは、心を語っているか、機械的に話しているか、によって聞きわけるのである。慣れればすぐわかる。

大脳前頭葉の発育が自我の発育である。この時期に大脳側頭葉を使うことを強い過ぎると著しくそれを阻害する。幼稚園や家庭は人の子に話させなければいけない。機械に語らせてはならない。機械的に速く話しておれば直さなければいけない。自然に委せておけば数え年六つになると、大脳前頭葉の働きは前向きに外界を支配する。それで子どもは、珍しく自然を見回し、友情の中で遊ぶのである。

かように、自我が健全に発育して数え年六つになれば、自然も人の世もその子の心の中にある。そうして小学校へはいるのである。これができていなければ、小学校は本当は教えようがないのである。

ここさえできておれば青年期になってから、「なんだか昆虫のような気がする」ということにはならないだろう。

アメリカ式教育をおそれる

私は近ごろ京都へいって、財界の方々とひざを交えて話し、今日日本で行なわれているアメリカ式教育が財界の要望によるものであることを知った。それまでは進駐軍が強いた野蛮な教育が残っているのだと思っていたのである。それで事態の重大なのに驚いて深く思いを潜めた。主題は時実先生のいわれた「前頭葉不在とは何であろう」。

私は二月八日の夕方京都から奈良へ帰ってきたのであるが、それから九日の夜まで深沈として考え込んだ。私の眼前にはいろいろな図が詳細に現われた。私はそれを見ながら考え進めていった。

まだ充分よくわからないが、これはどうもたいへんなことらしい。実に心配だし、それより深くはなかなかわからないし、とうとう精も根も尽きて寝てしまった。九日の夜である。

すぐ目ざめて紙きれを捜した。こちらの部屋を捜したが無い。あちらの部屋をあけても無い。それではあれは一種の夢だったのかなあ、どうか夢であってくれと思った。それで荒筋をたどってみた。もはや詳細は再現すべくもないが、荒筋ならばたどれる。厳然たる事実である。

私は真青になった。日本の現状がこれならば日本は生存し続けられそうもないと思ったのである。そして吐き気をもよおして便所へいったが、別に何も吐かなかった。以前ならば血を吐いたであろう。(私は胃カイヨウをして胃を五分の四切ったのである。残っているところはそう簡単には穴があかない)そしてなんだろうと思って起きてきた妻に助けられて寝床へはいった。

翌日は十日であるがお昼過ぎまで寝た。私は全く別の世界へきたような気がして何がなんだかよくわからなかった。

しかし早生まれで数え年四、五、六歳といえばちょうど幼稚園であるが、文部省はここへ置かずもがなの幼稚園を置いて、この時期の「側頭葉教育」はこんなにも害があるのに、それしか知らないような人たちを選んで先生にした。そしてあとはどうなっているかみようともしなかった。

そのため非常に有害な幼稚園と無害な幼稚園と二種類できたらしい。時実先生は脳の働きの成長のグラフをお書きになったがそれには少しも害は出ていなかった。そんなところも確かにあるのである。

これは困ったことになった。全国から有害な幼稚園をより出して「自然に帰」さなければならない。調査を依頼しても、見分け方も、注意する仕方もわからないだろうし、一都二府一道四十二県を遍歴しなければならないかなあ、と思った。

ちょうど銀行家の方たちが講演の依頼にみえた。それで育児についてお話しするといい、今こんなふうな恐れの下にこんなふうな困り方で困っているのだと話した。銀行家の方たちは「そんなわけならばご協力しましょう」といって下さった。

浄土宗の僧侶《そうりょ》の方々も講演の依頼にみえた。窮状を話して「情」についてお話しするといった。

困るのは幼稚園ばかりではない。家庭もそうである。あれほどたびたびこの時期にピアノ練習を強いることは恐るべき「側頭葉教育」になるといってとめたのに、少しも聞かないで、今ピアノや電気オルガンは日本の津々浦々に行きわたっていると聞いている。これもやめなければならない。

こんなふうであった。それがその日も暮れに近づくと共にだんだん本当に目がさめてきた。

〝もし「人工教育」通りに人の子が「作」られるものならば、お前が現《うつつ》で見たような「動物の新種」ができてしまう。いかにもこんなものは、見たところは人と変わらないが使いようがない。日本は今このような「見掛けの人」を人口の一割ぐらいはもっているだろう。しかしいかに人工で邪魔しても「造化」は人の子を「育」てることをやめない。だから現実は、大切な働きが弱くなっているというだけである〟

そう教えてもらって私は初めて安心した。それならば日本はなんとかごまかしてここを乗り切ることができるだろう。そのかわりもうこんな危険なことはやめよと、いってもなかなかやめないだろう。どうしてやめさせたらよいのだろう。

そうして寝たのであった。そして次の十一日に起きてみると、これが書きたくなっていたのである。それで私は例によって情緒の流れるに委せた。大体私はそれしかできないのである。

「育児」にもどる。早生まれとして数え年四、五、六歳は人の子の「自我発現の季節」である。この季節に「側頭葉教育」(能率教育)という「人工」を加え過ぎると、外から見ると普通の人にはわからないが、目のよく見える人には一見してわかるような、「昆虫的な働き」の子を育ててしまうのである。就ける職業が無いわけではなかろうが、能率は下がるにきまっている。

私は、もう十年近く前になるが、このごろの日本の教育は一体どんなふうなのだろうと思った。そして調べ始めたのだが、一番先に目に付いたことは、顔が全く変わってしまっているということであった。そのころよく見掛けた顔の型の一つにこういうのがあった。

この生徒（高等学校）の右の目は右を見ているし左の目は左を見ているが、これでは前方に映像を結ぶということはないが、この顔はそれで説明がつく。だからそんな生き方をしているのだが、一体どんな生き方だろう。

今思えば、それが昆虫的生き方なのであろう。造化には昆虫あらしめている働き（無差別智）があるのだから、人がその真似をすることもできるのだろうが、私にその経験がないから、それについてはわからない。

かように人の子の「自我発現の季節」の「育児法」で一番大切なことは「自然に従う」ことである。

自我を抑止する力

しかし一つだけ「人工」を加えなければならないことがある。

時実先生の「脳の話」には、終わりの所にこういう意味のことが書いてある。「獣類には本能、情動（本能に伴う心）が時を誤らず度を過ごさないための自動調節装置が付いているが、人にはそれがない。これは前世紀来の医学の定説である」だから人は、その代わりに与えられている大脳前頭葉の「自我抑止」の力を、自主的に働かせて、自我を適当に抑止しなければならないのである。

「自我」を二つにわけると「真我」と「小我」とになる。

小我とは大体自分のからだ、自分の感情、自分の意欲、であって、すべて自己中心に考えるのが特徴である。

真我には主宰者、不変のものの二義がある。欧米の文化史を見ると、「主宰者」のほうは夙《つと》に十七世紀にデカルトが問題にしている。不変のもののほうは十九世紀に至って初めてフィヒィテが問題にしたが、よくわからなかった。

仏教は「真我」とは何かを明確にいっている。真我は縦に時間的には不生不滅である（つまり過去、現在、未来を通じて常に存在しつづける）。横に空間的には際涯《さいがい》なくひろがっている。そのひろがり方は、普通いう自分は真我の自分である。普通いうひとは真我でいえば「非自非他」である。普通いう自然は真我でいえばやはり「非自非他」である。

真我の心は何であるかといえば観音菩薩《ぼさつ》の心である。観音菩薩の心を「同体大悲」という。これはひとの心の悲しみを自分の肉体の痛みのごとく感じる心という意味である。基調の色どりは思いやりである。

自我抑止の理想は小我を抑止し去って真我のみを残すにある。つまり「小我抑止」である。仏道修行の目標は小我が自分であるという迷いをさまして、真我が自分であると悟ることである。

典型的な日本人は真我的であると前にいった。

しかし今問題になっているのは育児における「小我抑止」である。これは自己中心の本能（無明）を少し抑えさせればよい。ここでも自発的に抑止するようにただ仕向けるのでなければいけない。

それに対して、私の場合は祖父に「ひとを先にして自分を後にせよ」という戒律を数え年五つ（私は四月生まれ）から守らされた。唯一の戒律であるが、私はそれを私の旧制中学四年の時に祖父が死ぬまで、厳重に守らされたのである。

これで人の子は生い立って小学校へはいることになる。

情緒の目ざめ

人の子の第三の季節は「情操教育の季節」、数え年（早生まれ）七、八、九、十歳、小学一年から四年までである。

それで人の子の季節は、童心の季節、自我発現の季節、情緒の目ざめの季節となる。

ニュートン以後多くの人は時間の中に住んでいると思っているらしい。しかし人は本当は昔も今も「時」の中に住んでいるのである。時には未来、現在、過去の別がある。未来はわからない。希望も持てるが不安も抱かざるを得ない。それが突如として現在に変わる。どうして変わるのだろう。そうすると一切が明らかになる。そのかわり、一切が動かし難くなる。それが再転して過去になる。そうすると一切が記憶としか思えなくなる。それもだんだん薄れ、だんだん遠ざかって行く。

人はこの不思議な時の中に住んでいるのであるが、時とは一体何であろう。私は「情緒」だと思う。時実先生もそれに同感して下さった。

自然についても同じようなことがいえる。自然も情緒である。

人が現実に住んでいるのは情緒としての自然、情緒としての時の中である。時間が時の一つの簡単な模型であるように、自然も現実の自然の一つの簡単な模型である。明治以後の物質主義の日本人は、現実の人がこの人工の模型の中に住んでいるとしか思えないようにみえる。これが偏見である。

よく仏教を簡単に説明した本はないかと聞かれる。しかしさすがの高僧も将来人がこんな妙な偏見の水の中に住むお魚になる時がこようとは予見できなかったとみえて、そんな本は一冊もないのである。

そういえば仏教はときどき予言する。たとえば法華経に正法五百年、像法五百年、末法五百年というようなことがいってある。少しも当たらないと思うかもしれない。しかしこれは今の日本の言葉に翻訳すればこうなるのである。日本の仏法は、明治までが正法で、明治から終戦までが像法で、終戦以後が末法である。像法とは模型のこと、末法とは本末顚倒《てんとう》のことである。時間ではないのである。どうです。わかる人にはよくわかるでしょう。

さて育児であるが、これからの育児をいおうと思うと「情緒」という言葉が正面に出てくる。それでまずそれを説明しておこう。

情緒の調和

私は心の一片一片を情緒と呼んだのである。こころといってもわからぬことはないが、そういうとなんだか墨絵のようにみえる。そこを情緒というと、色どりも輝きも感じられるような気がする。それで語感から情緒といったので、心の一片のことである。

古来のこの言葉の本来の色どりは、次の歌のようなものであろう。

眺むれば思いやるべき方ぞ無き　春の限りの夕暮の空　式子内親王《しょくしないしんのう》

しかしこれをこの場所から連続的に変えて行くと知情意および感覚の心の全分野に及んでいて、知的情緒、情的情緒、意志的情緒、感覚的情緒がみなあることがわかる。例であるが、蕉門の連句の一対は情緒の調和である。それでそれから採ろう。

梅が香にのつと日の出る山路かな　芭蕉
処々に雉子《きじ》の啼《な》き立つ

これは情的情緒の調和である。

人声の沖には何を呼ぶやらむ
鼠《ねずみ》は舟をきしる暁　芭蕉

芭蕉はこの暁の一字がたいそうご自慢であるが、ほかはみな意志的情緒、暁だけが感覚的情緒であるから、しかも前句に「沖には」と場所まで指定しているから、パッとここから明るくなるような気がして、「暁の一字動かざること大山の如し」と蕉門の一人が批評するようなことになるのである。

桐《きり》の木高く月冴《さ》ゆるなり
門しめて黙って寝たる面白さ　芭蕉

前句の感覚的情緒を後句の意志的情緒でどっしりと受け止めたのである。それでそれが跳ね返って前句へもどって、それまでただ綺麗だった月夜に実感が出たのである。この句は句集「炭俵」にある。芭蕉は「炭俵は門しめての一句にて腹を据ゑたり」といっている。

雨の宿りの無常迅速
昼ねむる蒼《あお》鷺《さぎ》の身の尊さよ　芭蕉

これが知的情緒の調和である。知的情緒は「存在感」を与えるのである。印象を結ぶといってもよい。

人が心の糧を心に取り入れるとき、必ず大脳前頭葉を使う。これが口である。そこでエキス化して、いわば固形が液状になったものを、大脳新皮質（大脳皮質部の上層）に送ってそこに貯えるのである。このときエキス化するとはどうすることかをご説明しよう。

知は「存在化」（印象化）される。

情は純化される。いわば紅おしろいが取れて素顔になることである。

意志は霊化される。霊化というのは仏教の言葉であるが、前にいった無明とは生きようとする盲目的意志である。それが正しく向上しようとする目的を持った意志に変わることである。渋柿《しぶがき》の渋が甘い糖分に変わるようなものである。すべて意志霊化に時間がかかるのであって、日本民族は十万年の実践に鍛え抜かれて、意志がよく霊化しているのである。

灰汁《あく》桶《おけ》の雫《しずく》やみけりきりぎりす

油かすりて宵寝する秋　芭蕉

これが意志的情緒の調和である。よく霊化されていて、人がいないから筆では描けない一幅の名画でしょう。

感覚は浄化される。穢《けが》れが（情動的感覚が）取れるのである。

現実の物質はみな過去を持っている。たとえばこの家であるが、それぞれの物質が連続的に変化してきて、今ここに和合してこの家になっているのである。

現実の人もその通りであって、過去なしに出し抜けに存在する人というものはない。その人とはその人の過去のことである。

その過去のエキス化が情緒である。だから情緒の総和がその人である。

その情緒はその人の大脳皮質部に貯えられているのである。ずっと古く猿のようなものだったころより前のものは大脳古皮質（下部）に、もっと新しく人になってからや、日本民族の一人になってからや、生まれてからのものは大脳新皮質に。

だから人体における人のありかは大脳皮質部である。

現実の人は、前にいったように、情緒的森羅万象の中に住んでいるのである。

情操教育

さて育児に帰ろう。

その森羅万象の中核が「童心の季節」にできるのである。これはまだ無形の形象である。なぜそうかというと、これは「正法眼蔵」の所でちょっと触れたように、無形の形象に色形を与えるには「自我」が要るからである。

自我は「自我発現の季節」で用意される。それで「情操教育の季節」では人の子は無形の森羅万象に色形を与えて目に見える情緒に変えるのである。

造化のこの育児の手助けをするのが正しい「情操教育」である。

何よりも「心情の美」を教えなければならない。否、それが目標、他は手段である。

私の父は「日本人が桜が好きなのは、散りぎわが潔いからだ」と教えてくれた。

日本民族の一人が人に生い立つには、日本民族に生い立つより仕方がない。

それで小学四年までの学校教育は情操教育を主とし、そのためには何よりも歴史によって、典型的な日本人の心情の美を教えてほしい。それから国語は、このくにの情緒的自然や人の世を教えてほしい。

次に先生の教え方であるが、この季節の人の子は、もはや童心の季節に持っていたような、そっくりそのまま写し取る力は持たないし、大脳前頭葉はまだ幼《いたい》けなくて充分に咀嚼《そしゃく》玩味《がんみ》することができない。それで私たちのころはどうしていたのかというと、日本は幸い情の国であって、師弟の情がよく通い合うから、先生はその通路を通じて児童に諸情緒を送り込んでいたのである。このやり方はぜひ復活してほしい。

時という情緒

時という情緒のでき上がり方を見よう。これは過去と現在、未来とではまるで違う。まず過去からいう。

私の調べて知っている人の子は、生まれて大体十五ヵ月で歩くのである。そういうのについていう。このごろは生まれて八ヵ月で歩くのがいると聞いているが、そういうのについては見直さなければ何もわからない。私はすべて内面を見ていっている。だからシッカリと立つのでないと立つとはいっていない。ただあまり早くから壁によりかかって立ったりすると、この勇敢さは好ましくないなとは思う。

くれぐれもいっておくが、どうか不自然な人工を加えて、この何よりも大切な童心の季節を短縮しないようにしてほしい。そんなことをされると、どんな恐ろしいことが起きるかまるでわからないのである。牛や馬の子は生まれて間もなく歩いているが、人の子はそうではないのである。

生まれて十六ヵ月で、それまで「ほたほた」笑っていたのが、「にこにこ」笑えるようになる標準型の人の子を見よう。人の子は八ヵ月ぐらいするとときどきひどく懐かしそうな目の色をする。過去がわかり始めたのである。このあと無形の森羅万象ができて行くらしいのである。

そうすると人の子は過去世から持ちこした意図に従って、環境から材料を取って、自分がその中に住むための広義の自然の絵を描く。まずそれを無形の形で描く。よく見るとそう見える。仏教もそう教えている。これが童心の季節である。その童心の季節に最初に現われるものが過去という情緒である。

情操教育の季節にはいってこの無形の情緒が形を与えられる。そしてでき上がるのが

「懐かしさ」である。

芭蕉の俳諧は人の世のあわれであるといった。それが万葉の心、それならば日本民族の心であるといった。同胞愛の基調は「懐かしさ」なのである。

このくにの底つ岩根は過去という情緒、それは懐かしさという感じなのである。

私は数え年二十九のときシンガポールの渚《なぎさ》に一人で立っていた。高い椰子《やし》の木が一、二本斜めに海に突き出している。向こうには伊勢神宮を思わせるような土人の家が二、三軒ある。それを見るともなく見ながら、寄せては返す波の音に聞き入っていた。そうすると突然強烈な「過去の情緒」に襲われた。私は名状し難い気持ちで立ちつくしていた。どれくらいの時間か知らない。これが道元禅師のいう「有時」である。(「正法眼蔵」は私に一つの刹那があって、それ以後どこを読んでもすらすらわかるようになったといったが、あれも有時である)その時はあまり強烈でとても懐かしいなどというものではなかった。後になってこれが「懐かしさ」の原形かと思ったのである。(だから私は、日本民族はこの辺を通って北上したにちがいないと思っているのである)

もう一度強い懐かしさを感じたことがある。一昨年の夏、伊勢《いせ》の内宮《ないくう》の大御前に近々と額《ぬか》づいたときのことである。ひどく懐かしくて、やっと故里《ふるさと》へ帰ってきた、ずいぶんながい旅路だったと思った。そして、それまで心配し通していたのだが、すっかり心が安まった。そうすると涙が出て止まらなかった。そうしていると、そのうちに心の奥底から勇気のわき起こるのを感じた。私は「よし」と思った。

現在、未来という時の情緒が出始めるのは数え年四つである。そうするとこれなしに「自我」は無いということになりそうである。そうすると「自我」も情緒とみるべきかもしれないのであるが、今はその言葉で話しているのではない。

現在、未来という情緒は「自我発現の季節」の初めに現われる。しかしそのときはまだそれを色に表わす絵の具はない。問題はその後どうなるかである。

これについては時実先生に教えていただいたのであるが、人の子は過去現在、未来についてはなかなかわからなくて、ハッキリわかるのは小学四年のときだというのである。そうすると「情操教育の季節」の最後に至って初めてハッキリわかるのである。

未来という情緒もこの季節の終わりに至って備わる。そうするとその人は「生きる」とはどうすることかわかるにちがいない。生きるとは肉体という物質が動くことではないのである。

現在という情緒も備わる。そうすると人生は厳粛だということが本当にわかる。

可愛そうだという情緒

これで、もうその人は真剣に生きて行けそうにちょっと思える。しかしよく見るとそれでは足りない。内容が無いのである。一、二拾ってみよう。

「可愛そうだ」という情緒がいる。そんなことをする人の行ないを憎む情緒もいる。「正義心」である。

民主主義の本義はただ一人の人も本当に泣かせてはならないのである。

病む人の生きのびかねて冬近し　石風

（これは「朝日訴訟」を聞いて詠んだので、石風は私の俳名である）

私の場合をいうと、私は「可愛そう」「正義心」を「日本少年」という雑誌によって教えられ、「懐かしさ」を「お伽花籠《とぎはなかご》」という本によって教えられた。教科書だけでは足りないのである。最近家にいる孫の洋一（自我発現の季節の第三期）をよく見ていて感じたのであるが、この「可愛そうだ」という情緒が時の情緒に変わって行くのらしい。そうすると基調の情緒は一つであって、一つは情的に発現し、一つは智的に発現するのであろう。

この季節の小学教育は、先生は情のルート（通路）を通して児童に諸情緒を送り込むのであるといったが、この季節をよく仕上げるためには相当強い情愛がほしい（愛憎の愛は困る）。私の場合は藤岡英信先生や名は忘れたが女の唱歌の先生に実に温かく抱かれていた。私の「日本少年」の読み方をいい添えておこう。私は四月に生まれたにかかわらず数え年七つから小学校にはいったのであって、これは小学五年のときのことであるが、私の場合は田舎の小学校から大阪の小学校に変わった関係から少し遅れているのである。

私はそのころ「打出《うちで》」という大阪・神戸の中間の田舎の村に住んで大阪の小学校（菅南小学校）に通っていた。学校から阪神電車の乗り場まではかなり距離があるのだが歩いていた。「日本少年」の翌月号が出そうな日が近づくと、途中で本屋へ寄ってみる。まだきていないといわれる。翌日もよってみるがやはりまだきていない。それをだいぶ繰り返す。きていたときのうれしさ。歓天喜地とはこのことである。雑誌は表紙を中に二つに折って帯封を掛けてある。表紙が見たくてたまらないのであるが、とても惜しくてそんなことはできない。宝物でも持つように持って電車に乗る。電車中は三十分ぐらいゆとりがある。ここで帯封を切って表紙に見入る。目次ぐらいまでは見る。しかしまだ惜しくてそれ以上はできない。あとは家に帰ってゆっくり時間をもらってからの楽しみである。電車中の楽しみは内容をいろいろ想像してみることである。それをしながらときどき表紙を見ては美しいなあと思う。

これが大脳前頭葉の前向きに働くありさまである。不自然な人工を加えなければ「自我発現の季節」の終わりにはこれができるようになるというのである。

またこれが、大脳前頭葉がどうして時を取り入れて情緒化するかという、そのありさまである。こうして情緒化されたものが大脳新皮質に送られて貯えられ、それがその子の成長となるのである。

大脳前頭葉のこの前向きの働きなしには、学校は本当に教えることはできない。友情についてもそうである。

今の日本の教育はここが自然通りにうまく行っていないから、昆虫のような気のする青年を私に見せたり、今の中学生は同級生を敵《かたき》と思っていると中学校の先生にいわせたり、「このごろのやつは教えようがないわ」と高等学校の先生にいわせたりするのである。

正しい批判

今の教育では、この季節に「批判」ということをやらせているようだから、それについて一言しよう。

本当に批判ができるかどうかは、「自己批判」ができるかどうかで見分けるのである。自己批判ができるためには、見られる自分と、それを外から見る自分と、少なくとも自分が二人いなければならない。

自分の数は、旧学制（私たちのころのもの、私は明治三十四年生まれ）でいうと、小学校へはいるまでは0、小学、中学は1、高等学校から2、またはそれ以上となるのである。それでは自分が1の間は何をすればよいのかというと、道元禅師のいう「器水」をすべきなのである。器水とは器が二つあって、一つは空、一つには水がいっぱいにはいっている。その水を他の器に残りなくうつすことである。道元禅師は、禅を学ぶには初めにそれをせよ、といっていられるのである。

私は中学五年間、一口にいえば専ら「丸暗記」の練習ばかりしていた。そういうことをして何の益があるかというかもしれないが、こうしていると「精神統一」の力が非常に強くなるのである。私は今どんなふうかというと、大脳前頭葉を正常に使えば、二時間の数学の講義のような簡単なことをやった場合にも、運動神経だけが働いて、知覚神経が全く働かなくなるのである。大脳前頭葉の「創造」といわれている働きは、充分に出すには、この精神統一下においてでなければならないのである。

鎌倉の禅寺に行くと、ときどき「何も無い、何も無い」といいながら、拭いたり掃いたりして働いている僧を見ることがあると聞いている。この精神統一下にいるのである。君子は正しい批判によってでないと作れない。今のようにすると小人ばかりできる。

他民族の場合は知らないが、日本民族の場合についていうと、人の子をこの三つの季節、童心、自我発現、情操教育の季節を、造化の欲するところにあまりさからわないで育て上げると、もはや同胞の一人として同胞愛に温かく包まれながら、人として真剣に生きることができる。日本民族は、子どもについては、ここまではぜひこう育てさせてもらわなければならないといい切るにちがいない。

(同胞という言葉が出た機会に一言して置きたいのであるが、日の丸が国の象徴ならば、伊勢の内宮は民族の象徴、一が宗教でないならば他も宗教でなく、他が宗教ならば一も宗教である。遷宮費ぐらいは国が出すべきだと思う)

産業界の要望

今の日本の教育は、日本の経済界の要望によるのだということである。前にもいったが私は初めて聞いた。

経済界は日本民族の人々を「労働力」として使いたいというのである。それだったら二ついいたいことがある。

一つはこれまでいってきたことであって「能率」である。これについては、能率教育(側頭葉教育)は小学五年から後にしていただかなければならない。これが日本民族の精いっぱいの譲歩である。

日本民族は経済界に労働力はお貸しするが、そのかわり、小学四年まではそのための教育をしてはならないといっているのである。

今一つはその内容であって、日本民族の労働力は非常にすぐれたものであるということである。ここをよくご説明するには、一つ仮説を述べなければならない。

大脳前頭葉と大脳新皮質とはどう続いているのだろうかということについてである。往還ともに問題である。

医学がそこを明らめていなければ、自分を見るより仕方がないが、前頭葉のことならば自分についていろいろ実験してみればよいのであるが、ここはそれができない。じっとそのおりのくるのを待っていて、きたら見ることにするほかないのである。時間が非常にかかって、そして充分よくはわからない。

「月影」のときは全くわからないまま書いた。乱暴なようであるが、あの本の本質は「警鐘」であって、それも吐血して倒れる直前だから乱打したのである。

私は今は自分を観測して得た少ない素材に基づいて、問題の経路は往還ともに「情緒の中心」を通ると思っている。これが「仮説」である。それに基づいてお話しする。

日本民族の歴史はいたずらに古いのではない。山にたとえると非常に高いのである。その高々たる峰に発する清冽《せいれつ》きわまりない情緒の水が、一度情緒の中心に集められ、あるときは全身に配られ、あるときは大脳前頭葉に送られる。それが全身に配られたとき、日本人の不思議な「勤勉さ」になるのだと思うのである。

財界の人にいうのであるが、日本民族をお使いになれば必ずよく働く、レジャーなんかおやりになるに及ばない。働きそれ自体の中に喜びを見いだすことをよく知っている。この形式で働くのでなければ人は向上しない、退化するのである。

創　造

これで「人」を述べ、「労働力」を述べた。あとは「創造」だけであろう。統率者、組織者といったふうなものもみな「創造」にはいる。

時実先生の「脳の話」に大脳前頭葉は感情、意欲、創造をつかさどると書いてある。ところが先生はこのごろ用語をさらにお練りになって、情緒（情操感情）、意欲（意図）、思考、創造といっておられると教えていただいた。この原稿を書いてからである。それで私は情緒、意欲、創造とする。思考は創造の中に入れるのである。

ここで一番問題になるのはだれの情緒、意欲、創造かということである。自分には小我と真我とがある。創造はそのどちらの働きかというのである。

幸い私は数学の研究を天職としてきたから創造については経験が多い。それですぐにわかるのであるが、創造は真我の働きである。小我には全然そういう働きはない。

ここで言葉にちょっと困るのである。真我というのは理想である。生きた真我の人もいたにはいたであろうがきわめて少なかったと思う。それで、正しくいおうと思えば「真我的な人」といわなければならない。しかしそれでは長くて困る。それで以下「真我的な人」を略して「真我」ということにする。

真我が情緒、意欲すれば大脳前頭葉の霊妙な働きによって、創造はおのずから成る。思考といわれている部分に多少努力感がいるだけである。つまりここは大体、造化に委せておけばよいのである。人のしなければならないことは、大体「小我抑止」だけである。

それで問題は、真我の情緒、意欲とは何であろうか、ということである。小我の情緒、意欲ならばすぐにわかるが、それではないのである。

私は日本人についてしかよく知らないから、日本人についていう。

日本人は情緒的に天地を作って、その中に住むのが上手である。だれでも必ず二度はやる。一度目は「童心の季節」でそれをやる。二度目は「情操の季節」でそれをやる。お百姓の不思議な勤勉さというのも、たぶん三度目のものであろう。

私についていうと、私たちは（旧制）高等学校で「学を愛する」ということをした。日本人が学を愛するといえば、その学問について情緒的に天地を作ってその中に住むことである。

私はその後フランスに三年いて、生涯の問題を決めた。独りでソルボンヌの数学図書室を相談相手に決めたように思っているが、実際はラテン文化の中につかっていたからできたので、日本にいたのではできなかったであろう。

四度目、その問題について情緒的に天地を作ってその中に住んだ。これには六年かかった。そうしたある日曜の朝である。私は広島の大学の数学教室の私の部屋へ行った。季節は冬である。私は電気ストーブをつけた。石綿がチンチンと鳴って赤くなって行く。ほのぼのとうれしくなって来る。さあ研究の続きをやろう、今日は一日自分の時間だと思う。実に楽しくなる。これが真我の情緒である。

意欲のほうを私についてご説明しよう。私の父は私が生まれるとすぐ私を学者にすることに決めたらしい。私によくわかるのは、私の小学二年のころからであるが、そのころ私の一家は郷里から大阪へ移って、壺屋《つぼや》町という所に住んでいたのであるが、初めは向かいにお寺の見える二階のある表通りの家を借りていたのだが、それでは家賃が高すぎて、私を大学へ入れるだけの貯えができないというので、その家の横の露路の奥の三間だけの家に移って、そして保険の勧誘をした。母も父の考えに同調して孜々《しし》として働いた。

ちなみに父は、学問をするには物欲があっては邪魔になるというので、私にいっさい金銭を持たせなかった。要るものは私にわけを聞いて買って与えるというやり方をしたのである。そのためだろう、私は全く物欲がない。だからそちらのことは少しもわからない。

私は、共産主義の世の中になることを非常に恐れる。しかしそれは、そうなれば皇統や伊勢の内宮がどうなるかわからないからである。日本民族（心の民族）もどうなるかわからない。

私はお前は日本民族を守り抜いてほしいという、実に長文の手紙をブラジルにいる人から、しかも飛行便でもらった。

物欲であるが、これは小我のように本能ではなく癖だとみえて、小我のほうは絶えず抑止していなければならないのであるが、物欲のほうは少しも努力しなくても無いのである。

真我の意欲に帰る。小学六年のころのことであるが、父は私を工科へやるつもりだったとみえて、私が目ざまし時計をこわして、中の機械を取り出しても少しも叱《しか》らなかった。

私はその機械でプロペラ舟を作って池に浮かべて遊んだ。いくつ時計をこわしただろう。中学三年のころ、だいぶ数学に心が引かれた。高等学校一年のとき、またいぶ数学に引かれた。

高等学校は理科甲だったのだが、私は自分が全然工科向きではないことを知った。しかし時計をこわした子どもの日の思い出が、私が工科を見捨てることを非常に躊躇《ちゅうちょ》させた。私が理科を選びかねたのには、今一つ理由がある。工科を出れば、世の中のためになることをすればよい。しかし理科を出れば学問に貢献しなければならない。これは私にはちょっとできそうもない。

そのうち高等学校三年になった。そうすると来年アインシュタインが日本に来るというので、日本はたいへんな前夜祭であった。私たちの中にも十人ほど理科へ行くものが出た。それで私も勇気づけられてその群れに加わった。

私は京大の物理を選んだ。数学へ行きたかったのであるが、数学で学問に貢献するという自信は少しも持てない。物理ならば少しはしやすかろうと思ったのである。京大を選んだのは、何よりも入学試験が無かったからである。

京大に一年いるうちに、私にも数学に少しぐらいは貢献する力があるということがわかった。それで二年から数学科に変わった。

これが私の志の立て方である。少しもいせいのよいところはないが、それでも立志である。

この立志が真我の意欲となって働くのである。特に幼い日の父母の俤《おもかげ》が強い力の源になっていると思う。

それで真我の情緒といえば学を愛する心である。真我の意欲といえば立志の力である。人が生涯を歩むには真善美と三つの道がある。私は真の道についていったのであるが、善美についても同じようなものであろう。

梅日和に思う

昔の紀元節に帰って、日本民族の歩んだ道を、歴史あって以来をふり返ってみると、この民族に固有の文化は無形のものであるらしい。そしてそれが非常に高いらしい。人に童心の季節と現われるそのもとが非常に高いというのである。それで、いつもやすやすと有形の文化を取り入れる。

支那から文字を取り入れた。このとき弊害も取り入れたらしい。柿本人麻呂はこういって嘆いている。

もののふの八十氏川の網代木《あじろぎ》に　いさよふ波の行方知らずも

仏教とともにどういう弊害を取り入れたのだろう。たとえば真我という、いわばまる裸になってよく働きたいとは思わないで、結構なお浄土へ行きたいと思うことだろうか。奈良朝や平安朝には大分迷信がはいっていたようであるが、これは今はほとんどとれていると思う。

西洋から物質文明を取り入れた。そして物質的に国の守りを固めて日露戦争までを乗り切った。これはそれでよかったのである。でなければ日本は滅びてしまっていたかもしれない。

しかしここで、もとの日本民族の姿に帰らなければならなかったのである。大ひるめむちは自然教の神ではない。古神道はこころの道である。

実際はそのままを続けて、明治天皇がなくなると大隈内閣が支那にその主権を無視するような要求を突きつけた。

そのため国恥記念日を作られてしまって、その下で生い立った人たちが成人した。軍部はそれが恐ろしくて満州事変を起こし、ついに敗戦にまで行ってしまったのである。滅びなかったのはキリスト教のお陰である。

そしてこんどはよく聞いてみると、アメリカの真似をして経済的には立ち直ったのである。

しかし民族がその本来の姿を失うと、人物はもう出ないものらしい。日本民族については維新には人物が輩出しているが日露戦争後は出ていない。

こんどもそうなるであろう。それでは長きを保たないのである。

なお典型的な日本人を、その働きの面から見たとき、一番の長所はどこにあるかをいっておこう。民族の歴史はいたずらに古いのではない。心の中に高い山があるようなものである。それで何かを本当にしようとするとき、必ずその山に上ってみるのである。そうするとたいていのものは「高い山から谷底見れば瓜《うり》や茄子の花盛り」と見えてしまう。つまりおのずから呑《の》んでかかるのである。

私の数学のやり方はこの一手でやったのである。力はないし慣れてはいないし、他には何もなかった。

維新を見ると、高杉晋作《たかすぎしんさく》のやり方がこれである。

他民族を見よう。歴史の長い民族にユダヤ民族がある。その知的活動を見るに、やはり大体この手でやっているらしい。アインシュタインがその典型である。よく見てほしい。

日本民族は、誇りと自信とを持って、自ら守り抜くべきであろう。

人類滅亡の二つの危機

目を少し時間的にひろく走らせてみよう。

まず眼前に人類自滅の危機がある。これは生存競争が文明の内容であることと、すでに恐るべき破壊力、たとえば水爆を持っていることとから来る。

情の民族であり、真我の民族である日本民族は、立ち上がってこれを救わなければならない。

目を少し遠く走らせると、人類滅亡の第二の危機が待っている。地表が冷え過ぎてとても住めなくなることである。

どうすればよいのだろう。

これを逃れる道は、釈尊がお示し下さったものよりない。それまでに人が仏になることである。

それにはどれぐらいかかるだろう。

明治を知るほどの人には釈尊の再来としか思えない高僧が日本に出た。山崎弁栄《べんねい》上人である。上人は四十億年といわれた。外に数値（データ）が無いからそれを信用しよう。

それでは地表が過冷するまでどれぐらいの間があるであろう。このほうは計算できる。結果は五十億年である。

そうすると人類の現状は、それをするに四日掛かる宿題を持たされて、五日の休暇をもらっているようなものである。

ところが人類の中にはブッシュマンのようなのもいるし、能力は充分あるのに、月へロケットを打ちこんでみたり、世界中のお金を集めるのだといってみたり、全く遊び耽《ふけ》っているのも多い。

宿題をするには、人は向上しなければならないのである。そのためには人は人として立派な生涯を送らなければならないのである。しかしこれはめいめいがよく腑《ふ》に落ちて進んでそうするのでなければならぬ。そのためには情操教育がいる。日本民族は、人類が第一の危機を越えたならば、それをしなければならないのである。

しかしまず現在の学校教育でそうしてほしい。

(時実先生は大脳前頭葉が何をつかさどるかをお言い換えになった。それで私も「情緒」がどこに貯えられるか、それと前頭葉との連絡路はどうかについて、今一度よく観測熟考しなければならない。要するに前頭葉から奥は、今なお深い神秘の雲につつまれている。しかしそういうものがどこかにあって、それが一番大切なのである)

弁栄上人伝

釈尊は仏道という、人が仏になる道のあることをお示し下さった。これが人類の持っている諸々《もろもろ》の向上の道のうち最上のものである。

しかし時代も古く場所もインドだから、釈尊についてはよくわからない。それが心細い。しかるに日本に明治の少し前に、山崎弁栄《べんねい》という方がお生まれになった。私たち、上人を知るほどの人みなには釈尊の再来としか思えない。時代がごく新しいから御伝記もよくわかっておれば、御著述も数多く残っている。

私たちは何を措《お》いてもこの人を知らなければならない。御伝記については田中木叉《もくしゃ》先生の御苦心と御麗筆とになる「日本の光」がある（この本は今二千部ぐらいしかない）。それから拾って弁栄上人の輪廓《りんかく》を描いてみよう。

宗教家としての御成長の曲線

私は典型的な日本人とはどのような人をいうのだろうと思って、十数年かかって道元禅師を詳しく調べたことがある。宗教家はいわばまる裸だから、よくわかるのである。

ところで、ここにもう一つよく知りたい問題がある。人の一生を向上の道を歩むとみたとき、その節々はいくつといくつぐらいの所にあるのだろう。これを弁栄上人によって見ようというのである。上人は二月二十日にお生まれになったから、早生まれとして、すべて数え年でいう。なお上人は明治元年に十歳である。

上人は十一歳少し前から聖賢の道にあこがれた。そのころ詠まれたお歌に

いにしへのかしこき人のあとぞかし　ふみ見てゆかん経《ふみ》の道芝

そのあこがれが仏道一本にしぼられたのは、十二歳のとき特異な出来事があったからである。上人はこういっておられる。

「幼時十二歳、家に在りし時、杉林の繁れる前に在りて、西の天霽《は》れわたり、空中に、想像にはあれども、三尊の尊容儼臨《げんりん》し給うことを想見して何となく其の霊容に憧憬《どうけい》して、自ら願ずらく、我今想見せし聖容を霊的実現として瞻仰《せんがう》し奉らんと欲して、欽慕《きんぼ》措く能はざりき」

想像で見るのを想見というのである。想見とは大脳前頭葉の第六識、意識の膜に映して

見ることをいう。これを思惟《しい》ともいう。これに対して正しい見仏を正受《しょうじゅ》という。じかに心霊界（大宇宙は自然、心霊の二面からなっている）に在るを見るのである。法眼、仏眼でないと見えない。想見は小さい子がよくするようである。

私は人は小学四年を終えれば人としての中核はできると思っている。小学四年は早生まれならば数え年十歳である。それで十一、二歳が向上心の芽生え、あこがれのきまるころだと思っている。坂本繁二《さかもとはんじ》郎《ろう》画伯は十一歳で洋画を描き始めている。私の場合はどうであったかといえば、いろいろあるが、一番著しいものをいうと、蝶《ちょう》類の採集に凝って、アオスジアゲハやオオムラサキを徹底的に追い回している。これは私に「発見の鋭い喜び」を教えた。この言葉は寺田《てらだ》寅彦《とらひこ》先生による。それで人生第一の節は、a十一、二歳となる。

弁栄上人は十五歳のときから僧になりたいなあと思われた。

私は（私は四月生まれ）十六歳のとき、数学の神秘性に強く打たれた。私は十五、六という年ごろを「真夏の夜の夢の年ごろ」と名づけている。なんでもそのときに見たものに心を引かれて、得てして生涯の方向を決めてしまうからである。それで人生の第二節は、b十五、六歳となった。

上人は二十一歳で出家して浄土宗にはいられた。

二十一歳といえば私が京都大学の物理学科にはいった年である。工科を捨てて理科へ行ったのである。新学制でいえば大体大学三年目を終わったころであるが、このころ大学院へはいるならばはいる、世に出るならば出ると、進む道を決めているのだろうか。ともかく上人を基準にとると人生第三の節は、c二十一歳となる。

主題を離れて、浄土宗に入門してからの、上人の御精進のありさまを、御自筆によって見よう。

「愚衲《ぐのう》昔二十三歳許《ばか》りの時に一《もっ》ぱら念仏三昧《ざんまい》を修しぬ。身は忙《せ》はしなく事に従ふも意《こころ》は暫《しばら》くも弥陀《みだ》を捨てず。道歩めども道あるを覚えず。路傍に人あれども人あるを知らず。三千界中唯心眼《しんげん》の前に仏あるのみ」

「或《ある》時は五大皆空唯有識大の境界現前し、ただ下駄《げた》の音のみしている外見聞の境を覚知しなくなつたこともあり」あるときは「一日蕩然《とうねん》として曠廓《けかく》極まりなきを覚え、其の時に弥陀の霊相を感じ慈悲の眸《まなじり》丹華《たんか》の唇等その霊容を想ふとき、神心融液にして不可思議なるを感ず」

肉眼の外に、その上に天、慧《けい》、法、仏の諸眼がある。肉眼天眼の二眼は自然界を見、その上の三眼は心霊界を見る。上人の場合は初めのが慧眼、あとのが法眼である。このころはまだ仏眼は開けておられなかった。

上人は二十四歳のとき筑波《つくば》山に入山して修行され、仏眼了々と開いて見仏された。田中先生はその時のありさまをこう想像しておられる。

阿弥陀《あみだ》無量光王尊
身色金山王《しんじきこんせんのう》のごと相好円満したまひて六十万億河沙由旬《がしやゆじゆん》
有無を離れし中道に慧光大悲に輝けり
塵々法界照り合ひて功徳荘厳きはもなし

出家されてから四年足らずである。法然上人の場合は、法を選択されてから数えて、二十年以上かかっている。実に速いのである。

ところで大小は非常に違うが、理科に志してから数学上の最初の発見をするまでどれぐらいかかっているかといえば六年であるが、これは私が睡眠剤の中毒で二年ほど全くなにもしなかったためで、それを引けば四年となって大体合う。ともかく弁栄上人を規準とする第四の節は、d二十四歳である。

第五の節であるが、弁栄上人は三十歳から全国を巡錫《じゆんしやく》して人々を済度されている。私の場合はどうか。やはり三十歳のとき生涯取り組むべき数学の問題をきめている。それで、e三十歳。

第六の節は弁栄上人の四十二歳である。上人はこの年、棺桶《かんおけ》にはいって三十日間、昼夜を分たずお念仏せられた。そのありさまを田中先生はこう想像していられる。

「外から見た所は小さな窮屈な箱の中で寒さに慄《ふる》へてゐるやうに見えたかも知れぬが、寒熱等は感じもない。念仏三昧の心の空が霽《は》れて来れば、一本の生糸を千筋にさいて其《そ》の目にもとまらぬ細い軟《やわらか》い快さで、ふわりと包まれたやうな内から発する体感も通り過ぎ、身体のあることさへ感ぜず、このうつとりとなるような大喜妙悦の内感も安祥として通り越し、うつし世には無き妙音妙香の心を楽しましむる勝境も通り越して、例へやうのない快ささへ今は覚えなき心の空は、万里雲なき万里の天に、満天是《こ》れ月の光明界となることもあり、或は尽十方は無碍《むげ》光如来の光明織りなす微妙荘厳現前することもあり、或は無相或は有相、自受用法楽の言語に絶し思慮の及ばぬ勝境現前、彼此《ひし》の対立全く無き神人融合の中に如来の徳と智を啓《ひら》き与へられて、時空を超絶してすごされた三十日別時三昧に、心光いかばかりかその輝きを増されたことであつたらう」

弁栄上人は後に、浄土宗から出て別に一宗を開き「光明主義」と名づけられたのであるが、その構想はこのときにできたらしい。

四十二歳といえば厄年であるが、寺田先生は、その人が大成するもしないも、厄年前後でその人の曲線が上向きになるか下向きになるかで決まる、といっておられる。まことに小さなことであるが、私が後に学士院賞をもらった論文を書いたのも四十二歳のときである。それで第六の節は、f四十二歳である。

ちなみに弁栄上人は六十二歳でなくなっておられる。

かように人生の節々は、弁栄上人を規準に取れば、a十二歳、b十五歳、c二十一歳、d二十四歳、e三十歳、f四十二歳となる。大体これが人生の節々だと思ってよいだろう。

奇蹟

弁栄上人は数々の奇蹟《きせき》を行なっておられて、その御伝記は宗教家に奇蹟を望む人の心を満喫せしめる。少しご紹介しよう。

筑波山に籠《こも》って窟《あなぐら》で念仏しておられると、蛇がひざの上に悠々とはい上がるので、袖であやしておやりになった。猿がきて一緒に遊ぶこともあった。

渡辺信孝という人が弁栄上人のお伴《とも》をしていた。大垣の閉め切ったお部屋でのことであるが、今に人が来るからと、いろいろおいいつけになった。その人がどうして知れますかと尋ねると、「今向うの松原の松陰に馬が通っている。その後ろに尋ねて来る人が歩いている」。ところが、ここからはもちろん松原さえ見えない。ところがしばらくすると、いわれた通りの人が尋ねてきた。

これは大円鏡智といって、過去、現在、未来、遠近、いながらにして見えるのである。渡辺さんが浅草のある寺にお伴したときのことである。上人は平生本を読むことは少しも勧められなかった。一心に念仏せよの一点張りであった。ところがその人は法華経講義の新聞広告を見て、よさそうだから読みたいなあと思った。しかしお金はなし、いえばお喜びにならないに決まっているし。すると、上人「拙堂、法華経は読みたいか」。そして驚いているその人にお金を下さった。

ところが本屋は割り引きしてくれて、その人の手に六十銭残った。それで、これは割り引きしてもらったのだから自分が勝手に使ってもよいと勝手な理屈をつけて、鰻飯《うなぎめし》と焼き鳥とを食べた。そして帰って塩水でうがいし、次の部屋からただいま帰りましたといった。すると、上人「鰻飯はうまいか」。その人どぎまぎして「もう一年も食べませんから」。上人「いや今日のは一杯では足るまい。焼き鳥はうまかったか」

これも大円鏡智である。

キリスト教牧師の宮川氏が弁栄上人をお訪ねした。上人と極楽往生につき問答のあと、だし抜けに、上人「あなたのほうは信者はどれぐらいありますか」。宮川「私は宗教は初めてで」。上人「宗教家はうそをいってはいけません」。これは妙観察智といって人の心がわかるのである。宮川氏は光明主義の信者になった。

新潟県柏崎の極楽寺の住職の奥さんが、お念仏がうまく行かないというので、思いつめて自殺しようとした。そのとき弁栄上人は群馬県高崎にいて、その間三十里（百二十キロ）隔たっていたのであるが、これを知ると妙観察智で身を二つに分かって、一人の上人は柏崎のちょうど寝ていた奥さんの枕元に立った。そして「仏思いの光明を胸に仏を種とせよ」と七遍いった。後にこの奥さんは仏眼を開いた。

大谷上人が弁栄上人のお伴をしていると夜弁栄上人のお部屋から「大谷、大谷」と声がかかった。障子を開けて見ると、そこには金色の仏が蓮台に端座しておられた。これも妙観察智である。翌日、弁栄上人は大谷上人に堅く口止めされた。

私はこれらの話をすべて信じている。

一点の私心なし

御伝記で全く頭が下がるのは弁栄上人に一点の私心のないことである。これが人かとさえ思う。

しかし簡潔に書こうとすると、ここが一番書きにくい。まあ、適当に御伝記から拾って、できるだけ彷彿《ほうふつ》させてみよう。しかしこれについては、御伝記を通読してもらわなければ到底充分ではない。

庭の夏草

弁栄上人は筑波山で御見仏なさって下山の途次、懇意な家に立ち寄られた。見るとすっかり汚れた肌着にシラミがうようよしている。それでその家の人が熱い湯をかけようとすると、上人「そのまま裏口に干しておいて下されば、シラミはてんでに好きなほうに行ってしまいます」

その後埼玉県の千葉県境の小さなお寺に籠って、足かけ三年、一切経七千三百三十四巻を読破された。その途中のことである。芝増上寺の行誡和上（時の浄土宗東部管長）はこの青年僧の日常を聞いて、東から名僧が出るとよくいっておられたのだが、使者をその寺に遣わして自分に会えといわれた。使者はまだ若い僧であったから、きっと上人は非常に喜ぶだろうと思っていたのに、「ただいまお釈迦様に拝謁中であるから」といって断わった。そのときのお歌に

我庵の庭の夏草茂れかし　訪い来る人の道わかぬまで

弁栄上人の恩師は大康上人といって、東漸寺という千葉県の埼玉県境のお寺の住職であったが、弁栄上人の一切経読破の途中で亡くなった。そうすると、管長が会いたいというのをさえ断わった上人は、すぐ東漸寺に帰って百日の別時念仏をつとめられた。

白米のとぎ汁

その一切経を足掛け三年かかってついに読み上げた。それでしばらく東漸寺におられた。ところで大康上人はかねて千葉県小金ヶ原の説教所を一寺にしたいと願っておられたのだが、果たさずして亡くなった。ところがそのうちに田地が水害を受けて不作つづきで東漸寺の収入が減ったため、到底小金ヶ原の説教所へ送る飲料としての毎月一斗（十五キロ）の米が出せず、取り潰《つぶ》すのがよいという声が高かった。それを聞いた弁栄上人は亡師に報恩するよい機がきたと喜んで、東漸寺の後援はいらないから自分を説教所へやらせてくれ、といって単身小金ヶ原へ乗り込んだ。この村は、家といっては百戸ばかりが原の遠《お》ち近《こ》ちに散在しているだけである。目的は一寺建立であるが、その前に教化しなければならぬ。

このころの御日常を詳しく話そう。

飯米がない。村人から甘藷《かんしょ》や麦をもらってどうにか食いつないでいるのだが、ときとして三日も食べるものの無かったこともある。「さぞお困りでしたでしょう」というと、上人「ときどき断食してみると、身も軽くなり、よい気持ちです」

季節の衣服が無い。襦袢《じゅばん》に裙《くん》（袴《はかま》のようなもの）をあてている。それを見るに見かねて単衣物を供養した人があった。上人「お陰で信者の家にお経を読みに行かれます」

冬の火鉢もふとんもない。朝早く訪ねた人が上人の頭を見ると藁きれがついている。おかしくなって注意すると、上人「このごろは寒さが強いから藁をかむって寝ます」

良い下駄を供養しようとすると、上人「坊主によいものはいりませぬ」

上人が土鍋《どなべ》で白い汁を煮ている。信徒が何ですかと尋ねると、上人「これは白米のとぎ汁です。米のほうは来客に出してしまったので、今日はそのとぎ汁を飲んでいます」

油がない。線香の火のあかりで仏画を描いておられる。村人「見えますか」。上人「暗く見えます」

小さな農家の前で子どもがむつかって泣いているのを見て、遠くから菓子を買って来て与え、橋銭がなくてお困りになった。

そのころどうしておられたかというと、たまに人がきても挨拶《あいさつ》よりも称名（なむあみだぶつをいうこと）で、世間話など全くしない。話をしながら手を遊ばせず、米粒に名号を書いたり仏画を描いたり、書を書いたりしておられる。村人たちに与えるためである。書物は東漸寺から持参して読まれた。漢籍であろう。後年は西洋のもの、特に学術書をよく読まれた。夜は三時間ぐらい熟睡なさるだけで、あとは夜もすがら念仏三昧であった。

こういう月日が積もって近村の人たちはすっかり心服し、一か寺建立の計画を進めた。それで上人は、近くのあちこちに巡行して建立の資金を集めることになった。

しかし上人はこの勧募の事業を、人々を阿弥陀仏に結縁させるための助業と考えておられたから、寄付はなるべく大勢の人から集めようと、一厘講と名づけて厘単位にせられた。

近村に一人の信徒がいて、建立の寄付を白米でした。五升（七・五キロ）である。ところがそれを持ってお帰りになると、たまたま隣村の困っている家の話を聞かれた。主人が生活が苦しいあまり少しの罪を犯して、そのため投獄され、一家は明日の米にも困っているというのである。上人はその足で隣村へ行って、すっかり施してしまわれた。

そんなふうに、寄付金を貧困者に施してしまわれることもしばしばあった。

これが弁栄上人が全国行脚に出られるまでの御生活である。

地獄極楽があるなら証拠を見せよ

全国行脚時代にはいると、お暮らしはもはやそれほど苦しくなくなるが、そのかわり人々を済度する仕事が実に忙しく、上人は東西に巡行して寧日《ねいじつ》なきありさまになるのである。こういう日々が亡くなられるまで続く。これがこの時代の弁栄上人の無私の本体であるが、短く書きようがないから他のことを書く。

初めは近県を回られた。道に蟻《あり》がいるとよけて通られる。蟻にいたずらしている子どもたちを見ると、まる味のあるやさしい声で、上人「蟻を殺すと蟻さんの子や兄弟が泣きますよ」

刺した蚊を潰すものを見ると、上人「そうしてたたくと蚊の針の先がからだに残って毒になります。そっと追うと針を抜いて去ります」。お歌に

やみの夜に泣ける蚊の声悲しけれ　血をわけにけるえにし思へば

若草の萌《も》えている道を、まだ遠くてよく見えないはずだのによく知っておられて、どんなに遠くなっても回り道して、決して踏まれなかった。

真言宗管長高須大亮僧正は、当時、浄土門主行誡和上がすでに亡くなっておられたので、野沢、茅野両師に向かって、「浄土宗は見事に文明式にやっているが、惜しむらくは人物を逸して野に放っている。弁栄というずばぬけた若い僧がいる」と注意した。それで両師は上人を起用しようとして、上人に資格をつけるため、教師補という浄土宗の一つの僧階

を与えるため履歴書を出すようにすすめた。しかし上人はそれをどうしてもきかなかった。当時のお歌に

我はこれ仏弟子なればゆるせかし　世渡る師補をいとふ身なれば

信者の奇麗な娘さんが、上人にかしずきたいと願って露骨に振る舞い世評に上った。上人は平然として近づけもせず遠ざけもせられなかった。そうすると、そのうちに娘さんはおのずから教化せられて身の振る舞いを恥じるようになった。

私心の無い話からはそれるが、御説法のありさまを一度述べておこう。

岐阜県に豪農があった。そこの若主人が非常な酒のみで、酔うと大勢の使用人を手荒く扱った。村人は、さしもの旧家も若主人の代限りだろうとうわさしあった。

その家に浄土宗のきつけの僧がきて説教していた。若主人は、したたか酒をあおってその席へ出て、地獄極楽があるなら証拠を示せと詰めよった。その僧は答えられない。このうそつき、すぐ出て行け。出て行かなければなぐりつけるぞといって、本当になぐりそうにした。僧はほうほうの体で逃げ去った。そのころ弁栄上人がその家で人を集めて御説法なさった。若主人はあわよくばなぐりつけてやろうと思って、またしたたか酒をあおって足音も荒々しく御説法の席へ出て、地獄極楽があるなら証拠を見せろと上人に詰め寄った。

上人は静かに紙に丸をかいて、一心十界を訥々諄々《とつとつじゅんじゅん》と説教された。

するとそのうちに若主人の様子がやわらいでいって、ついに、如来さまを立ち礼拝しなさいというとその通りにした。上人は十分ほどそうしていなさいといって他の室へ去られた。若主人は上人を心待ちにしながら立ち礼拝をつづけたが、上人は帰って下さらない。とうとう腰が抜けそうになった。そのころになってやっと上人は帰ってこられた。お上人おそかったですねというと、上人、「よいものはながいほどよろしい」

若主人はその後お念仏をよくするようになった。そうすると酒癖も直り、人柄も和《なご》やかになった。

この御説法を見ていると、若主人を作っている観念が外形はもとのままだが、内容が変わってしまったという気がする。まるで暴漢が飼い犬に変わったようである。上人の妙観察智の働きであろうか。心の奥底から働きかけるのである。上人の御説法は大体こんなふうだったらしい。

浄土宗京都本派の大学のある先生が、一切経について少しは知っておいたほうがよいでしょうというので、「一切経いろは辞典」を差し上げた。上人はただ厚くその好意を感謝された。

弁栄上人はインドへ行って仏蹟《ぶっせき》を巡拝してこられたのだが、その話をされたことも一度もなかった。

上人に深く帰依している家があった。そこの奥さんが上人にひら付きの御膳《おぜん》を差し上げた。上人は余計な料理には決して手を付けられないで、いつも、手の掛からない御馳走《ごちそう》をといっておられた。ある寒い晩、上人にわざわざ作った胴着を差し上げた。上人はそれを召して外出されたが、帰ったときはもう着ておられない。どうなさったのですかと問うと、上人「物を乞《こ》う人が寒空に寒そうにしていた。白衣《びゃくえ》や法衣《ほうえ》では在家の人には使えないから、せっかく作って下さったのだけれども、胴着を脱いで上げてきました」

ときどきは少し英語も学ばれた。近代学術の書は実に仔細《しさい》に読まれた。

浄瑠璃は語ってみなければ味がわからない

一夜、ある寺にお着きになって、座敷にお通しして丁重におもてなししようとするのを断わって、下男部屋に行き、年老いた下男の一人に深更まで法話された。

ほうぼうで子どもを集めて仏教唱歌を教えたり、阿弥陀経を教えたりなさった。少年少女の一群の先頭に立って、手風琴《てふうきん》を弾きながら田舎道を行かれるお姿も見掛けた。

弁栄上人は法を聴いてくれることを、どんなもてなしよりも喜ばれた。朝は三、四時から、夜は十二時にも及んだ。随行の者は閉口して、上人、よくあくびも出ませんねというと、上人「あくびするひまに念仏する」。横にならず念仏しながらそのままおやすみになることもある。上人「撞木《しゅもく》の音が次第に細って行ってついに止まり、はたと横に倒れようとするとき、千仞《せんじん》の谷底へ落ち込むような気持ちになる。その間は十分か十五分くらいであろう。寝るのはその間で充分だ」。睡眠時間はごく短いが、横になったかと思うともう熟睡しておられる。夜中にときどき「ナーム」とかすかに、しかしはっきり寝息の間から聞こえる。そのお声がなんともいえず有り難かった。

ときどき随行の者にもお布施をくれる。どうしましょうと伺うと、上人「それは阿弥陀様にお返しなさい」。そして立つとき、寺のお賽銭箱《さいせんばこ》に入れるようにいわれた。

一人の僧が随行した。性質荒々しく、竹の切れをけとばすと、上人「すべて形あるものは仏性がある。手荒なことはいけません」。議論をふきかけると、にこにこして静かに親切に答弁される。議論が横にそれると黙ってしまわれる。

御一生のことであるが、朴歯《ほおば》の下駄ばきで、音もせずに歩かれる。決して傍を見られない。これは奇蹟であるが、下駄の歯が少しも減っていなかった。上人にわけを聞くと、上人「私は如来さまにおぶさっているのだから」。その下駄は一人の信者がもらいうけて大切に保存していたのだが、火災で焼けてしまったから私は見なかった。これも妙観察智であろう。

家の中でも端然たる威儀を少しもくずされたことがない。もの静かに落ちついて、いつも白衣の法衣を福々しいおからだにきちんと召されて、言葉少なく声低く、新聞の世間の出来事など申し上げても、上人はただ「左様で」。それも語尾は消えてしまう。大笑高語などされたことがない。寒中でもお傍の火鉢に手をかざされない。お胸の所で組み合わせたままである。それでいてお傍に出ても少しも窮屈ではなく、なんだか心丈夫で、なんだかうれしくて、いつまでもお傍にじっとすわっていたくなるのであった。

各地の青年たちを集めては御説話なさって、午後の座談会、質問会では、経机を前へ前へと進め、極楽の実在、如来の実在に関する質問に熱心に丁寧に答えられ、また三等車中の人となられる。

常に少しの余暇にも筆を走らせて、あり合わせの紙に、御自身の実施経験ずみのことばかりをお書きになった。紙がたまるとこよりでとじて、ページは書かない。上人が行脚中持たれるものは頭陀袋《ずだぶくろ》の小箱一つ、それには手回り品がいっぱいはいっている。とても書き積まれるものを持って、諸国をお巡《まわ》りになるわけにはゆかない。それで書かれた所々に、それをただ保存しておいて下さいとだけでお残しになる。あとで心ある人だけは保存するだろうが、それもその人一代きりである。あとで出版なさるおつもりならば、もっと外の仕方をなさったであろう。出版なさるおつもりが全く無いにしては、あまり整然たる体系をなしている。これはどういうことかと人は不思議に思うであろう。これこそは、出来上がることはいかに邪魔してもでき上がり、成り立たぬことはいかに努めても成り立たぬ、とお考えになっているのである。如来の実在を証して、如来にまかせ切っている人の心安さよ。弁栄上人の限りなく尊い御著述は、上人がお亡くなりになってから、ミオヤの光り社が、この寒山が木の葉に題して風にまかせたような御文章を、全国からやっと拾い集めて編んだものである。ほとんど訂正された跡がないのは、定中に働く心がいかに整然たるものであるかを示している。

十時ごろに老婆たちは帰ってしまい、青年が一人残った、上人はその一人を相手に午前二時過ぎまで法をお説きになった。その青年が三部経の中の不審を質問すると、夜中の一時になるのに、お荷物を解いて極楽のありさまを描いたたくさんの図を取り出して、一々丁寧に説明された。青年は後に厚い信者になった。その時のことである。上人はこうお伴の人たちに話された。

上人「浄瑠璃《じょうるり》は読んでも聞いても面白いが、実は浄瑠璃の味は語るほうにある。面白く語る人の気分や楽しみはまた格別で、読む人聞く人の推知できぬものである。これが浄瑠璃の真価である。しかしそれには、師についてけいこに一苦労せねばならぬ。信仰もまたそんなものである。宗教の必要をいっておるところは浄瑠璃を読んでいるようなもの、説教を聞いて感心するのは語るのを聞いているくらいで、まだ語る味はわからないようなもの。自身精進に念仏して、法喜禅悦の真の味を知らねばならぬ」。法喜とは自分が念仏して喜びにひたること、禅悦とは第三者の信仰が進むことを如来と二人でながめて喜び合うことである。私たち学者には、四十二歳で入棺念仏なさった後の弁栄上人は、新法門を開くため御著述に専念なさりそうに思えるのであるが、こんなことを喜ばれると思うのは、まだ浄瑠璃を読んでいる境界であろう。実はこの法喜禅悦にひたっておられたのである。それだからあの寸暇なき御説法ができたのであるが、人がそこまでになれるとは。

それを知らせにきたのが弁栄である

弁栄上人がこの世をどう見ていられたかを見よう。

一老婆が「年取るとこの世上のことがうるさくて」とこぼすと、上人「そうして親様(如来さま)は結構なお国を慕わせてやろうとの御慈悲です。帰り仕度をさせて下さると思って喜ぶものです」

洗濯が忙しくてならぬ。じっとして念仏したいという婦人があった。上人「洗濯物を木魚と思えばよいでしょう。念仏しながら洗濯しなさい。洗う品物と一緒に、心も洗っていただけます。着物も心も洗われるだけ洗って、またこの世を清めねばなりません」

上人「からだはじっとしていても、からだの中ではいつも如来さまが働いて下さる。胃袋も休まず、血管も休まず、みなこれらは如来さまの働きが身の中に働いていて、われわれを活《い》かして下さるのだから、如来さまに活かしてもらっている間は、このからだを遊ばして殺し置きにしては如来さまにすみません」

かようにして全く巡行に寧日なく、四十二歳にして構想なった光明主義をおたてになったのは、実に六十歳のときである。その後も御巡錫《じゅんしゃく》は以前の通りであった。

上人には自説の顕正《けんしょう》のみあって、決して他説の破邪がなかった。他のお祖師さまたちのような迫害を見なかった所以《ゆえん》であろう。上人にはすべてが不完全の完全に向かう姿と見えたのである。何をお尋ねしても「それがよい」（イエス）と「それでよい」（ノー）と二色にしかお答えにならなかったということである。

かようにして衆生済度の御苦労の御生涯を六十二歳で閉じられた。最後に残されたお言葉は「如来はいつもましますけれども衆生は知らない。それを知らせにきたのが弁栄である」

人という不思議な生物 ——無差別智——

人間の姿

数年前、文部省が「期待される人間像」を出した。私は新聞でそれを読んで、また文部省が紙の上へ勝手な人の姿を描いたと思った。勝手なというのは人の子(実は造化の子)をそんなふうに育て上げられるかどうかを少しも考えないで、という意味であって、またというのは、私はそのころの文部省の指導要領を読んで、文部省の教育はまるで紙の上の教育だと思っていたからである。

ところが最近、時実利彦《ときざねとしひこ》先生(「脳の話」岩波新書の著者)の「人間の姿」を見る機会に恵まれた(日本能率協会の速記録)。私のいいたかったことが権威ある言葉でほとんどいい尽くされていて胸のすくような文章である。このエッセイ(論文)はちょっと手にはいりにくいかもしれないから、その概要をスケッチしよう。

人体で一番大切なのは大脳である。大脳の構造を一口にいうと、中央に脳幹があって、それを大脳古皮質で包み、その上を大脳新皮質で包んでいる。脳幹は二重に包まれているわけである。

脳幹は生命の座である。

古皮質は本能、情動の座である。情動とは本能に伴う感情であって、本能には食欲、性欲、集団欲、睡眠欲がある。これらのうち集団欲が一番強いことが近ごろわかってきた。

新皮質は知、情、意の座である。これが人の人たる所以である。

ところで、その新皮質は分業になっていて、前頭葉、側頭葉、頭頂葉、後頭葉に分かたれる。

そのうち人の人たる所以は前頭葉にある。前頭葉は猿に少しあるだけで他の動物にはない。前頭葉が人の人たる所以である。

動物は教育できない。だから教育は前頭葉をよく発育させるためのものでなければならない。このためには前頭葉の自然的発育によく合った教育をしなければならない。

ところで、この前頭葉が人類一万五千年の文明を開いたのであるが、人が殺し合いそれが発展して戦争になるのも、原因はこの前頭葉にある。かように前頭葉は功罪ともにある。これをどうするかという問題がある。

大体こういっておられるのである。

実によくいって下さっているが、一つだけいい添えたいことがある。それについて話そうというのである。

創造

時実先生の「脳の話」によると、前頭葉は感情、意欲、創造をつかさどる。時実先生は近ごろ少し用語を練られて、前頭葉は情緒（感情、情操）、意欲（意図）、思考、創造をつかさどるといっておられる。その創造が問題になる。これが今強く望まれているのである。

私は数学の研究を天職にしている。近ごろ日本が心配になっていろいろと呼びかけているが、以前はこれしかしなかった。ここでは数学上の発見が創造である。それについて、アンリー・ポアンカレーはその著書「科学と方法」で一章を割いて詳しく述べている。数学上の発見は刹那《せつな》に行なわれるのだが、どのような知力が働くのか全く不思議だというのである。

フランス心理学会がこれを読んで大いに興味を持ち、世界中のおもな数学者に問い合わせたところ、大多数はポアンカレーと同じ返答をした。それで問題は確立した。しかし解決は今日なおついていない。わからなさはもとのままである。

私はこの数学上の発見なるものを何度も体験してよく知っている。特徴を数え上げると、考えてもいないのに、とっさにすべてわかること。疑いが残らないこと。および鋭い喜びがながく尾を引くことの三つである。

かようなものの本性は、西洋人にはわからないであろうが、東洋人には明らかである。これは仏教で無差別智と呼んでいるものである。

無差別智とは不識的に知、情、意に働いて、働きとなって現われる智力である。当人には働きだけがわかるのである。

働き方によって四種類に区別されている。大円鏡智、平等性智、妙観察智、成所作智。数学上の発見の場合は主として平等性智が働くのである。（無差別智については「無辺光」山崎弁栄《べんねい》著がある。この本はまだ世に二千部くらいしかない）

他の不思議の数々

不思議なのは数学上の発見ばかりではない。「昆虫記」のファーブルはこういう意味のことをいっている。「もし自分がまた人に生まれて来ることができるならば、自分はまた昆虫の研究をするだろう。しかし幾代続けて研究しても、昆虫の不思議な本能についてはわからないであろう」。ところが、これも無差別智の働きにちがいない。これは主として妙観察智が働いているのだと思う。

不思議はそればかりではない。よく見れば、私たちの身辺にいくらでもあるのである。側頭葉の働きは機械的である。それで、何でも機械的で速いことのすきなアメリカで、調べやすいということもあって、医学者、心理学者が側頭葉の働きをいろいろ調べた。そうするとだんだんよくわかってきたが、近ごろになって、側頭葉だけ調べたのでは何もわからないということがいろいろわかってきた。一例を挙げると、記憶は側頭葉中でも一番機械的な働きであるが、これを型紙で作ろうとすると、要する枚数は宇宙の原子の数をはるかに越える。

さりとてこの不思議を探る第一歩として大脳皮質部のありさまを示す青写真を作ろうとすると、それに要する費用はアメリカ合衆国の一年の経費の一千万倍。手の着けようがないのである。

これも無差別智の働きにちがいない。

人の子の内面的生い立ちを見ると、生まれてから三ヵ年の間に環境から取って、その人の中核を作り上げてしまうように見える。どうしてそのようなことができるか、これも無差別智の働きである。

無差別智の働きは何もそんな遠い所まで行かなくても、少し注意すれば私たちの身辺にいくらでもある。たとえば人は立とうと思えば立てる。これは全身四百幾つの筋肉がとっさに統一的に働いたのである。しかもよく見れば、立とうと思ったその気持ちを、立ち方が四次元的に表現している。どうしてこのようなことができるかというと、これも無差別智の働きであって、このたびは妙観察智が、古来「一即一切、一切即一」といい慣らされている働き方で働いたのである。

かようによく見ると、人は全く操り人形なのであって、無差別智の大海の上に浮かんでいる一粒の泡のようなものである。大体なぜ見えるかさえわからない。僅々《きんきん》二十億年の間に単細胞を育てて、かように霊妙な人間にまで作り上げた無差別智の大海（造化）の不思議さよ。

しかしただ不思議がってばかりいたのでは人のすることがない。人はただ「自分は何もほとんど知らないし、何もほとんどできない」ということを忘れさえしなければよいのである。

無差別智が人にどう現われるかを見ることから始めようというのであるが、それには宗教家を見るのが一番よい。前に述べた山崎弁栄上人を見てほしい。

私の数学上の発見

しかし、こういう話だけでは、西洋の教育や文化と合わなさすぎるかもしれない。それで弁栄上人の場合に比べるとまことにささやかな場合であるが、私の数学上の発見を一つお話ししよう。これは「紫の火花」で詳しくいったのだが、もう一度簡単にスケッチしよう。

私は（数え年三十のとき）フランスで生涯の問題をきめた。この問題は問題として非常に面白いし、存在理由も明らかなのであるが、第一着手がどうしても見いだせない。そのためもう二十五年もそのまま打ち捨てられてあるのである。

私は、この問題は自分にはあるいは解けないかもしれない。しかしもし自分に解けないならばフランス人にはとても解けないだろう、そう思った。

この問題は結局解けたのであって、その第一歩をお話ししようとしているのであるが、これはまるで「高い山から谷底見れば瓜《うり》や茄子の花盛り」というふうであって、すっかり呑《の》んで掛かっているのである。この問題と限らず私はこの一手で数学したのであって、慣れていたわけでもなく力があったわけでもない。

これは何かというと無差別智の働きであって、日本民族はこれがよく働くのである。明治の英傑高杉晋作《たかすぎしんさく》も、この呑んでかかるという一手でやったようにみえる。

ともかくそう思ったから、私はフランスで初めて会った中谷治宇二郎《なかやじうじろう》という考古学者と話し合うのを楽しみにして、フランスにあと二年いた。一緒に石鏃《せきぞく》を掘ったり巨石文化を見たりしてあまり数学しなかった。狭い数学だけではなく、広くラテン文化にも、あまり取り入れてこの問題の解決に役に立てられそうなものは無いと思ったから、映画などもフランスものは見ないで、勢いのよいアメリカの西部劇を見た。このほうはいりそうに思ったのである。

日本へ帰って日本をよく調べてみて、日本は大分わかってきたが、どうにもこの問題ばかりはどこから手をつけていってよいかわからない。

友人は脊髄《せきずい》カリエスを病んで九州の由布院《ゆふいん》で寝ていた。私は広島の大学に勤めていたのだが、そこへ三夏行って、来る日も来る日も終日話し合った。大体学問上の抱負についてである。

私はフランスで数学上の仕事をしてこなかったわけではなかったのだが、中心の問題が少しも進展しないから、どうにもそんなものを書く気になれない。講義にも少しも身を入れない。そんなふうだから先生方や学生の評判はだんだん悪くなっていって、とうとうストライキさえされてしまった。私は夏休みに親友の所へ行って話し合うのが唯一の楽しみになった。

こんなふうにして問題を決めてから五年たった。その年の暮れ、私の問題について、ドイツで百五十ページほどの文献目録が出ていることを知った。私は書きかけていた長い学位論文をやめて四、五ページのレジュメ（概要）だけを出して、翌年の一月二日から正式に問題に立ち向かった。

まずこの文献目録に概要だけが書かれている論文をきちきち調べた。調べるといっても、広島には当時貧弱な図書室しか無かったので、ほとんど自分で考えた。どうしてもわからないごく少数のものだけを京都や大阪の大学の図書室へ行って見た。二ヵ月するとこの仕事は終わった。これによって問題の姿はくっきりと浮かび上がった。

次に第一着手を発見しようとして、いろいろの試みをした。どうしてもうまくいかない。三月たつと、どんなでたらめな試みもなくなってしまった。

問題を解こうとする心は、情意的にはよく働き続けているが、知的には全くすることが無いのである。

こういう時期が三月続くのであるが、前半は広島にいて、景色のよい所へ転宅した。そうするとやれそうに思ったのである。

後半は北海道の大学に中谷さんの兄さん（宇吉郎《うきちろう》）がいて、かねがね一度こいといって下さっていたからそこへ行った。涼しくて図書もそろっているからである。

北海道の大学は応接室を貸してくれた。そこへ行って十分ほど考えると、何しろ考える材料なんかまるでないのだから、すぐ眠くなってそこのソファで寝てしまう。とうとう口の悪い吉田洋一さんの奥さんに嗜眠性《しみんせい》脳炎という仇名《あだな》をつけられてしまった。中谷さんも心配して「岡さん、札幌《さっぽろ》は失敗だったね」といった。

そのうち九月になって夏休みも終わりに近づき、広島へ帰らなければならないことになった。そうしたある朝、私は中谷さんと朝食したのだが、いつもはそのあと大学へ行くのだが、その日はなんだか少しじっとしていて、考えてみたくなった。

それで大学へ中谷さんと一緒に行くのをやめて、書斎にすわって、といっても考える対象は無いのだから、ただじっとしていた。

そうすると、問題についての考えがだんだん勝手にきまっていって、最後に突如として一切の状勢が明らかになった。私はわかったと思った。そんなふうに手をつけていけばよいのである。数学上の発見はこれが五度目であるから別に驚かない。しかし苦しみが長かっただけ喜びもまた大きかった。帰りの汽車から見た景色は実に楽しかった。

広島へ帰ってから、わかった所は捨てておいてその先を調べた。わかった所を論文に書いたのは翌年の蛙《かえる》の声がにぎやかなころであった。疑いは少しも残らないのである。普通の大脳前頭葉の働きでないことは、この特徴が一番よく示している。

これが数学上の発見に働く無差別智のありさまである。これだと西洋の文化と融合できそうである。それについていろいろ考えてみよう。

法器

日本民族には無差別智がよく働くということからいおう。

禅は人から人に伝える。支那に移ってからをいえば、始祖は達磨《だるま》大師である。その四祖があるとき後の五祖に会った。五祖はそのとき年老いた樵夫《きこり》であった。四祖は一目見てその「法器」であることを知りこういった。「私はお前を教えよう。しかしお前は年取り過ぎている。だから生まれ直してこい。私はお前を待っているから」。五祖が川縁へ出ると娘が洗濯をしていた。五祖はそれでその胎《はら》を借りて生まれ直した。そうすると近所の人たちは、娘が男なしに子を産んだというので気味悪がって、その子を川に捨てた。しかし幸い拾われて養われて育ち五、六歳になった。そして行って四祖にあった。四祖は一目見てその子が往年の老樵夫であることを知り、引き取って育て、やがてこの人に法を伝えたというのである。私はこの話を書いている人がほかならぬ道元《どうげん》禅師であり、話が禅の主流の話であるからこれを信じているのであるが、あなた方は信じられますか。

それはともかくとして、私がこの話をしたのは「法器」とは何であろうかということを問題にしたかったからである。私は、法器とは意志がよく霊化している人という意味にちがいないと思う。「意志霊化」とは生きようとする盲目的意志が真の意味で向上しようとする目的を持った意志に変わることである。すべて人は意志霊化に時間がかかるのであるが、日本民族は生々世々実践に勉めてきたから意志霊化のよくできている人が多いのである。いい変えると法器が多いのである。法器には無差別智がよく働くのである。

無差別智がよく働くとき

次の問題は無差別智はどういう状態においてよく働くかという問題である。これをいうには自分とは何かという問題に触れなければならぬ。これについては何度いったかわからないのであるが、一度も聞かなかった人もいるだろうから簡単に説明しよう。自分を二つに分かって小我（小さな自分）と真我（本当の自分）とにする。人は普通の状態においては自分のからだ、自分の感情、自分の意欲を、自分と思っている。これが小我である。真我は西洋人はあまりよく知らない。ほとんどの人は小我を自分と思ってしまっているからである。それで仏教のいうところを聞こう。

真我は縦に（時間的に）生き通しである。横に空間的に際涯がない。その横のあり方は、普通いう自分は真我の自分である。普通いうひとは、真我でいえば非自非他である。普通いう自然も真我の非自非他である。真我の心は同体大悲である。これはひとの心の悲しみを自分の心の痛みのごとく感じる心という意味である。

仏教は小我は無明（自己中心の本能）の描く迷いであるから、これを離れて真我に帰れと教えているのである。

私の体験によると無差別智は真我に働くのであって、小我に働くのではない。小我はその妨げをしているのである。理由を一、二挙げよう。

私が数学の研究に没頭しているときは、生きものを殺すのが全くいやだし、だから夏など蚊をどうするかに全く困ってしまうのだが、若草も決して踏まない。これは真我の心である。

それから小我を自分とは思わない。こんなことがあった。あるとき数学を大学で二時間講義した。今日は一度、大脳前頭葉を本当に使って見せてあげようといって、その通りにした。授業がすんで教室を出ようとしてふと気づいて、引き返してテーブルの上を捜したが無い。ノートが無いというと学生は、それなら先生が持っていられますという、なるほど持っている。笑って教室を出ようとしたが、また気づいて引き返した。テーブルを捜したがこれも無い。学生はこんどは何を捜していられますと聞く。インキとペンというと、学生が笑って、それも先生が持っておられますという。見ると同じ左の手に実にしっかりと持っている。そこで初めて気づいて学生にいった。「だからデカルトの、我考《おも》う故にわれあり、というわれは小我ではない。あれは真我であって、デカルトの場合は主宰者という意味である」

私はテーブルの上にあったノートやインキ壺《つぼ》やペン軸を、目で見て、左手で持ったにちがいないのであるが、その報告が一つも大脳前頭葉にきていないのである。知覚神経が少しも働かないで、運動神経だけが必要なだけ働いているのである。すなわち自分のからだを自分とは思っていないのである。自分のからだささえそうである。自分の感情、自分の意欲についてはもちろんである（これらについては「紫の火花」で例を述べた）。黒板についても同様である。私は黒板の式を見て講義しているのではない。まして外界を、いうまでもなく、あるなどと思っていない。

鎌倉《かまくら》の禅寺に行くと、よく何も無い何も無いといいながら、拭いたり掃いたりして働いている僧をよく見るというが、これも運動神経だけが働いて、知覚神経が働いていないのである。

私は坂本繁二郎《さかもとはんじろう》画伯に会ったが、先生はすっかり童心（生まれてから三か年）に返って画を描いておられる。童心に小我は無いのである。弁栄上人の伝記を見ると、一番心を打たれるのは一点の私心が無いということである。

理性界をどうするか

かように無差別智は真我に働くのである。自分をできるだけ真我的にしようと思えば、小我即ちそのもとの無明をできるだけ抑止すればよいのである。原理はごく簡単である。しかしここに問題があるのである。

私がフランスから帰ったのは満州事変勃発《まんしゅうじへんぼっぱつ》の年であった。満州事変と日支事変との間に重苦しい平和が続いた。その一日、私は京都の博物館へ行って嵯峨《さが》天皇の御宸筆《しんぴつ》を見ていると、次の句に出会った。「真智無差別智、妄智分別智、邪智世間智」四度数学上の発見を体験して、この間の事情の大分わかりかけていた私は、一目見てよい句だなあと思った。

これはこう読むのである。無差別智が真智であって、分別智は妄智であり、世間智は邪智である。無差別智、分別智、世間智といえば名前だけでやや見当がつくが、詳しいことはだんだんわかっていったのである。

仏教では、真如一転して世界となり、再転して衆生となる、といっている。だんだんわるくなって行くというのである。この真如に働く智力が無差別智であって、世界に働く智力が分別智、衆生に働く智力が世間智である。

子どもの生い立ちを見ていると、生まれて三か年は童心の季節である。この季節には自我はない。これに続く三か年は自我発現の季節である。ここで自我がだんだんできていく。そのでき方をよく見よう。

第一年には時空が少しわかり、理性が少しできる。

第二年には自他の別がわかる。

この生まれてから五年間のうち、初めの三か年が真如に相当し、第四年目が世界に相当し、第五年目が衆生に相当する。

それで大体、衆生、世界、真如はそれぞれ社会、自然界、超自然界に相当するのである。ただしここにいう自然界とは広義のものであって、理性界をも含むのである。

それから智といえば知だけでなく、情、意をも併せ意味する。

それで世間智といえば社会に働く智力、分別智といえば広義の自然界に働く智力、無差別智は超自然界に働く智力である。

それで小我抑止といえば自我発現の季節の第二年目、第一年目を消してしまうことである。

一番問題になるのは理性界無視である。

大脳前頭葉を執するか捨するか

かように東洋のものは理性無視、西洋のものは理性偏重である。大脳前頭葉偏重と大脳前頭葉無視といってもよい。分別智の道は執であり、無差別智の道は捨である。

前に時実先生がお述べになったもの以外に、ここにも問題がある。この解決法は容易ではないとお思いになるでしょう。しかし実際は簡単である。大脳前頭葉を主人公と思うのをやめて、道具と思えばよいのである。

道元禅師の「正法眼蔵」を見るに、私たち西洋の学問をしているものよりも、むしろはるかに多く大脳前頭葉を使っている。違うのはただ目標が違うだけである。「執」のために使っているのではなく、「捨」のために使っているのである。

頭を使えるだけ使って、考えて考えて考えて、私たちでいえば毛が抜けてしまうくらい考えて、最後にそれをみな捨ててしまえば、豁然《かつぜん》としてわかるというのである。私もこのやり方で数学の研究をしてきたのである。

これはまるでトンネルを掘るようなやり方であって、私はこうすれば東西の文化がよく融合できると思う。

しかし自他の別だけは使いようがない。競争心で勉強したのでは、どれほどしてもますます執するばかりで決して捨することがない。これはできないのである。

それで、世間智は初めから捨てよ。分別智は使って使って使い抜けば、おのずから無差別智にいたるということになる。

東西文化の融合

東西の文化の融合は、小我を自分と思わず真我を自分と思うようになればできる。真我は理想である。実際はこれに近づいた人、真我的な人になればできる。これさえできれば、あとは、西洋の文化を西洋人のする通りに骨身惜しまずやればよいのである。

ここさえ認めてもらえるならば、時実先生の提出された問題も同時に解決できる。真我的な人の心は深い思いやりであるから。

真我的な人にとって大脳前頭葉は自分ではない。自分の道具である。時間がかかるのは、この道具を充分発育させて立派なものにするのに時間がかかるのである。だから時実先生が、教育は大脳前頭葉の発育であるといわれたことには、私も大体同意する。ただ真我を真の自分と思うようになってくれないと困る。

根性はだめ

自他の別をはなれよ、というところに異論が多いかもしれない。すぐ根性といいたいらしいから。

しかしここが正されていなければ、いくら大脳前頭葉を使ってもらっても、まるで地心に向かってトンネルを掘るようなもので、トンネルは決して掘り抜けるときがない。

それで自他の別が残っていてはだめであるということをいうために、これも何度もした話だが、もう一度時宗《ときむね》の話をしよう。

元寇《げんこう》のとき、時宗は祖元《そげん》禅師に教えを乞うた。祖元禅師は南宋《なんそう》から帰化した人で、支那《しな》にあるとき、元の兵に捕えられてまさに切られようとした。そのとき禅師は辞世の句を詠んだ。

珍重す大元三尺の剣
電光影裡春風を切る

それで元将がたいへん感心して許したのだという。その祖元禅師が時宗に問うた。「怯《きよう》懦《だ》何処《いずこ》より来る」。時宗はいろいろいったが禅師は肯《うべな》わなかった。そして教えた。「怯懦時宗より来る」。時宗は豁然として悟り、竜の口に元の使者を切ったのである。

よく時宗の二字を消し去れば、外からは剛毅《ごうき》果断《かだん》とも見えようが、実は当然すべきことをしたまでで、その心は春風駘蕩《たいとう》である。

日本民族には死を見ること帰するがごとき人が多い。みな自他の別をはなれているのである。これも何度もいったことだが、沖縄に従軍した一英人史家はこういっている。「神風の恐ろしさは見た人でなければわからない」と。

真我的な人を育てるには

それでは真我的な人を育てるにはどうすればよいだろう。

ここで少し私自身の経験を述べることをお許し下さい。そうするのが話が早いと思うからです。私は今の自分をどちらかといえば真我的な人だと思っている。私は死ねばそれきりなどと思っていない。私は日本的情緒の中から生まれてきてその通りに行為し、死ねばまたそこへ帰って行くものと思っている。私はまた日本民族の将来が心配でしようがない。身辺のことよりもよほど心配になる。この二つが備わっているからどうにか真我的な人といえると思うのである。

それで私はどう教育されたかをいおう。

私は祖父に、ただ一つの戒律を守らされた。「自分を後にして、ひとを先にせよ」。自分で守るように仕向けられたのである。ただ一つであるが厳格であった。それが私の小学校へはいる二年前から中学四年のとき祖父が死ぬまで続いた。

私はまた父から、「日本人が桜が好きなのは、散りぎわが潔いからだ」と教えられた。そして日本歴史からとって実例をいろいろ話してもらった。時実先生は、歴史は小学五年以後でないとわからないといわれるが、これは本性が「人生旧を傷みては千古替らぬ情の歌」(土井晩翠《どいばんすい》)ではなく、心情の美であるためだろうか。ずいぶん幼いころから教えられたのであるが、よくわかって、小学一年のとき双六《すごろく》で見た弟橘媛《おとたちばなひめ》の姿がいまだに印象鮮やかである。蒼《あお》い大浪《おおなみ》をうしろに緋《ひ》の袴《はかま》が跳《おど》っている。これは本能を抑えることではなく情緒を与えることだから、小学四年までにすればよいのだと思う。

戒律と情操教育との両方から、自他の別を離れるように教えてほしいのである。

これさえできておれば、理性界を越えるには、頭の毛が抜けるほど考えて考え抜けばよい。これは捨のためであって執のためではないのだが、それも自得するであろう。

近ごろ財界人とひざを交えて話した。そのときこういう意味のことを聞いた。「私たちはアメリカを見習ってこの十五年間に大躍進をした。今や工業的生産力は世界第三位である。ただ一つだけ不安なことは、今後の躍進の力の源をどこに求めたらよいかわからないことである」

今やそれに答えられる。「新躍進の源を無差別智にお求めなさい。日本民族には法器が多いのだから」

また私が文化勲章をいただいたとき教育の話が出た。私は東洋の理想は「大木型の人」を育てるにあるというと、皇太子殿下が「大木型の人を作る教育というのは私も賛成だな」と仰せられた。大木型の人とは真我的な人である。大木型の人を育てようと思うならば無差別智を大切にしてほしい。

一葉舟

何だか変である

人類の文化は大分進んだ。人は皆そう思っている。しかし本当にそうだろうか。何だか少し変なのである。

考えてみれば大分以前から変だった。今は幸福ということをいうが、以前は真、善、美といったものである。ところがその真について、ショーペンハウエルは真とは何かをはっきり把握しようとして、ヨーロッパからギリシャに行き、ギリシャから支那《シナ》に行って、そこの仏寺の門をたたいたのであるが、ついに真をとらえ得ないまま死んだ。

美については、芥川龍之介《あくたがわりゅうのすけ》は美というものの姿をはっきり見たいと思って、美を追い求めてやまなかったのであるが、ついに力尽きて死んだ。死ぬ少し前こんな句を詠んでいる。

水《みず》洟《ばな》や鼻の先だけ暮れ残る

大戦前はこんなふうだった。大戦後、幸福とは何かということがよくいわれるようになったのであるが、それについてこんな詩をよく聞いた。

山のあなたの空遠く
幸い住むと人のいう
ああわれ人ととめ行きて
涙さしぐみ帰り来ぬ
山のあなたになお遠く
幸い住むと人のいう

この淋《さび》しげな声は、季節はすでにものみなが命に生きる夏を過ぎてしまったことを示している。しばらくは、秋の夜長を虫の鳴き声が埋め尽くしていたものであるが、近ごろではその声もほとんど聞かれなくなった。最近哲学者の清水幾太郎《しみずいくたろう》さんが、哲学は近ごろ幸福ということを問題にしなくなってきた、という意味のことをいわれたと聞いた。

私たちの知識は、どこかに大穴があいているのではないか。初めからよく調べ直してみよう。

アメリカ風の私の部屋

私は今私の部屋にいる。家は奈良の町はずれにある。部屋は南一面がガラスになっていて、聖武《しょうむ》天皇の御別荘があったとかいう高円山がよく見える。今は真夏だから山も麓も深い緑に包まれている。すぐ前には花壇がある。幾何模様の縁をコンクリートで固めたものの中に、赤と黄と、白と紫のまだらと、三種類の草花が咲いている。お菓子のように奇麗である。場所は私と妻とで選んだのだから日本風であるが、他は、他人委《まか》せにしておくと、すっかりアメリカ風に作ってくれたのである。この部屋にいると、どこかのアメリカ風のホテルに泊まっているような気になる。

戦後わずか二十年だのに、アメリカ風の形式は私の部屋にまで押し寄せてきている。日本の津々浦々を埋めつくしているにちがいない。

これは花壇にたとえると、コンクリートで盛り上げて作った幾何模様の花壇は、もうできてしまっているようなものである。私はいまさらそれを根底からこわして日本風に作り直そうなどという馬鹿な努力はやめよう。形式はどうでもよい。大事なのは内容である。

どんな草花を選んで、どう植えるかという選定だけに今後は自分で専念しよう。これが内容だから。

家をひとに買わせてわれは年忘れ　芭蕉

なぜ見えるのだろう

目を開けると高円山が見える。目を閉じると見えない。

目を閉じると見えないというほうは物質現象である。ここは一応確かだし、よくわかっているし、それに何より幸福は生命現象であるから、物質現象を調べ直してみても仕方がない。

目を開けると見えるというほうは生命現象である。

なぜ見えるのだろう。医学はどう説明しているだろう。

医学が教えてくれるのは、視覚中枢や視覚系統のどこかに故障があれば見えないという に止《とど》まる。故障がなければなぜ見えるのかについては一言半句も加えていない。これは目を閉じると見えないというのと本質において変わりがない。これも物質現象の説明である。

人類は目を開けて見るとなぜ見えるかという生命現象について、今なお知らないこと太古のままなのであろうか。どこかにこれに触れた文献は無かっただろうか。

他には無いが仏教にはある。

仏教はこう教えてくれている。目を開けて見ると山が見える。それが山とわかるのは大円鏡智の働きである。山の色形がわかるのは成所作智《じょうしょさち》の働きである。山の心までわかるのは妙観察智の働きである。実際にあるとしか思えないのは平等性智《びょうどうしょうち》の働きである。

そうか、生命現象はこんなふうに説明されていたのか。ここに目を止めて、よく見てみよう。

自然とはなんだろう

私たちは、というと、ここでは日本人は明治以後ということになるが、自然をどう思ってきたのだろうか。

初めに時間空間というものがある。その中に自然がある。これは物質である。その一部分が自分の肉体である。自然科学は、近ごろは、自然とは何かを全然いわなくなった。しかし今いったように思っているにちがいない。

仏教も自然という言葉を使う。しかし内容は同じではない。仏教は自然は心の中に在るといっている。

仏教はこういうのである。私たちが自然はあると思うのは自然がわかるからである。このわかるというのは心の働きである。だから自然は心の中に在るのである。

これは二つとも思想である。思想は理性界のものである。だから私たちはどちらが本当か調べてみなければならない。私たちが今現にその中に住んでいる自然はどちらのほうだろう。

無差別智の大海の中の操り人形

私の身の周りから見よう。今私はすわっている。立とうと思う。そうすると立てる。これは全身四百いくつの筋肉が一時に統一的に働いたのである。

何がこのような不思議な働きをしたのかというとそれは妙観察智である。古来この種の妙観察智の働き方を「一即一切、一切即一」といい慣《なら》わされている。立とうと思うと全身の筋肉が一即一切、一切即一と働いたから立てたのである。

この妙観察智が人の子に備わるのは生後十六ヵ月である。

何も立つだけではなく、何も人だけではない。魚類からこちらの動物が動けるのは、この種の妙観察智の働きによるのである。

もう少し深く見直しておこう。人が立とうと思うとき、さまざまな気持ちがある。これが情緒である。この情緒が立ち方によって四次元的に形に表現される。これをしているのが妙観察智である。

見ようと思えば見えるのはなぜかについても、前に見た通りである。

わかってみれば私たち人は、無差別智の大海の中の操り人形のようなものである。

生物学

ファーブルはこういっている。わたしは人が死ねばまた人に生まれるかどうかを知らない。しかし、もし人に生まれることができたならば、私は続けて昆虫の研究をするだろう。しかしいくど繰り返して研究しても、昆虫の不思議な本能はわからないだろう。

これは四智（前に挙げた四つの智力）の働きである。

近ごろ生物学者には大分生命現象の不思議がわかってきた。しかしみな仮説の立てようがなくて、ただ不思議がっている。

心の中の自然

　かように私たちが今現にその中に住んでいる自然は、そこに無差別智が働いているような自然でなければならない。

　そうするとそれは、自然科学が暗黙裡に意味するような物質的自然ではなく、仏教がいうように心の中の自然でなければならない。

　なぜかというと、四智（大円鏡智、平等性智、妙観察智、成所作智）が物質的自然に働くのだとすると、四智とは何であって、どこへ働くのかということになるが、どんな仮設を立ててみてもそんな結果は出てこないにちがいない。生命現象は物質現象と全く趣を異にするからである。

　たとえば個人の中核を個という。これは生命である。ところで二つの個の関係は不一不二だといわれている。だからここは数学の使えない世界である。

　また四智の智とは知、情、意に働く力という意味であるが、その知的方面だけを取っていえば、四智はみな一時にパッとわかるのである。私たちの知っている智力は理性であって、これは平等性智から来るのであるが、源から大分はなれて末流になっているから、順々にわかっていくという働きしかしない。ところで生命現象は、ときどき一時にみなわかるというわかり方を受け入れてもらうのでなければ、とても説明できないのである。

四智は心に働くのである。

物質的自然から出発すると無生物まではどうにか説明できるかもしれない（もし生物と無生物とを分《わか》ちうるものならば）。しかし生物は到底説明できないにちがいない。現に人についてはは徹底的にわかっていない。大切なものは何一つわかっていないといってよい。すなわち私たちが現実にその中に住んでいる自然は、仏教がいう自然である。

自分とは何か、心とは何か

物質的自然に立ち帰って、もう一度よく見よう。初めに時空があって、その中に自然がある。その一部が自分の肉体である。

それならば自分とは何だろう。

仏教はこう教えていた。自然が自分にあるとしか思えないのは、自分にわかるからである。自分にわかるというのは自分の心の働きである。だから自然は心の中にある。

そうするとこの心というのは自分の心のことだろうか。

わからないものが一時に二つ出てきてしまった。「自分」と「心」とである。どうすればよいだろう。

初めに自分の目で見てみよう。確かに自分に自然がわかるのは、自然が自分の心の中にあるからである。

自分がごく小さいときはそれがわからなかった。今はよくわかっている。これは自分の心の中に自然ができていったのだといえる。人の心の中に自然ができていくありさまを、人の子の内面的生い立ちによって見てみよう。

生い立ちを描く

私は、戦後四年目に奈良の女子大学へ勤めて数学を教えた。その時こう思った。日本がこの敗戦の傷手から立ち直るには、女性に頼んで、よい子を産んでよく育ててもらうほかはない。

しかし人の子の内面的生い立ちは、カボチャの生い立ちのようにリズミカルである。バケツにだんだん水がたまって行くようなものではない。だからこのリズムを教えてやらなければ、自分の子をよく育ててくれといわれても、育てようがないだろうと思った。それでこの人の子の内面的生い立ちのリズムを無形のグラフに書こうとした。
こんなものは欧米には無いにきまっている。自他対立的に肉眼や理性の目で見てわかるのは外形までであって、内面はわからない。ところが日本人は、少なくとも明治までは、これがよくできたのである。これは妙観察智の目で見ることである。妙観察智の目で見るとは、自分がそのものになることによって、そのものを見ることである。われを忘れてそのものになっている間は何もわからないが、われに帰った瞬間にそのものがわかるのである。道元《どうげん》禅師はそのわかり方をこう詠んでいる。

きくままにまた心なき身にしあらば　おのれなりけり軒の玉水

芭蕉は専らこの見方によって自然を見、人の世を見て句を詠んだらしい。だから芥川が指摘したように芭蕉の句には必ず調べがあるのであって、調べとは心の流れだから、心までわからなければ調べのある句は詠めないのである。一、二芭蕉の句の調べを例示すると、

春雨や蓬《よもぎ》をのばす草の道
秋深き隣は何をする人ぞ

それで私は生い立ちのリズムを自分で描くことにした。

私は四月十九日生まれであるが、数え年四つまでは記憶を逆に辿《たど》ることができるから、それを描けばよい。数え年一、二、三歳は、他の子を察智（妙観察智）するより仕方がない。後に孫が二人できたから、それによってたしかめ直した。そうしてできたのが生い立ちのグラフである。それをそのつもりで見ていこうというのである。

童心の季節

生まれて八か月目になると、人の子はときどきひどく懐かしそうな目の色をする。情緒ができ始めたのである。最初にできるものが懐かしさである。私にはこれが、過去という時の情緒ができ始めたのだというように見える。

四月十九日生まれで数え年三つまでというと三十二か月、概算三か年になるが、この間には人の子にはまだ自分という自覚がない。それで私は童心の季節と呼んでいる。

生後八か月目から四か月間が、童心の季節中の、春の季節である。

今世界の人、といっても大体欧米や日本という意味であるが、人の心の底は冷え切っているように思える。人の世は人が一人一人個々別々としか思えないのはそのためであろう。そしてそのような人の世は底知れず淋しいものであることには気がつかないのだが、たよれるものは自分だけだという気だけはするものだから、生存競争ばかりを考えている。破壊力は次第に大きくなるから、これは人類の自滅につながる。

それで、私はこの、春の季節四か月は非常に大切な季節だと思う。童心の季節三か年はすべて環境からそっくりそのまま取るからそうであるが、わけても、この春の季節に母の愛の無いような環境を作らないようにしてほしい。

私はある成人式で代表者たちに淋しげな声の演説ばかり聞かされたのであるが、この季節に母の愛が得られなかったためだろうか、それとも日本国新憲法の前文を教育にまで取り入れて、人の世は、人は一人一人個々別々であると教え込んだためだろうか。ともかくあんな淋しげな声は二度と聞くのはいやである。

人の子も、この春の季節と離れるのは悲しいらしい。

行く春や鳥啼《な》き魚の目は泪《なみだ》　芭蕉

しかしいつまでもそうしてはおられないのである。十六か月目はいわば盛夏であって、前にいった妙観察智（一即一切、一切即一）はここで備わるようにみえる。

これが備わると、それまで、ほたほた笑っていたのが、にこにこ笑うようになる。まだ自覚はないが自分というものがここでできるのである。そのための準備をしなければならないから、人の子はいつまでも行く春に恋々としてはいられないのである。

この四か月の間に人の子はどんな準備をするかというと、いろいろな全身運動を繰り返し繰り返しするのである。また一時に一事を厳重に実行するのである。たとえば蜜柑《みかん》を一袋口に入れているとき、もう一袋入れてやろうとすると、プッとそれを吐き出してから口に入れてもらうのである。そんなふうだから赤ちゃんの皮膚に薬をかけて、乾布摩擦をして早く立たせようなどという、アメリカ風の外面的育児法は、忘れてもしてはならない。わけても日本民族は情の民族なのである。

かようにして、童心の季節三か年を終わる。そうするとその子の中核ができてしまって、宗教的方法によらなければもう変えられないらしい。

宗教的方法によってならば変えられるかというと、たとえば白隠《はくいん》禅師の禅は、人のこの中核の心は、八か月目はいわば板を一枚一枚横に並べただけのようなもの。十六か月目はそれらをすべて扇の要《かなめ》のように一点で止めたようなものであるが、そのとめられた板を一枚一枚解きほぐして、よく水で洗って、またとめ直すようなものらしい。

童心の季節の間に、実質的には、どれほどすべてが備わるかということの一例を挙げると、私はこの季節を過ぎたばかりの女の児が、乳母車を母に押してもらって夕闇の奈良の佐保川《さおがわ》堤を行くのを見たのであるが、山本有三《やまもとゆうぞう》の言葉を借りて形容すると、「パッと白い花が咲いたように」笑っていた。すなわち実質的には充分成熟した女性なのである。

自我発現の季節

童心の季節に引き続く三か年を、自我発現の季節と私は呼んでいる。小学入学までがそれであると思ってもらえばよい。

その第一年(すなわち生まれて第四年)に時間、空間というものが少しわかってくる。私の記憶は逆に遡《さかのぼ》るとここまではこられる。記憶は立体的であって、二つの記憶の前後もわかる。主としてそれでこういっているのである。一応そうしておいて後、私には孫が二人いる。上は女で今小学三年、下は男で幼稚園の最上級、それらを見て詳しく描いたのである。

ともかく自我発現の季節の第一年には時間、空間が少しわかる。もののわけも少しわかる。運動の主体としての自分を意識する。

デカルトの「方法序説」の「我考《おも》う故にわれあり」のわれはこの自分であろう。この年ごろの子はさだめし、われ動く故にわれあり、という気がしていることであろう。(方法序説といえば、われといえば普通人が自分と思っているものしかない、としか思えない訳者が、

読後感によって勝手につけた表題ではなかろうか。なおこれについては後に詳しくいう）

第二年には感情、意欲の主体である自分を意識する。そうすると自他の別がわかる。

これによってみれば、私たちが自分と思っているものの内容は、自分のからだ、自分の感情、自分の意欲である。これらの自覚は自我発現の季節の第二年目には備わる。

運動については、その主体である自分ができるのが第十六か月、その自覚が出るのが第四年であって、自覚はだいぶ遅れる。

感情については、童心の季節の終わりごろになると、それまで何を描いていたのかわからなかった画が、特徴がよくとらえられているからよくわかるようになる。特徴のとらえ方は大人よりもむしろ鋭い。これと同時に感情がだいぶ働き出す。これらは妙観察智が大脳前頭葉に働き始めたということである。

意欲については、童心の季節の後半、すなわち第十六か月以後に実によく働く。男女性ですっかり働き方が違う。

かように童心の季節の春の季節を過ぎてから後は、運動、意欲、感情の順にできて行くのである。詳しくは運動、主宰（十六か月目）意欲である。

童心の季節の春の季節は情緒である。

第八か月に至るまでは、私にはまだ神秘に閉ざされている。こんど第三番目の孫（男）

が生まれたからよく見ようと思っている。しかしこれは三、四十分離れた所にいるから、連続的に見られないのが残念である。

このころの赤ん坊はすやすや寝ていて、ときどきにんまりと笑うようであるが、まだ頭もできていないのに夢を見るのであろうか。

もう三十年ぐらい前になるが、私は珍しく詩を作ったことがあった。その二句だけをいうと、

幼な児の瞳を守り
幼な児夢路を守り

まるで今の私の決意を予言したかのようである。

自我発現の第三の季節

自我発現の第三の季節には、自我が、これは今までは大脳前頭葉にかくれて大脳生理的にのみ働いていたのであるが、この第三の季節になると自分に近い前方の外界に及ぶ。つまり外界の近い部分は自我に包まれてしまう。そうするとその子はお友だちに友情を感じ

たり、自然に興味を感じたりする。二番目の孫洋一は今私と同じ家に住んでいる。今ちょうどその年ごろである。折りよく夏休みだから、この子にとってはわが世の春である。姉(上の孫きのみ、小学三年)はもちろん、家人も家に来るごく親しい人たちも、洋一にとってはみなお友だちである。

すぐだれかをつかまえてお話をする。

「雷って蛇のように光るんでしょ」

この子は動物が好きである。

「虻《あぶ》の子は蠅《はえ》?」

私はそう話しかけているのを聞いて部屋から出て行って、

「洋ちゃん、違うの、蠅の子は羽がなくて地べたを歩くの」

「それじゃ、蟻《あり》が蠅の子?」

「そうじゃないの、あのね……」

洋一はさっそく昆虫図鑑を持ってきた。この子の一番好きな本である。

「ここにあるでしょ」

そしてページを繰ってあけた。本当に蠅の一生がある。私はうじが子で、親と子との間に卵とさなぎとがあるのだと教えた。

今お友だちと絶えずいっしょにいるのが、うれしくてしようがないという様子がよくみえる。

こんなふうに、この子にとって、自然は自我の中にあるのである。

情緒の目ざめの季節

自我発現の季節に引き続くものが、小学一年から四年までである。私は前に、教育を主としていったから、これを情操教育の季節といったことがあるが、（内面的）生い立ちそれ自身につける名としては適当ではない。何といえばよいか、ここでごく大切な情緒がみな備わることが最大の特徴なのであるが、つまり情緒がここで目ざめるのであるが、ただ情緒の目ざめの季節と呼ぶことにしよう。

ごく大切な諸情緒について述べよう。

いま人は時間の中に住んでいると思っている。しかしこれには知識が大分まじっている。もう一度素朴な心に帰ってよく見直してほしい。人は本当は時の中に住んでいるのである。時には現在、過去、未来の別がある。未来はわからない。希望も持てるが不安も抱かざるを得ない。現在は一切が明らかであって、一切が動かし難い。過去は記憶としか思えない。

それもだんだん薄れて遠ざかっていく。私には時とは情緒の一種だとしか思えない。

過去は懐かしさだと思う。人の子がこの情緒に目ざめ始めるのは第八か月である。過去は非常にはやく目ざめる。これなくしては春の季節の諸情緒はあり得ないのかもしれない。人の子の春の季節はその子の過去世の縮図かもしれない。

現在がわかり始めるのは生後第四年である。私の記憶をふり返ってみると、たとえばこういうのがある。私は郷里の祖父の家にいる。父がいよいよ日露戦争に出征するための最後の別れのために突然帰って来る。父は竹を植えに行く。私はついて行く。これが当時の私の「現在」の情緒であるが、これは存在感であろう。

未来は、私はこのころはまだわかっていない。私は小学二年の半ばで、郷里の祖父の家を離れて大阪へ移ったのであるが、そのころはもう未来ははっきりわかっていた。

わかり始めたのはいつごろか思い出せない。洋一（自我発現の季節の第三年）はまだ現在、過去、未来をちゃんぽんにしている。きのみ（小学三年）は現在、過去、未来を決してちゃんぽんになんかしない。

それで時の現在、過去、未来がはっきり区別できるのは、小学二年の終わりには充分できるということになるのだが、「脳の話」の時実利彦《ときざねとしひこ》先生によると、ある小学校の先生が時に関する言葉を誤りなく使えるかどうかによって調べて、現在、過去、未来がはっきりわかるのは小学四年の終わりころであるといっている。

これは近ごろのことであろうが、そうするとはなはだ心細いことになるのであるが、世相がいかに刹那《せつな》主義的であるかを示すものかもしれない。

君見ずや管鮑《かんぽう》貧時の交はりを、
この道今人捨てて敝履《へいり》の如し。

これは世に平等性智がよく働いていないのである。過去世を懐かしいと思わないのは、その人に平等性智がよく働いていないのである。同胞愛がはなはだ薄いのもそのためであろう。

ともかく未来という情緒がわからなければ、生きるとはどういうことかわからない。現在という情緒がわからなければ、厳粛さとはどういうことかわからない。過去という情緒がわからなければ、懐かしさとはどういうことかわからない。

今は小学五年にはもう初潮があるというから、これらがみな小学四年の終わりまでには充分よくわかっていなければならないのだが。

ともかく私たちのときには、これらの情緒は小学四年の終わりまでには充分よく目覚めていたものであった。孫たちもたぶんそうなるだろう。

時実先生は、時という情緒は大脳前頭葉の働きを象徴するもののように思う、といっておられた。

この時の情緒と共に基本的に大切な情緒に、可愛そうだという情緒がある。これがなければ正義心は起こらない。

この二種の基本的な情緒がよく目覚めていないと、生きがいといってもわからないし、生きがいがなければ真の幸福はなかろう。なお私にはこの二種類が同じ一つのもののように思える。

心の中の自然はすべてが情緒

この人の子は内面的生い立ちの絵巻物を見ていると、人の心の中に森羅万象の展開していくありさまがよくわかる。

そして時も情緒、自然も情緒、自分も情緒という気がして来る。このすべてを情緒と看《み》做《な》し去るのが道元禅師の身心脱落であって、道元禅師は、これを目標に修行せよといっておられるように思う。

身心脱落

自分とは何か、心とは何かと調べていくと、すべてがわからなくなると共に、すべてがどうでもよくなってしまった。

私たちは智（四智）の大海の中の操り人形のようなものである。その操られ方が生命現象というものであろう。道元禅師はそこをこう教えて下さっている。

「諸仏のつねにこのなかに住持たる、各々の方面に知覚をのこさず。群生のとこしなへにこのなかに使用する、各々の知覚に方面あらはれず」

これは「正法眼蔵」にあるのであって、群生とは私たちのことである。

なんとなくおわかりになるだろうか。このなかとは何のなかかなどと思うのがいけないのである。

私は「正法眼蔵」の上巻を、なんだかよい本と思って買ってきて座右に置いた。なんだかすばらしい景色のように思えるのだが、春霞《はるがす》みの中の景色である。そんな日々が長く続いた。十三年目に私にある刹那があった。その後この本のどこを読んでもすらすらわかる。

それから、十七、八年になるが今でもそうである。しかしこの本は実は絵のようなものであるから、言葉で説明しないほうがよい。

身心脱落とは真如の月が雲を排して出るようなものである。

明治に浄土宗に山崎弁栄《やまざきべんねい》上人という高僧が出て、新たに光明主義という一宗を起こされた。上人は、私たち知るほどのものには、釈尊の再来としか思えない方である。

その光明主義は、こう教えてくれているように私には思われる。すべては無量寿無量光如来の自受用三昧によってある。ただし自受用三昧の前に如来があると思ってはならない。三昧とはすわって思いをひそめること、自受用とは自分のためのという意味である。

私たちは私の自受用三昧が如来の自受用三昧と合一するとき、身心脱落を自覚するのである。

自分が幸福であるとは何か

幸福が問題ならば、これが真の幸福だと感じ、こんなのは真の幸福とは言えないと感じるその主体が自分である。しかしほかは一切わからない。また問題でもない。こういうことになったと思う。

だから問題は、どうすればより多くの真の幸福を感じうるかであろう。それならば他の助言は素直に聞くべきである。

幸福を感じるのは生命現象であり、生命現象については仏教しか教えてくれないから、仏教の助言を素直に受け入れようと思う。

そのためには仏教の言葉を少し知っておいたほうがよい。

真智、妄智、邪智

仏教では真如一転して世界となり再転して衆生となる、といっている。だんだん悪くなっていくというのである。

これを人の子の心の目覚めの絵巻物によって説明すると、真如に相当するのが童心の季節、世界に相当するのが自我発現の季節の第一年であって、その第二年以後が衆生である。

要点を取り出していえば、時空の框《かまち》がはまっておれば世界、そのうえ自他の別があれば衆生である。

仏教は自然は心の中にあるという、その心とは共通の心であって、同時に一人一人個々別々の心である。

共通の心とみるならば、真如、世界、世間といったほうがよい。

智（四智）はこの心に働くのである。だんだん働きが悪くなっていく。それについて説明しよう。満州《まんしゅう》事変と日支事変の間に重苦しい日々が続いた。私は気晴らしをしようと思って、京都の七条《しちじょう》の博物館へ行った。そしてふと嵯峨《さが》天皇の御宸筆《しんぴつ》を読んだ。

真智無差別智、妄智分別智、邪智世間智

ポアンカレーは、数学上の発見はそれまでの努力と関係なく、しかも一時にパッとわかるのだが、どんな知力が働くのだろうといって不思議がっている。数学上の発見を五度経験してだいぶ様子のわかりかけていた私は、この句を見てよい言葉だなあと思った。そして、結局「正法眼蔵《しょうぼうげんぞう》」を買うことになったのである。私は今この本と山崎弁栄上人の御遺稿とだけがたよりである。私が「正法眼蔵」を買ったのも、今日あるを知ってあらかじめそれに備えたのだという気がする。人は本当は操り人形だからそういうことになるのであって、思い当たるのはいつもあとになってからである。道元禅師はそこのことをこう教えている。

「行仏の威儀たるそれ果然として仏を行ぜしむるに仏すなわち行ぜしむ」

これは、大切なのは「何のために」だ、という意味である。

智は心に働く。心が童心の季節にあるときの働き方が無差別智であって、心が自我発現の季節の第一年にあるとき働くのが分別智であって、心がそれ以後の場所（自他の別のある所）にあるときの働き方が世間智である、と思えばやや当たる。（本当は童心といえども

真如（または霊性）には遠い）

人が普通理性といっているのは、種類は平等性智、働き方は世間智である。

私たちは世間智によって自然を見ているのである。無差別智で見ると全く違った風光が見えるのである。

デカルトのいわゆる方法序説

いよいよデカルトの「方法序説」を説明できる所へきた。私は今、奈良女子大学で純正数学の特別講義を二時間している。これは純正数学というものを教えるためである。純正数学は大脳前頭葉を使ってするものである。研究はもちろんそうであるが、その再現である講義もそうであるべきである。それにはどうすればよいかといえば、道元禅師の言葉を借りていえば「心身を挙して」講義するのである。

そうすると大脳前頭葉の正常な回転が起こる。そうなると大脳の全面回転になる。そうすると脳神経系統はこれに協力して、運動はするのだが報告は全くしない。膀胱《ぼうこう》も尿がどんなにたまってもそれを報告しない。だから自分のからだがあるなどとは思わない。もちろん自分の感情、意欲等意識しない。鎌倉の禅寺に行くと、よく何も無い何も無いといいながら、仕事だけは平日のようにしている僧を見る、といって人の不思議がって話すのを聞いたが、それはこの生理状態にあるのである。禅もここまでならば生理現象を出でない。

しかし純正数学は、研究は童心の季節でするのだが、表現は時空の框がなければできない。それで講義の場合は時空を超えることはできない。それで純正数学を正しく二時間講義すると、時空の中にあって一切を主宰している知力の働いていることはわかるが、その力の主体はわからない。それで Je pense, donc je suis. 我考《おも》う故にわれ在り、というその事実を知らない人には全く理解しにくいいい方になるのである。これが平等性智が分別智型に働いている得難い例である。しかしフランス語で書かれたものを読まなければ、その風光を彷彿《ほうふつ》しにくいだろうと思う。

純正数学の研究

純正数学の研究を本来の形でしようと思えば、自他の別を離れるだけでは不充分であって、時空の框も超えなければならない。それで童心に立ち返って研究することになるのである。

大脳前頭葉は感情、意欲、創造をつかさどるといわれている。数学上の発見は創造の典型的なものの一つである。それについてはポアンカレーはその著書「科学と方法」（岩波文庫）の中に一章をもうけて、詳しく自分の経験を数多く書いている。しかし発見時のありさまそれ自体は、全く書いてない。それでその瞬間の風光がやや彷彿できるように説明しよう。

私たちのころは、大学一年（旧制）のころになると意識の連続ができるようになる。言葉は同じであるが、ベルグソンのそれとは内容が違う。ここでいっているのは、これはという定理の証明に時を忘れているときのそれである。証明が始まると共に意識が流れ始め、証明が終わると共に流れは止まる。そのとき全体が一時にわかるのである。これを経験するまでは、純正数学がわかるとはどういうことかわからないのである。この意識の流れの本体は平等性智である。論理や計算は全くの異物であるから、うっかりこんなものを混ぜようとすると流れはピタリと止まる。若い数学者に話させて聞くことがある。そのとき、途中で計算を入れようなどとするものは私の所にはいないが、うっかり間違えて論理を入れることはある。聞いているとおやと思う、そんなときは終わってから話を逆にたどらせてみるのである。そうすると例外なく問題の地点まではすらすらたどれるが、それから先へは全然行けなくなってしまう。この流れは継げないのであって、もし切れたら初めからやり直すほかないのである。

このわかり方が、意外な時、所に一瞬に起こるのが、ポアンカレーのいう数学上の発見である。だからこのわかり方さえできないのに、ポアンカレーのいう型の数学上の発見が起こるということは、たぶんあり得ないだろうと思う。

だから創造とは情緒に形を与えることであるが、純正数学の場合は、表現は原型は平等性智によってするのである。この原型を時空を入れて描写したものが、普通人の見るものである。

純正数学のこのわかり方の特徴は、疑いが少しも伴わないことである。疑いを全く断とうと思えば、こうするほかないのである。

なお、このわかり方をしているときは、何よりも時間を超えているのであるが、時間を超えるとは時間が無いことである。空間についてはあまり気づかないが、今ふり返ってみれば同じことがいえる。

悠久の感じは時間が無いときにしか起こらない。空間についても同じであって、どんな雄大な景観を見ているときも、目を開いている限り、なんだか盥《たらい》に入れられた鯉《こい》のように鼻を打ちそうな感じのすることを避けられない。目を閉じたときに真のひろがりを感じるのである。禅でいう無とはこの方向のものである。

芸術の場合はどうであろう。たとえば絵画のときは、表現の原型は妙観察智によってするのだと思う。

私は数学の研究に没頭しているときは、生物は決して殺さないし、若草の芽も踏まない。坂本繁二郎《さかもとはんじろう》画伯はどうであろうと思って、会ってお話を聞いたのであるが、先生は毎日ナメクジを見つけ出しては殺して遊びながら画《え》を描いておられるらしい。これは童心の所にいるのである。

私と坂本先生との違いは、平等性智が情的には大悲心そのものであることから来るのであろう。そのかわり坂本先生の画の道を行く自分に対する心構えのはげしさは、ちょっと宮本武蔵《みやもとむさし》を彷彿させる。これは私には無い。

道徳的価値判断あらしめているものは平等性智である。ただしこれは知的ないい方である。

ゲーテは数学者ラグランジュを評して、彼は善人であったゆえに良書を書いたといっている。文芸復興以後の、数学史中の大数学者について調べてみると、疑問符の打たれるものはただ二人しかない。これはゲーテの言葉のほぼ完全な裏付けである。

だから非行少年を出したくなければ、小学一年から、前にいった旧制大学一年のときのわかり方を目標にして、純正数学を教えるとよいと思うのである。言葉でいえば関心の持続である。

間違えても、計算が数学の目標だなどと考えて、大脳側頭葉だけを使わせるようなことをしてはならないのである。

真の自分の心

人は普通自分のからだ、自分の感情、自分の意欲を自分と思っている。これを仏教では小我という。ごく小さな自分という意味である。欧米人は自分とは小我のことだとしか思えない。それで個人といえば小我の意味である。日本は進駐軍の示唆によって日本国憲法の前文を書いた。そこにおける個人とは小我の意味である。そして、これを基にして、進駐軍の命令または示唆によって憲法、法律、社会通念、新学制を作ったのである。あとの二つは米人デューイの思想で裏打ちされている。

ところが仏教は、小我は迷いであって真我が自分だと教えている。真我とは本当の自分である。仏道の修行法にはいろいろあるが、すべて小我の迷いを離れて、真我を自分と悟るためにするのである。

仏教はこう教えている。真我にとって普通自分と思うものは自分である。普通ひとと思うものは非自非他である。普通自然と思うものはやはり非自非他である。

真我の心は同体大悲である。これはひとの心の悲しみを自分の心の痛みのごとく感じる心という意味である。心とはここでは、情的にいえば、という意味である。

再び幸福の感じについて

春が来る。遠《お》ち近《こ》ちに桜が咲く。そのとき近ごろの日本には、どうも所有権が自分にならなければ桜の花は美しくないと思っている人が多いように感じられるが、そんな人にとって春はどんなに淋しい春であろう。

他のしあわせそうなのはすぐにわかる。他に対してはあまり厳しいことをいわないからである。そのとき自分もうれしくなれば、心の悦《よろこ》びという感じはその人に満ち満ちている。悦びは光、悲しみは影である。心の悦びのないのがなんともいえない淋しさである。

他がしあわせそうであっても、自分にそれを悦ぶ義務なんかあるものか、といっている人には、ほとんど心の悦びがない。ひとがしあわせそうにしていると妬《ねた》ましくなるような心には、もはや光がささないから心の悦びなんか無いのである。

しあわせの感じは生命現象であるから、心の悦びの中にしかないのである。

人の無限向上

人類は二十億年前には単細胞生物であった。それが僅々《きんきん》二十億年の間に現在見るような霊妙極まりないところまで向上したのである。

アメリカは側頭葉を機械だと思って調べて行くと、何がこの機械を働かせているのかわからなくなってしまったことは前に述べた。これがわからないのでは、アメリカの教育学者はさぞ困っているだろうと思ったら、最近聞いた話だが、ますます間違った方向に進もうとしているらしい。つまりよりいっそうデューイ的な方向にである。こんどは真似られることを事前に防がなければならない。

さだめし「雲霞《うんか》の如き大軍」だろうし、どれぐらい時間的余裕があるかというと、さだめし「降ると見て傘取る暇もなかりけり」だろう。さっそく戦備を整えよう。

後に改めてここへ戻るとして、話の続きであるが、ともかく何がどう操っているのかしらないが、人の肉体は、それができるほど精妙の域にまで達しているのである。繰り返していうが、単細胞からここに至るまで僅々二十億年である。造化の、なんという底知れぬ不思議さ。

しかし、そうして人類が現われると、造化はこれからは心の向上だが、それは自分で努力してやれといって、獣類の大脳に備えてあった心の自動調節装置を取り去って、代わりに人の大脳前頭葉に心の抑止力を与えたのである。これは使わなければ強くならないし、強くなっていても、それはブレーキのようなものだから、かけようとしなければかからない。

しかし、人はこうなっているから自主的に心を向上させることができるのである。だから自作自受、他作他受といって、自分がどうするかによって自分の心が向上もし向下もし、他がどうするかによって他の心が向上もし向下もする。これが造化の鉄則であって、決して他作自受ということはない。後に説明するが、ここにいう自分とは真我である。

しかし肉体の向上と心の向上とは全く趣が違う。それでそれを教えるために釈尊がお生まれになったのであって、これは造化の冥助《めいじょ》である。

今いった向上のことは、山崎弁栄上人がそういっていられるのであって、私はいかにも理《ことわり》であると思ったから意を取って書いたのである。

実際、少し前にいった人の大脳側頭葉のことは、今後の主問題はこの機械の操り方にあることを示している。

山崎弁栄上人は、心の向上は、その人がそれを自主的に始めてから究極の仏になるまで四十億年かかるといっている。

人は、心にそんなに向上する余地があるのかと不思議に思うだろうから、前にいうだけはいったのだが、少しだけそこを説明しよう。

前にこういった。人は智の大海の中の操り人形のようなものである。その操られ方は、

道元禅師の言葉でいうと

「諸仏のつねにこのなかに住持たる、各々の方面に知覚をのこさず。群生のとこしなへにこのなかに使用する、各々の知覚に方面あらはれず」

仏や大菩薩《ぼさつ》は妙観察智によって分身することができる。身を百千億に分かつことができるといわれている。そして何よりも人の心の流れを内面から操ることができる。何が内かといえば、その人が内と思っている所が内である。仏や大菩薩は、無量だといわれている。

これが生命現象である。心の向上とは生命現象的に向上することである。僅々四十億年で究極まで行けるのかと思うくらいでしょう。

なお究極という言葉の章味であるが、私はそれは、ここから見るとそう見えるという意味だと思っている。

こんなふうにいうと、人は初めて本当に、個人とは何かと聞きたくなるであろう。個人の中核は個といって時間的に初めなく終わりなき存在だといわれているのである。

なお個は空間をも超越していて、二つの個の関係は不一不二であって、その量は無量だといわれているのである。

こんなふうにいわれると、なんだか少しわかったような気がするからいかにも不思議でしょう。だから時は、如来の自受用三昧あるがゆえにあるものであって、これを象徴するものだというのである。

これが人の無限向上である。

私たちはこの無限向上の意欲を、ギリシャに源を発するラテン文化によって呼びさまされたのである。明治以前を尋ねてもなく、広く東洋を尋ねてもない。ただし禅宗だけには何か似たものが感じられる。（「正法眼蔵」参照）

向上の折り返し点

かように私たち人類は向上の折り返し点にいる。なぜ折り返し点といいたくなるかといえば、形と心とではさかさまになることのほうが、むしろ多いように思われるからである。それで、これまで向上に役立ってきたもので、これからの向上に対しては害になるものが多い。これが仏教でいう無明だろうと思う。弁栄上人は、無明とは生きようとする盲目的意志だといっている。この見方でいっているのである。

ある宗派では、「法性（生命現象だけのある生命界）にありて法性の見を起こす。これ無明なり」といっている。これは修行法をいっているのである。道元禅師は「法性にありて法性の縛あるを知らず、さらに無明の縛を重ぬ」といっている。これはなお時空を超え切っていないといっているのである。

ともかく向上的にいえば無明の起源はそんなふうであって、これがそのまま残っていることが困るのである。だから道元禅師は修行法は執ではなく捨だといい、捨は無限なることを忘るべからずと注意しているのである。

無明とは大体こういうものである。以下この言葉を使う。

無明の鋭い形式の現われ方が本能である。私には自我本能がその根本であるように思われる。人に現われた無明そのもののように思う。この自我本能に関する私の経験を一、二お話ししよう。

光明主義にはお別時《べつじ》といって、五日（または七日）宿《とま》りこみでする修行がある（光明主義は、修業の形式は浄土門である）。私が初めてその修行をしたのは終戦後間もないころであった。私は同胞の食糧の奪い合いが見ていられなくなったからお別時へ行ったのである。帰りの電車はひどい混雑だったから、私はズック靴をはいて腰掛けていたのだが立っている人に下駄《げた》で足をふまれた。私は二つの足の一つが、他の一つの上に乗ったようにしか感じなかった。それだのに不思議なことに、下のほうのが自分のだとわかった。どうしてわかったのかいまだに不思議である。自他弁別本能といったほうがよいかもしれない。そのとき私はすぐ、こいつだなと思った。

少し後になるが、私は男湯でときどき父親に抱かれている赤ちゃんを見た。私はその度にいわば瞳をのぞいてみた。この魔物は、生後四十日ではまだ出て来ていないが、六十日になればもうはっきり出てきている。この本能が働くと、見える目が見る目になるのである。

この根本の本能である自他弁別本能には人はあまり気づかない。欧米人は全く気づかない。デカルトもポアンカレーも、自覚してこの本能を抑止したのではない。

日本でも根性などといって、この魔物の魔力を礼讃《らいさん》しているのをよく聞くが、見世物興行に対してだけに限るとしても、そんなものを人に見せてよいものだろうか。私はほとんど絶対的な巨人ファンであるが、それでも金田《かねだ》（いつも）や長島《ながしま》（たいていのとき）を見るには少し辛抱がいる。勝つためだけからいっても力まないようにしてほしい。「同期の桜」を読みながら江夏《えなつ》が投球し、肉体が疲れていないときの土井《どい》がこことというところでは必ず打ったようにしてほしい。自他弁別本能を抑えるとそれが可能なのである。

欧米人は、根本本能である自他弁別本能には少しも気づいていないようであるが、それから分かれて出る諸本能はよく調べている。人の世を本能だけで説明しようと思っているのかもしれない。大脳生理学の時実先生のエッセイ、「人間像」から拾ってみると、

食欲、性欲、集団欲、睡眠欲。

本能は絶対的に悪いのではなく、時を誤り、度を過ごせば悪いというのである。これを

しないようにするのが本能抑止である。自動調節装置はもはや付いていないのである。

このうち性欲と集団欲とについては後に詳しく調べたいと思う。しかしまず大観したい。

冴やかに在ると、どろどろと濁って在ると

あなた方は自然はあるとしか思えない。肉体もあるとしか思えない。しかしこの二つの存在感は同じですか。同じではないでしょう。前者は冴《さ》え渡ってあるし、後者はどろどろと濁ってあるでしょう。この違いが直ちにわかるようになってほしい。

本体は、前者は平等性智、後者は自他弁別本能である。うっかりしていると間違えるが、実は雲泥万里の違いなのである。

平等性智は光、自他弁別本能は闇である。

西の子の歴史についていえば、ギリシャ時代四百年は昼、ローマ時代二千年は夜、文芸復興から第一次大戦までが昼、それからがまた夜と思う。大体二十時間が夜、四時間が昼という緯度の所にいるらしい。放任すれば闇の世はまだ二千年近く続くと思うほかはない。

前には水素爆弾などというものが無かったからよかったが、今度は到底放任できない。

かようにして人類にはついに、光と闇とが死の戦いを戦うべき秋《とき》がきたのである。

光は実在であるが闇は光が無いということに過ぎない、などというい方は、本当は本当であるが、この際全く通じない。そんなことをすると、人類の向上図はどんなものになるかご想像がつきますか。

光と闇との区別がよくわかるように、例を一つずつ挙げる。

応神《おうじん》天皇の末の皇子の「うじのわきいらつこの命《みこと》」は、長兄である後の仁徳《にんとく》天皇に御代《みよ》を譲るためにさっさと自殺しておしまいになった。あなた方は、生きていたら天皇にならなければならないという理由で自殺できそうに思いますか。なんという崇高さ、これが真の人というものである。

今一人は隣国の、たぶん、世に歴史あって以来の毛沢東《もうたくとう》である。これは今実演中である。非常に大きな泥人形という気がしませんか。

前者の本体が平等性智、後者の本体が自他弁別本能である。

毛沢東については、しかしなお、よく調べなければならない点がある。

情のきずなと集団本能

集団本能を調べよう。

たとえば日本人は集団本能によってつながっている。その特徴はスキンシップ（はだが触れ合うこと）だというのである。

一例を挙げよう。明治の初めに母子があった。母一人子一人である。その子が禅の修行を志して家を出るとき母はいった。「お前の修行がうまくいっている間は、お前は私のことなんか忘れてしまっていてよい。しかしもし修行がうまくいかなくて人が後ろ指をさすようになったら、そのときは必ず私を思い出して私の所へ帰ってきておくれ。私はいつまでもお前を待っているから」

それから三十年たった。小僧さんは立派に悟りを開いて仙台《せんだい》辺りの大きなお寺の住持をしていた。そのとき、郷里から急使がきてこういった。「今お母さんは年取って床についておられる。お母さんは何ともいわれないのだが、私たち近所のものが、相談してお知らせすることにした」

禅師は取るものも取りあえず郷里に帰って、母の枕辺にすわった。お母さんはその顔を見ていった。「私はこの三十年お前に一度も便りをしなかった。しかしお前のことを思い出さない日は一日もなかったのだよ」

私はこの話を聞いたとき涙が出て止まらなかった。禅師も同じ思いであったにちがいない。日本民族は情の民族である。人と人との間によく心が通い合うし、人と自然との間にもよく心が通い合う。この心を情というのである。日本民族は情によってつながっているのである。

この意味の情という言葉はフランスには無いし、和英によれば英米にも無いし、ドイツについては、フィヒテのさす方向にもありえない。

どこにスキンシップがありますか。しいていえば顔を見たのと言葉に表わしたのとくらい。実にすがすがしい。日本民族を魚にたとえると濁流には住めないのである。

情の本体は平等性智である。大宇宙は平等性智が支えているのだといわれている。これがこのくにの底つ磐根《いわね》である。

愛と情とは違う。情は通い合うものであるが、愛は自他対立する。そのまま連続的に移すと憎しみになる。それで、仏教では一つのものとみて愛憎というのである。

無ければ淋しいとしか思えないのならばあってもよいが、これだけというのでは、わかってみれば何も無いのである。どろどろと濁ったものでなければ淋しいと思うのは、肉体がそう思わせるのである。

これは肉体を持って生きなければならない間は避けられないことなのであるから、適度にならばあってもよいが、今の日本のようでは、心の悦びは到底あり得ない。しあわせは空しい名ではなく、心の悦びの中に住んでいるのである。

童心の季節の実質的に成熟した女性の望んでいるものは、明らかに心の悦びの中のしあわせである。

しかしどの方向に行けばそこに行けるかは、教えてやらなければよく知らないとしか私には思えない。

スキンシップを問題にしていると、いつの間にか性本能に移行してしまった。この二つは本質的にはほとんど違わないものらしい。

法器

日本民族は今から逆にさかのぼって、歴史時代、神武《じんむ》天皇時代、うがやふきあえずの尊《みこと》時代、ひこほほでみの尊時代、ににぎの尊時代までいくと、十万年ぐらい前になると思う。日本列島にきたのは一万二千年ぐらい前、うがやふきあえずの尊時代の終わりと思う。日本民族は来るものは拒まず式にふえてきたのだから、同一種族ではない。

十万年くらい前からこの民族中でのみ生死してきた人たち、といっても中核は個であるから、量であって数ではないのだが、二つの個の関係は「不一不二」であるから、十万年も志向するところを一つにして共に暮らしていると、情緒の基調の色どりは同じものになってしまっている。これを日本的情緒ということにする。これももちろん時と共に変わるのであるが一番変わりにくいと思う。またここが同じであればすぐわかるし、ここが違っていてもすぐわかる。ここについては中核以外の人たちは次第に同化されていくのである。私は、日本的情緒の中から生まれてきて、その通りに行為し、またそこへ帰っていくということを繰り返してきたのだと思っている。本来の日本人はみな本質的にはそう思っていると思う。

ところで人の知、情、意は、向上するためには、情は浄化し（自他弁別本能の濁りがとれること）、知は顕現し（働きを表わして来る）、意志は霊化する（生きようとする盲目的意志が常に善の方向を示すようになること）のであるが、このうち根本的なものは意志霊化であって、これに恐ろしくながい時間がかかるのである。

禅ではよく法器というが、それは意志が霊化し切っている人という意味である。典型的な日本人は生々世々の実践によって意志霊化が非常によくできているのである。その実践が神道だと思えばよい。

人があるというのは、意志の霊化した人が多いという意味である。法があっても人がなければ何もできない。釈尊御一代の御事蹟《じせき》を見ればわかる。それで山崎弁栄上人は光明主義をもって日本へ初めて生まれておいでになったのである。これで日本には、人があり法がある。

日本民族のありか

アメリカかどこかの医学が環境がすべてだ、などといいだすものだから、これは全く事実と合わないから信じはしない。たとえば、芭蕉は真の天才であるが、この高さでいえば芭蕉の前後にだれもいない。歴史時代二千年にただ一人芭蕉あるのみである。しかしいったい日本民族はどこに在るのだろうと思って、そのありかを真剣に探ってみた。結果だけをいおう。

人体にも全然なくはない。大体、そうでなければ不便すぎる。過去から現在に至る外界にはもっとよけいある。

しかし大体は生命界のほうにある。長所は、智力が働き方において良質であることであって、私たち日本民族の一人一人はこの智力の海の中で操られているのであるが、私に日本的情緒を感じさせるものはその操られ方にちがいない。

日本民族のありかたは、大体、光（生命）の中にある。闇（物質）の中には無い。日本的情緒とは生命のメロディーである。

仏道

仏道とは何か、自覚である。
知らなかったことがわかってくるのではない。

時とは何かという自覚

光明主義によってでなければ、時とは何かわからない。「正法眼蔵」によってでも、時とは何かの一応の自覚は得られる。しかし充分の自覚は光明主義によってでなければ得られない。

妙なる法《のり》の身の月は　照らさぬ所なかりけり
迷いの雲のはれぬれば　わが軒端にぞ眺め得む　　弁栄上人

法の身の月とは無量寿無量光如来である。わが軒端にながめるとは如来の自受用三昧《ざんまい》を自受用三昧するのである。自受用三昧とは、たとえば、如来の時は、如来即自受用三昧であるということである。人の時も同様である。人の時については、身心脱落してみれば、人は情緒の世界に住んでいて、時も情緒、自然も情緒、（普通いう）自分も情緒だといった。これが自受用三昧である。自分（普通いう）は自受用三昧あるによってあり、自受用三昧は、自分（本当の）あるによってあるのである。

時の絵巻物

時とは何かわからないと思っていたのでは、何一つ自覚できない。

これさえわかったらなあ、と思う人が私以外にも日本民族には多いであろう。弁栄上人は自分はお浄土からきたのだからまたそこへ帰るでしょうといっておられる。

お浄土は心霊界にある。私は自然界しか説こうとしていないが、大宇宙には自然、心霊の二界があるのであって、私たちの目は肉眼だから見えないが、仏眼が開けば見える。不完全ではあるが法眼によっても見られる。光明皇后《こうみょう》が浴室で阿閦《あしゅく》如来を見られたのは法眼によってである。これは弁栄上人がいっておられるのだから慥かである。仏眼は容易には開かないが法眼はそうではない。法眼を開きたい人は光明皇后を見習えばよい。信仰と善行と二ついる。

弁栄上人は心霊界からこられたのである。

実際弁栄上人のいっておられることによって推しはかるに、修行して弁栄上人のようになろうと思えば四十億年くらいはかかる。ところが地球について見れば、私たちが単細胞生物として現われてからまだ二十億年にしかならない。

なお推して思うに、宇宙には他にも生物のいる星が数多くあるであろう。しかしそこへ自然科学的方法で移住しようとすると、地上が冷えて住めなくなってしまうまで五十億年くらいしかないが、それまでにそんな移住法を発見することなんかできないにきまっている。大体私には、今の物理学者は、自分たちは今は何を研究しているのかわからないままで研究しているのだ、ということを自覚していないようにしかみえない。

私たち人類は早晩他の星に移住しなければならない。そしてその星で、いわば二日目の向上の道を歩くことになるのである。しかしその移住をするにはその中間で、一度心霊界へ行かなければならないのである。二日目の向上のありさまは、(一日目の) ここからは望見できない。

人とは向上するものであるとしか思えない人は、この言葉が何を意味するのかということがその人にとって一番大きな問題であろう。時とは何かわからなければそれがわからない。ここがわからなければ何一つわからないであろう。そういう人たちは光明主義によってでなければ自覚は得られない。

しかしそういう人たちは、ここさえわかればすべてがほぼわかるだろう。

非常に得難い人たちであるが、どこにいるだろう。道元禅師は時を非常に問題にしている。

「正法眼蔵」の上巻を貫いている基礎の思想は時である。あの本は、私は十三年目に一瞬にしてわかったのだとたびたびいった（十三の三という数字はまだ充分よく慥かめていない）。その前は何もわからない。そのあとは一切がわかっている。こんなふうなのだが、そのわかる直前、私がどういう状態にいたかは非常に大切なことなのだが、だれも聞かない。

私はあのとき、「正法眼蔵」上巻（私は中、下はほとんど読んでいない。今は年をとって目が非常に悪くなっているし、字は細かくて虫眼鏡でも使わなければ見えないし、そうして読むとすぐ疲れてしまうのである。それにあの本のわからせ方は、画を見せてわからせるというやり方だから、しばらくじっと見ていなければならない。そんなふうだから中、下も見ておこうと思いながら、いまだ充分には果たしていないのである）、もう一度いうと、「正法眼蔵（上巻）」にはいる扉は「心不可得」だと思っていた。その扉の鍵は「生死去来」だと思っていた。そしてこの日は「生死去来」に身心を打ちこんでいたのである。

そうすると、はたして扉は開いて私に中を見せて、またしまったのである。

過去世が懐かしくてしようがないという人でなければ、時とは何だろうとは思わないだろう。

日本民族の中核はそういう人たちである。だが他の地にもいるかもしれない。ベルグソンやファーブルやサンテクジュペリ（「星の王子様」の著者）やゴッホはどうだろう。ドストエフスキーはどうだろう。過去世が懐かしくてしようがないというほどには、阿頼耶識《あらやしき》（心の内にあって、過去一切を蔵する所）が目覚めてきてはいない（目ざめさせるものは平等性智）。しかし、確かに私たちとよく似た型の人たちである。

そういえば寺田《てらだ》寅彦《とらひこ》先生は、欧米人で俳句のわかるのはフランス人とロシア人だけだといっておられると聞いた。しかしこれは、ドイツにシュバイツァーのような「可愛そうに」のよくわかった（意志の強い）人たちが、いないということではない。

俳句といえば寺田先生は熊本の高等学校時代に、ある日、英語の先生である漱石《そうせき》先生の家へ遊びに行って、俳句とはどういうものですかと聞いた。漱石先生は言下に、俳句とはたとえば、

時雨《しぐ》るるや黒木積む屋の窓明り

（句は凡兆《ぼんちょう》の句、黒木は割り木）というようなものだと答えた。この句はどんな句かとい

うと、実際そんなとき、なんだか、過去世には自分がこの家の中にいて笑いさざめいていたことがあったのだ、という気がするのである。それで懐かしくて仕方がないのである。それと共にそれは、この世のことならずという気がするのである。それがわかると、時雨がだんだん好きになる。充分時雨がわかれば、それがこの世のことであるか、さきの世のことであったか、自分のことであるか他のことであるかなどという、よけいな物質的せんさくはしないようになるのだが、そこまでいっていないと、それがこの世のことでないのが淋しくて仕方がないのであって、だから芥川が芭蕉の

山吹や傘にさすべき枝のなり

を取り入れて次のようにうたったのであって、それは晩年のことである。

越し人

あはれあはれ旅人は
いつかは心やすらはむ
垣穂を見れば山吹や
笠にさすべき枝のなり

比較のためにいうと、寺田先生の理研の研究室に、若いドイツの非常にすぐれた物理学者がきた。それで研究室員は、この人に俳句を教えた。その後、研究室員みんなで鎌倉《かまくら》へ遊びに行った。そうするとこのドイツ人はその翌日かなんかに、こんな俳句を作ってみせた。

鎌倉に鶴が沢山おりました

寺田先生はあの去来の一句で、俳句とはどういうものかわかったという。過去世が懐かしくない人に俳句がわかるわけがないのである。

私は桃山陵の隣に開いていた明治展を見てこんな気がした。

懐かしき御世《みよ》や小春の小半日　石風

石風は私の俳号である。

俳句はそれくらいにして、話をもとに戻して、過去世の懐かしい人たち(道元禅師のいい方でいうと、過去心不可得がわからなければ、現在心不可得も未来心不可得も本当にはわからない)は、支那には相当いる。しかし多くは天(生命)をじかに見ないで、地(物質)の影のほうを見て懐かしがっている。しかしまれに過去世そのものの懐かしい人もいる。

これは地上の影を見ているのでなく、天そのものを見ているのである。

たとえば韓愈《かんゆ》（韓退之《たいし》）や蘇軾《そしょく》は生命界をじかに見たがっているのである。

西郷隆盛《さいごうたかもり》の敬天愛民の天とは生命界という意味であるが、この人はそれをよく知っていた。こういっている。

「命もいらず名もいらず名誉も金もいらぬものは始末に困るものなり。されどこの始末に困るものならでは共に大事を語るに足らぬものなり」

西郷隆盛はいっているし、高杉晋作《たかすぎしんさく》はやってみせた。天（生命界）から地（物質界）を見ると何を見てもこう見えてしまう。

　高い山から谷底見れば瓜《うり》や茄子の花盛り

呑《の》んでかからざるを得ないのである。

もっともこれを一つ加えておかないと、いっていることを誤解されてしまう。望東尼だったかと思うが、

　心せよ討たるるものも討つものも　同じ御国の御民なるらん

私は今、毛沢東を見守っている。この点を見きわめたいと思うからである。

彼は湖南《こなん》省の人である。芥川は「湖南の扇」を書いているし、浙江《せっこう》人である胡蘭成さんは湖南人はだめだといっているのだが、それだけでは、つまりもっとよく見ないと、紅衛兵がなぜこんなに感激するのか、それがわからない。

彼らは新聞記者にこう語ったという。「まあ見ていて下さい。今にやってみせますよ」何をやってみせると自分はいっているのだと思っているのだろう。長い間、支那人のユートピアであった上代の治世を、今地上に再現してみせるという意味であろうか。たとえ自覚していなくても、それならば本物なのである。

土井晩翠《どいばんすい》は万里《ばんり》の長城《ちょうじょう》を見て、それを作ってから三千年たったときこれを見た詩人について、こういっている。

かれ永遠の声挙げて、何の国語に歌はむか。

私は文学や絵画を歌と詩に分けている。詩の本質は、晩翠がいいつくしている。

人生旧を傷みては万古替らぬ情の歌

時のわからない人に詩のわかるわけがない。詩神の矢はさける由もない。真っすぐに人の心臓を貫くのである。

今や光と闇とが死の戦いを戦うべき秋である。

ちなみに、たびたびいうが、伊勢の内宮のあり方は芭蕉のころにはこんなふうであったのである。

春めけば人さまざまの伊勢参り　蕉門

参宮といへば盗みも許しけり　芭蕉

平田《ひらた》篤胤《あつたね》のいったことは間違っているにきまっている。彼は生命界（天）のあることがよくわかっていなかったのであろう。

ここに危惧《きぐ》を持つ人たちが内宮崇拝を恐れるのはよくわかる。しかしあれは平田篤胤の書いた作文に過ぎない。内宮さまとは何の関係もないのである。

それはそれくらいにして、ここでもう少し日本民族をよく説明しておこう。

日本民族

日本民族だけは、随分はやくから生命に目ざめていた。三十万年くらい前からではなかろうか。とすればたぶん他の星からきたのであって、天孫民族という言葉はその意味で本当なのである。それで私たち日本民族の人たちはもろともに地球上を幾回りもしたのであろうが、足跡は今の私には、訪ねる由もない。ににぎの尊時代の始まりは十万年くらい前だろう。日本列島へきたのは一万二千年くらい前だと思う。

さて、日本民族は生々世々実践してきたのである。それで意志がよく霊化しているのである。これは仏教的ないい方であって、いわれたのは弁栄上人である。道元禅師は日本民族の一人だからいわれることがよくわかるが、弁栄上人は日本的情緒はご存じないから、仏教的ないい方でおいいになる。それで私たちはこれを一々日本的情緒のいい方に翻訳しなければよくわからない。

もとにもどって、「意志霊化」とは仏教的ないい方であって、弁栄上人によればこれは「生きようとする盲目的意志が常に善の方向を指す」という意味である。それで「善」とは何かが問題になる。

日本的情緒でそれをいおうというのである。道元禅師はいつも日本的情緒でものをいっているから、それを借りる。

「諸仏のつねにこのなかに住持たる、各々の方面に知覚をのこさず。群生のとこしなへにこのなかに使用する、各々の知覚に方面あらはれず」

この「方面」が、この際は「善」である。日本民族は生々世々実践してきたから、この

「方面」が直覚できるのである。自覚するためには、だれかにそれでよいのだといってもらわなければならない。私は、それについて充分の自覚をうるためには、光明主義でいう無量寿無量光如来に、それでよいのだといっていただく以外に、今は世界に他に方法がないといっているのである。

しかし一応の自覚ならば、たとえば道元禅師のいっておられるようにしても得られると思う。四祖は、年老いた樵夫《きこり》であった五祖を一目見て法器だとわかった、ということであるが、これはこの男、自覚を得ることだけが残っているとみたのである。もちろんこんなことは一目でわかる。

ともかく日本民族の中格の人々には、そのときのその場合における善の方向がただちにわかる、ながい実践のたまものとして、こういう直覚を身につけているのである。

この直覚のある人たちを中核としなければ、光は闇と戦えないのである。

黄帝の昔ならば指南車を作るくらいでよかっただろうが、こんどは各人が、身に備えていてくれるのでなければ役に立たないのである。

これが日本民族の特徴である意志霊化である。善が一番大事だから善だけについていったが、真、善、美みなそうである。

国々によってわかり方はひどく違うが、前に昼が四時間、夜が二十時間といったあの昼とは、真、善、美そのもののわかるとき、夜とはそれを実地に応用して、その結果を見るようにしなければ結果以外何も見られないときである。

たとえばローマ時代には、人々は軍事、政治、土木等だけを尊重した。これは真、善、美そのものは見えないからである。

平等性智の光がよくささなくなるからそうなるのである。平等性智は、これが大宇宙をささえているのだといわれているのである。

ところで第一次大戦以後の世界のありさまであるが、ローマ時代が見たければ限前の世の姿を見ればよいといいたい。

さて私たちは闇と戦うために戦備を整えなければならない。

家庭教育

光が戦備を整えようとすると、一番問題になるのは日本の教育である。学校、社会、家庭がみな問題になる。この教育体系では、学校だけでは教育できない。

これ（学校教育）を急速に変えようにも何よりも、先生の数が恐ろしく足りない。

学校教育をどう思っているのだろう

私は学校教育について、文部省も、たとえば日教組も、なぜこんな無茶ばかりするのかわからなかった。それについていろいろ注意しても、どうしてもわかってもらえないらしい。なぜこういうことになるのか、それを的確に知らなければ手のつけようがない。ながい間それを捜し求めた。そして最近になってやっとわかった。

日本人は学校教育とは学問を教えることだと信じて疑わないのである。どうも明治の初めからそうなのである。

私は私で西洋流の学校教育は頭を発育させるのを目標にしているのだと思っていた。私は女子大学の数学科三年に来る学生を見て驚いて、日本は今どんな学校教育をしているのだろうと思って、小、中、高校を見たのであるが、そのくわだての一番初めからそう一人決めに決めていたのである。

ここがこんなにくい違っていたのでは、何をいっても聞いてもらえないのは当たり前である。日本人の学校教育観を探り当てるのに実に骨が折れた。

私がついに探り当てるのに成功したときの、私のやり方をお話ししよう。

日本民族は非常にすぐれた民族であるのに、物質文明（広義）に接すると、いつもインフィアリオリティ・コンプレックス（劣等感）にとりつかれてしまう。前に支那文明に対してそうであった。その結果、大弊害をこうむる。

大多数がインフィアリオリティ・コンプレックスになぜとりつかれるのだろうというのも、興味のある問題にはちがいないのだが、当分いりそうにも思えない。急を要するのは、そのよろめきの結果が、どんな形で、今国中に残っているか、ということを調べることである。

日本は明治の初め、必要から大急ぎで西洋文明をとり入れて、それによろめいた。衆目の見るところである。その後遺症の残っていないはずはない。そうすると第一に目に付いたのが、「学問恐怖症」ほかにもいろいろあるだろうが、そう一時にいっても役に立たない。一つずつ片づけていこう。

学問恐怖症から来る一番大きな害は何だろう。「学校教育とは学問を教えることだと思ってしまうこと」――こうしてやっと探り当てたのである。

これでみなわかる。念のため数人の人に聞いてみたが、はたしてみなそう思い込んでしまっているのである。

そうすると、日本の今の学校教育は、実に驚き入った迷信だということになる。

そこから説明しよう。

時の情緒化

私は今私の部屋にいる。部屋はいろいろな物質から成り立っている。各々の物質はみなそれぞれの過去をもっている。各物質が自分の過去から順々に変化してきて、今ここに仮に和合してこの部屋になっているのである。そうすると、過去なしに突然現在ある物質というものはない、ということになる。

人もその通りである。その人とはその人の過去の総和だということになる。

人がこの世に生まれて相当大きくなってから、人は時をどのようにして自分の中に取り入れていくと私が思っているかをお話ししよう。

時実先生の「脳の話」によると大脳前頭葉は感情、意欲、創造をつかさどり、側頭葉は記憶、判断をつかさどるとある。この両者の関係は前頭葉が命令して側頭葉が働くのである。(ただし、ときとして側頭葉が引き金の役目をすることもあります、と時実先生は私にいい添えられた)

その人とはその人の心である。人は心の糧を大脳前頭葉という口から取り入れる。そしてここで咀嚼玩味《そしやくがんみ》して、エキス化して心の中に取り入れ、心の中に貯える。かようにして心の糧が心になって行く。このようにしてその人の過去がだんだんふえて行くのである。

このエキス化したものを、私は情緒と呼んでいるのである。

日本で古来使われてきた情緒という言葉は、たとえば式子内親王《しよくしないしんのう》の

眺むれば思いやるべき方ぞなき　春の限りの夕暮の空

といったようなものらしい。これは情的なものである。しかしこれを連続的に変えていくと知、情、意、感覚の心の全分野に及んでいることがわかる。

芭蕉の俳句は情緒を詠んだものである。芭蕉の完成した、芭蕉およびその一門の連句は、二句の間における情緒の調和である。それで、情緒を見たければ芭蕉の連句を見れば一番よいのであるが、それについてはこれまでたびたびいったから、ここでは繰り返さない。

エキス化するとはどうすることかをだけ繰り返していおう。

知は存在化されるのである。浮いたものはとれてしまう。

情は本質化されるのである。顔にたとえると紅白粉《べにおしろい》はとれてしまう。

感覚は浄化されるのである。自他弁別本能から来るどろどろとしたものはとれていく。

意志は霊化されるのである。これは弁栄上人の言葉であるが、人の意志は、主として生

きようとする盲目的意志であるが、この盲目的な部分がとれていくのである。

そうしてエキス化したものが、どこに貯えられるのかというと、私は人体に貯わえられると思う。時実先生にはまだお会いしていないが、光明主義の第三世杉田《すぎた》善孝《ぜんこう》上人から聞いてみたのだが、大脳新皮質に貯えられるのだろうといっておられた。私と全く同じ見解である。

しかしもっと大切なことは、それがいわばじかに生命界に貯えられて、智の大海中での自分の操られ方に目ざめていくのだと思う。

これがわかってきたから、私は以前ほど今の日本の教育を心配していないのである。

自他弁別本能抑止

大脳生理に立ち帰って話を進めよう。
人を作るとは知、情、意が人らしくよく働く人を作ることである。（ただし、私は作るとは思っていない）
知、情、意のうち情だけは送り込まなければならない。情緒は知、情、意の各分野にわたるが一口にいえば情であって、固体のようなものではなく液体のようなものであって、みなまじってしまうと思ってほしい。

この意味の情は、前にいったようにして取り入れられるのだから、情のよく働く人を育てようと思うのだったら、そのつもりで心の糧を与え、これを大脳前頭葉という口に入れるように仕向けなければならない。

意志と知力については簡単である。これに対する教育原理は、大脳前頭葉は使えば発育する、の一語につきる。それさえ知っておれば、使わせるように仕向けることによって発育させることができるかわりに他に方法はないのである。(ただし、私は今は物質界のことだけをいっているのである。しかし生命にとってこの肉体という道具は、決して、あまりばかにできないのである)

情についても、大脳前頭葉が口であって、咀嚼玩味は大脳前頭葉がするのだから、情についてもある年齢以後はそうなるのである。

それで一口にいえば知、情、意とも中心は大脳前頭葉にある。ここが心の座であるということになるのである。情について、いつごろまでがこの教育原理の例外であるかといえば、大体小学四年までがそうである。

小学一年から四年までは、一口にいえば、先生が咀嚼して送り込み、ただ玩味させるにとどめなければならぬ。どうして送り込むかといえば、日本人は幸い人と人との間によく心が通い合う。これが情である。師弟の情という道（ルート）を通じて送り込むのである。欧米にはこの意味の（いい換えると、深さの）情という字がないようだから、そうしているのだろうが、その自覚はないはずだから、理論をいわせると何をいうかわからない。

小学生からが教育であって、それに対する原理は、使わせることによって発育させるという一つしかないといったのであるが、ついでに育児のこともいってしまおう。

人の子の内面的生い立ちについて、育児の季節は前にいったように二つにわかれる。

生まれてから三ヵ年が童心の季節であった。この時期には、人の子は家庭という環境からそっくりそのままうつし取って、自分の中核を作ってしまう。これは、この季節が過ぎて後には（仏道の修行によってでなければ）変えられないから、親たちは充分家庭という環境に注意しなければならぬ。とりわけお母さんは、赤ちゃんを可愛がってやってほしい。

これから小学校へはいるまでが自我発現の季節である。大脳生理的にいえば、前頭葉の心の座としての姿がここで出来上がるのである。この季節の育児の心掛けとして根本的に大切なことは、この造化の意図を妨げるような人工を加えすぎないことである。

今日本がしているのはアメリカ式の教育である。アメリカの教育は、一口にいえば側頭葉教育であって、これは機械的な働きの速さを尚《とうと》ぶのである。知識、技術、能力、すべてものを機械的に見、速いのがよいと見る見方で見るならば側頭葉教育である。幼稚園の先生の知っているのは、みな側頭葉教育である。遊ばせることだけはそうではないといいたいが、これも自然のままに遊ばせるのではない。

自我発現の季節（少なくとも三か年）に側頭葉教育をすることは厳に慎まなければならない。でなければ、対座しているとなんだか昆虫のような感じを受ける人を作ってしまう。昆虫と人とは、進化論的には九億年ほどの隔たりがあるのだから、こんなのは動物の新種である。どんな感じかといえば、なんだか側頭にアンテナをはって受信しているという感じであって、発信もしなければ、その場で判断（このときは前頭葉）もしない。判断しなければならないときは録音して帰るだけである。帰って相談するのだろう。これはその後の教育法によって念入りにそう躾《しつ》けたのであろうが、そのもとは、この自我発現の季節に不自然な人工（徹底した側頭葉教育）によって、造化の意図を妨げるからこうなるのである。

これで大体おわかりになったと思うが、自我発現の季節三か年強は大体幼稚園時代三か年と一致するから、危なくて見ていられない。こんなものはやめてしまうのが一番よいのである。

私には今孫が三人ある。一人は生まれたばかりである。他の二人は姉と弟とである。弟は今自我発現の季節の第三年である。この時期になれば、それまでがうまくいっているかどうか大体わかるのであるが、弟はうまくいっているし、姉もうまくいっていた。今小学校のやり方と自分がのびていきたい方向とあまり合わなさすぎて途方にくれているようであるが、こんな時期の家庭教育は本当にむずかしい。なお、弟の幼稚園におけるありさまを先生にきくと、飄々《ひょうひょう》として別行動をとり続けているということである。この方は家庭教育はやりやすい。

私はどうしてそう育てたのかといえば、家庭という時間的スペースに絶対に人工を加えさせなかったのである。この二人の孫たちは、今は私と同じ家に住んでいるが、以前は別の所にいた。私はときどき行って、一口にいえば幼稚園の側頭葉教育の悪影響が家庭にまで及ばないかを真剣に見守り続けたのである。

造化の意図は、自我発現の季節に自我を発現させるのだから、家庭という時間的スペースさえあれば、造化は充分その意図を遂行するだろうと思ったのであるが、事実はその通りになった。

この家庭教育を大学入学まで続けてもらおうと思って、今後は主として家庭教育に主眼をおくつもりであるが、これは堅くそう決意しただけで、まだ始めていない。

この自我発現の季節にはしかし、一つだけ人工を加えなければならないことがある。この人工を加えることは造化の意図に反することでなく、造化が人に課した義務を果たすことである。

造化は人の大脳から自動調節装置を取り去ってしまって、そのかわり大脳前頭葉に潜在的な抑止力を与えて、これを自分で使うことによって発現させて、その後も自主的に生涯使い続けよといった。育児者の義務は、いわば大脳前頭葉に造化が蒔《ま》いた種を芽生えさせることである。このことを全く欠いては、その子の内面は獣類よりもずっと悪いものになるかもしれないのである。

これについては物質界だけを見ていたのでは充分にはわからないのであって、生命界も見なければならないのである。

真の自分は生命界にある。これが真我である。肉体の本体は自他弁別本能である。これが諸本能の根源である。

人は自分とは自他弁別本能だと思っている。これは肉体を持って生きることを余儀なくされている限り、だれでもそうなるのであって、仏教はこれを小我といっているのである。実に小さな自分だからである。

これが全くとれた純生命界の自分を真我という。真の自分という意味である。これは理想につけた名前であって、本当にそうなるには弁栄上人によれば四十億年かかるということである。地表が冷えて住めなくなるまでには五十億年くらいあるから、この地球上でできることではあるが、この一生だけでそうなろうなどと思うのは全く無茶である。

それで現実の人についていえば、自我とはこの二つのまじったものである。

だから自我抑止とは自他弁別本能を野放しにしないことである。

自我発現の季節の第二期になれば自他の別がつく。これは自他弁別本能がそうするのであって、生命界にも自他の別はあるにはあるが、そのあり方は自と「非自非他」とがあるだけである。だからこの自他の別の自覚あらしめているものは、自他弁別本能である。

私の祖父は、この時期の私に「自分を後にして他を先にせよ」という戒律を教えた。このとしになれば、もう教え方によってはわかるのである。何度も教えてよくわかるようにするのがよいと思う。祖父もそうしたのであろうが、ともかく初めはここで教えた。

たとえば、禅僧は初めに戒律を教えてもらうだろうと思う。あとは自分でこれを守ることが修行の一番大切な部分ではないかと思う。道元禅師の諸悪莫《しょあくなす》レ作《なかれ》の根本である。私の祖父もそうしたのである。ただ私がその修行を続けているかを見守り続けた。私の中学四年のとき祖父は死んだのであるが、死に至るまで見守り続けてくれたのである。私は今日このことをどんなに祖父に感謝しているかわからない。他の人にはたいへん難解なところが、私には掌《たなごころ》をさすごとくわかるのである。戒律はただ一つ、「自分を後にし他を先にせよ」であって、祖父がいなくなってからは、私はこの点について、自分で自分を見守り続けている。今もそうしている。自他弁別本能は肉体を持っている限り働き続けるからである。

造化が人に課した義務を果たしたのは、私の場合には祖父であって、私はそのお陰でどうにか人になることができたのであって、人の位を失わないように、今でも絶えず注意を払っているのである。

師友会の安岡正篤《やすおかまさひろ》先生は私に「為さざるあるの人」という実によい言葉を教えて下さった。これが人の位、でなければ獣類のほうがまだしもよいのである。日本国新憲法の前文が、日本において法律の埒外《らちがい》に出て社会通念や教育まで変えてしまって、日本を自動調整装置を取り払われた野獣の群れに化せしめたのはデューイの学説が後押ししているからである。デューイの大罪は決してこれ一つではないが、これが一番困る。今日本一億のうち、人の位を失わないでいるものを、あなた方はどれぐらいいるとお考えですか。

教育については、家庭で教育してもらうつもりで、初めからいい直そうと思う。

それで学校教育についてはあまり詳しくはいわないが、新教育（少しやりっぱなしであった初めの間は、まだよかったのである）によって教育すると、どんな若い人たちができるかを、主として私の所へ尋ねてくる人たちの一人一人を詳しく見ることによって見た。

結果を一口にいえばどうであったかというと、情については、実に意外にも、実に純情

である。（これはしかし、突如としてそうでない瞬間が起こらないということではない）

意志については、意志教育を学校は全くしていないらしい。それがよく出ている。知については、意志力が働かないのに真の知力が働くわけはない。

なおいい落としたが、全学連は、昆虫的行動の一例であろう。やっと少しわかってきた。デューイの日本に対しておかしている大罪は、別の随想で数え上げるが、これもそうである。ともかく放置すれば亡国必至である。この国の人は理性がないのだろうか。

時実先生はおいでにならなかったから、杉田上人と私で相談して、一応大脳前頭葉の自分というものに関するあり方をきめた。終わりにそれをいい添えておこう。

人の大脳前頭葉には、五つの感覚器官を統べる、仏教でいう第六識（心の眼）がいる。自他弁別本能の中心がいる。真我の出店がいる。

そのあり方は自他弁別本能を抑止しなければ心眼は開かない。

人が自分と思っているものは、真我が自他弁別本能という馬に乗っているようなものである。真我が思うように歩むには、馬をよく馴《な》らさなければならないのである。これが自我抑止である。これができてこなければ、心眼は開いてこないのである。だから自我抑止とは自他弁別本能抑止である。取ってしまうには四十億年かかるから、それまでの間はこうするほかないのである。

学校教育という迷信

それでは、知識として学問を教えても何の役にも立たないのかというと、そうとはいい切れない。

知識は大体側頭葉で理解され、側頭葉に記憶として貯《たくわ》えられる。

これは人体にたとえると、粉薬を包み紙のままポケットに入れるようなものである。そんなことをしても全くむだかというと、そうしておけば何かのはずみで、その薬を口に入れないとは限らない。

時実先生のいわれる、側頭葉は引き金の働きをすることもあります、というのは、大体この意味であろう。

ところが、教育とは学問を教えることだ、と思い込んでしまっている人たちの考えは、いわば薬を包み紙のままポケットに入れさえすれば、あとは薬が自然に利いて、すべてうまくいくと思っているようなものである。

薬が利くためには口から入れなければならないし、何よりも自明なはずのことは、包み紙を変えても薬の利き方はすこしも変わらないということである。

次にポケットへ入れておけば、何かのはずみで、といったそのはずみについてであるが、これは単なる記憶に対しては人はそんな機会を持たない。身につけた情緒と結びついている記憶でなければだめである。

たとえば私は、この随想の初めに珍しく表題を先に決めたくなって、私はどういう表題がほしいのだろうと思って、いろいろ探って一葉舟とつけた。そうするとそれがうまくお気に召したのだろう。私の情緒は緩やかに流れ出し始めた。私はそれを見つめて言葉で書き表わし、ときにはしばらく流れをとどめて、そこについて考え、そうか、と初めてよくわかってから、また流れるに委《まか》せているのである。

これは学問についてではないが、学問についても同じようなものだと思う。記憶がそれに連なっている諸情緒（特に知的情緒）を身に付けていなければ、その知識には引き金を引く力なんか無い。あるはずがない。

私の挙げた例は言葉についてである。これは大脳側頭葉のつかさどるところである。しかし自分の漠然とした情緒界の雰囲気を探って、短い言葉に要約することにうまく成功すれば、その言葉は逆に前頭葉に動機を与えて、はっきりした情緒の流れが流れ始めることがあるのである。

私は前の男の孫のとき、悠然として南山を見るの悠をとって、「ひさし」とつけようとして当用漢字を見ると、この字はなかった。当用漢字全部見たが、すべて物質界のありさまをいい表わす字だけで、心の世界のありさまをいい表わす字はすべて除き捨てられてあった。そうすると、近ごろまた男の孫ができて、私はまた名をつけてくれと頼まれた。それで

春雨や蓬をのばす草の道　芭蕉

から取って伸一とつけた。

悠然とは時が無いことである。悠という字があったら悠然として南山を見るとは大体こういう心境だと教えて、そして悠という字を教えておくと、その子に対しては、悠然といえばそれが引き金の役をするのである。物質界のことをいい表わす字ばかりしか教えないでおいて、どうして情緒教育をしようというのであろうか。こんなことくらい、何も大脳生理まで持ち出さなくてもわかりそうなものである。

それで全く死蔵された知識は、その人の大脳の中の異物のようなものであって、益は一つもないにかかわらず、そこのところがなんとなくこわくて、自分の目で見ることを極力恐れるようにさせる働きだけはするのである。猫に紙袋をかぶせるようにみえる。学問恐怖症は一人一人については、こんなふうにして起こるようにみえる。

大学を出て間のないころ、京大に臨時教員養成所ができた。私はそこで三角法を教えよ

といわれたから、一日二時間だったかと思うが、私は三日で教えてしまった。それで充分なのである。ところが教えてしまいましたといっていくと、三角法には一学期あてているのだからそうしてもらわないと困る、といわれた。私が三日で教えることができたのは、幸いみな三角法に対して白紙であったからで、もし一度一学期かかって習っていたら、とてもそんなことはできなかったのである。この年ごろの生徒には、六時間ぐらいですべてを教えてやらなければ、とても三角法というものはわからない。

以前日本でやかましくいわれたドイツの大数学者ヒルベルトは、この三角法というものの持つ情緒的自然を再現して、積分方程論という箱庭を作った。三角法というものをこんなふうに把握しておかなければ、わかりもしなければ、もちろんできもしないのである。

学問を教えることが教育だと思っている人たちは、恐ろしくてそこを見きわめることなんか到底できないから、教えなければ何か祟《たた》りがあるように思っているのであろう。これは迷信である。同時に学問にいろいろ人為的な名称をつけて憶《おぼ》えこませておきさえすれば、その利き目によって、知、情、意は人らしくよく働き、創造はおのずからできると思っているようである。これも迷信である。この二つの迷信は得てして相伴うものである。これが西洋の宗教学者が最低の宗教といっている自然教の形式である。すなわち祟りの恐れと呪文《じゅもん》の利きめとである。

死蔵された知識は、他がその通りのことをいえばなんだかそんな気がする。だからクイズには出られる。日本人はことによると、これを教養と思っているのかもしれない。それだったらオウムよりまだ下である。これはたぶん、明治の初めからそうだったのであろう。

意外な純情

新教育下に育った若い人たちの情緒教育が、意外なほどうまくいっているのはなぜだろう。一つは、このくにとはこのくにの過去の全体であるという意味の、いわば四次元的存在としてのこのくにが、今なお昔のままの情のくにだからである。

しかしさらに大きな理由は、日本民族は生命界に存在しているのだからにちがいないと思う。何しろ日本的情緒とは、生命のメロディーのことにちがいないからである。も一度くちずさんでみよう。

春めけば人さまざまの伊勢参り
参宮といへば盗みも許しけり

それならば、意や知についても心配はないであろう。肉体には季節はあるが、生命には季節がないのだから。しかしこれは全然心配がないというのではない。肉体のほうは変えられないから、肉体は生命の道具にはちがいないが、その人にとってずいぶん不便にはちがいないのである。

私は日本の今の教育を見て、心配で心配で生きるに生きられず死ぬに死なれずという気持ちだった。

今これを書いてやっと、日本民族だけは生命の民族であって物質の民族でないことを悟り、大脳という物質には発育期があるが、生命には発育期が無いことを知って、初めて安心することができたのである。教育だけではなく、すべてについてそうである。

私は満州事変以来、今初めて安心している。

最後の警鐘

学校教育はしばらくこのままにしておいてほしい。生命現象については何一つ知らないのだ、ということさえ知らないで、人工を加えると必ず改悪である。

アメリカにその動きがあると聞いたから、日本の合衆国に対するよろめきぐあいはわかり過ぎるぐらいわかっているから、これが日本に現われること「降ると見て傘取る暇もなかりけり」だろうと思って、ここに最後の警鐘を鳴らしておく。きっとこうなるのである。

涙さしぐみ帰り来ぬ
山のあなたになお遠く
幸い住むと人のいう

改悪と知ったのだったら、もとへ戻せばよいものを、もっと悪くするのである。捨てておくと、きっと亡国までそれを続けるだろう。

今一つの警鐘は、国は性問題を捨てておいてはならないということである。これについては前に説明したから繰り返さない。

ところで「一葉舟」というのは、例によって土井晩翠の「星は落つ秋風の五丈原」から取ったのであって、

……………………
一葉《いちよう》軽く棹《さお》さして
三寸の舌呉に説けば
見よ大江の風狂ひ

焰《ほむら》乱れて姦雄《かんゆう》の
雄図砕けぬ波あらく。

……………………

月を湖上に砕きては
ゆくへ波間の舟一葉《ひとは》

私自身を語る

すぐに役に立つ仏道とは自覚である。知らなかったことがわかって来るのではない。道元禅師は、「正法眼蔵」（中巻）の初めの「行持」でこんな話をしている。

昔、宋《そう》に、南支那に、一人の禅僧があった。ある時、一人の禅師に会ってこう聞いた。「如何ならんかこれ仏」禅師はこう教えた。「是心是仏」禅僧は、わかりましたといって、山にこもって三十年間自分の心を見るという一事に専念した。そしてついに悟った。この禅師は大梅山法常禅師という。

時をへだてて道元禅師が宋に渡って、身心脱落の境地に住するようになった後、南方に遊んで大梅山の麓に泊まったとき、霊夢に現われて盛りの梅花一枝を嗣法《しほう》した。(嗣法とは法を譲りつたえたしるしに、ものを考えることである)

私をふり返ってみよう。そのときは無意識裡にしたことを、今は意識してしたように書く。絶えず操られているのだとわかってしまった今となっては、こう書くのが正しいのである。私は生まれて初めて、ものをいったとき「アーンプ」といった。ランプのことである。数学をやろうと思ったのはいつごろか知らないが、西洋の学問も一度はやってみて知っておかないと不便だから、今日一日はそれをやろうと思ったのであって、何を選ぶかはたいして問題ではなかったのである。一度やってみて充分よくわかったから、もう二度と西洋の学問などはやらない。

せっかくやってみて充分よくわかったのであるから、数学については後に説明するが、たいして重要なことではないから今は省く。

数え年二十九歳(一九二九年)のとき、シンガポールの渚《なぎさ》に立ったとき、突然強烈きわまりない懐かしさの情に襲われた。これが懐かしさだなどとわかるようなものではない。今から数万年前のことであろう。南支那へも、かつての漢民族のように一半を残してきたのだと思われる。だから意外に近く、今から三万年ぐらい前のことかもしれない。そうすると孔明も日本民族かもしれない。そういえばいかにもよく似ている。

閑雲野鶴《やかく》空闊《ひろ》く
風に嘯《うそ》ぶく身はひとつ
月を湖上に砕きては
ゆくへ波間の舟一葉
ゆふべ暮鐘に誘はれて
訪ふは山寺の松の風　晩　翠

この辺は往きと帰りと二度通ったはずだが、帰り、つまり北上のときのことをいっているのである。もちろん「うがやふきあえずの尊」時代である。

それからフランスに丸三年いて、最後の年に満州事変の勃発《ぼっぱつ》に遇った。このときのごうごうたる世界の非難は、あのとき国内にいた人には到底わからないだろう。私はまるで戸外で暴風雨にあったようなものである。

人の関心の対象は、得てしてこういう時に結唱するものである。

私は西暦一九〇一年四月十九日に生まれて、数え年七つから小学校にはいったのである。父は一年志願兵の後備役かなんかの少尉で、日露の戦雲急だったため、呼び出されて郷里の和歌山県の山奥から第四師団のある大阪市にきて、母と共に住んでいた。私はそこで生まれたのであって、数え年四つのとき、郷里の祖父の家に帰った。母は戦に行く父に遠慮していたのだろう、私はいつも父と共に寝た。父は軍歌で私を寝かしつけてくれた。たとえば

ああ正成《まさしげ》よ正成よ
公の逝去のこの方は

父は朝鮮《ちょうせん》まで行って赤痢にかかり、それから先へは行かなかった。私の数え年五つのとき戦争が済んで帰ってきた。

父は私に、日本人が桜が好きなのは、散りぎわが潔いからだと教えた。いろいろ日本歴史の話をこの観点から教えてくれたらしい。皇統を中心にしてである。私は南朝の若武者たち、楠木正行《くすのきまさつら》や北畠顕家《きたばたけあきいえ》の死の進軍を聞くのが実に好きであった。後年の小学唱歌でいうと

吉野《よしの》を出でて打ち向う
飯盛山《いいもりやま》の松風に

今でもこの歌を口にすると、戦慄《せんりつ》が背骨を走る。ある女子大生は、このときの先生は三尺四方空気の色が違う、といった。

私には日本歴史は心情の美を皇統の緒で貫いたもののようにみえる。

白露に風の吹きしく秋の野は　貫き止めぬ玉ぞ散りける

私は平田篤胤のようには思えない。彼の説は本性は彼の作文である。だが、「ににぎの尊」以来の皇統と、昔も今も思っている。

その父の教えてくれた民族の歴史を思いだした。

私の親友の芥川の好きな考古学者の中谷治宇二郎《なかやじうじろう》君は、歴史はうそか本当かわからないが、伝説は今でも、民族の血の中に脈々として波打っているといった。

私も二月十一日の紀元節は天孫降臨の日を記念して、歌っているのだとばかり思っていた。国民精神総動員までずっとそうである。

雲に聳《そび》ゆる高千穂《たかちほ》の
高嶺《たかね》颪《おろ》しに草も木も

時は十万年くらい前、アジアの背骨を北に降りようとしていたのだろう。

海原なせる埴安《はにやす》の

というと、いつごろからか、ペルシャ湾という気がするのである。それだと「ひこほほでみの尊」時代の初めである。もっとも「ににぎの尊」時代の終わりだともいえる。「ににぎの尊」時代の日本民族の治世のありさまを見たければ、支那の上代を見るのがよいであろう。ただ支那のものは地（物質界）に描き、日本のものは天（生命界）に貯えたのである。

情緒的民族とか、同化とかいっても、全くわからない人のために、道元禅師から聞いたお話をしよう。

正法眼蔵（涅槃《ねはん》妙心）が代々譲り伝えられて、まだ支那に渡らないころの授受のありさまについてであるが。

その何祖かがある日、弟子の若い僧と二人で対座していた。そのとき、風鈴が「妙音」を発した。師は、なぜだろう、と聞いた。弟子は即座に「二心寂静なるが故に」と答えた。この「二心」というのが禅僧たちにわからないらしい。あとで説明する。

師は即座に「よい哉言《かな》や。我が正法眼蔵を伝えんもの、この子にあらずして誰《たれ》ぞや」といった。授受はこの刹那に残りなく行なわれたのである。

このような「二心」がわかりたいと思ってもらわなければ、こんなことを説明しても何にもならないのである。弁栄上人はこう教えて下さっている。個人の中核を個という。個は時間も空間もない。二つの個の関係は不一不二である。

二心寂静とは師弟二人の心が一つになって個に還ったという意味である。二つの個がよるとこういう現象が起こるものらしい。

今自覚した日本民族の人にはめったに会えない。私は九州へ行って坂本繁二郎さんに会った。二時間ほど話しあうと坂本さんは涙をハラハラと落として、「日本の夜明けという気がします」といわれた。私はそれを聞くと、それまでの心の冬枯れの野が一時に緑色をおびて、背骨までしゃんとした。これが「二心寂静」の具体的な型の一例である。一心と二心とではだいぶ違うらしい。

なお私が道元禅師から「正法眼蔵」を譲り受けたときのありさまもいっておいたほうがよいであろう。

私は「生死去来」の鍵を使うと、「心不可得」の扉は果たして開いた。そして私を迎え入れた。しばらくして私を送りだすと扉はまたしまった。

中で私はどうしたかというと、道元禅師にお目にかかって無言の御説法を聞かせていただいたのである。「行仏威儀」というが、頭が上げられなかった。

しばらくして気づいてみると私は畳にすわっていた。しかし足の裏には畳を歩いた感触がまだ残っていた。この「正法眼蔵」の授受の形式は初代大梅山法常禅師、二代道元禅師、

句である。

これは紀元節ともつながる。これは鉢植えの紅梅を暖房の病院の部屋で愛《め》でていたときの

三代私である。曹洞宗《そうとう》ではない。大梅宗である。私はいま、花では梅が一番好きである。

紅の一夜に咲きて梅の春　石風

この法常禅師も典型的な日本民族の一人である。純粋さは道元禅師よりも上であろう。

山に二十年ほどいたころ、人が後の禅師に会って山に籠《こも》って何年になりますと聞くと、

「我は唯《ただ》山の青且黄《かつ》なるを見るのみ」と答えたという。実に名文ですね。御成道の後は象

と虎とが左右に侍《はべ》ったという。便利だっただろうと思う。

さて、「正法眼蔵涅槃妙心」を一口にいえば、

「諸仏のつねにこのなかに住持たる、各々の方面に知覚をのこさず。群生のとこしなへに

このなかに使用する、各々の知覚に方面あらはれず」

自覚すればどうなるのか。日本的情緒とは生命のメロディーである。

時とは何かわからなければ何もわからないと思う人があれば、「法器」である。

前には法器をわかりやすくいったのであって、いまいったのが本当の意味である。知、

情、意はここではまだわかれていない。あれはギリシャ人がわけたのだということを忘れ

てはいけない。物質なら分析できよう。生命がわけられるだろうか。

時を完全に自覚したければ弁栄上人のいう無量寿無量光如来の絶対的存在を信じなければならない。信じ方はじかに信じなければだめである。弁栄聖者は心から底から「大ミオヤ」といえなければだめだと教えて下さっていた。私は十七、八年、聖者の死後の内面的お育てをうけて、やっとそれがいえるようになった。

時さえわかればみなわかる、というのでなければ熟しているとはいえない。

人はどうすればよいかは、人類の向上図を巻きひろげてみせれば一番よくわかるのだが、時が何かわかっていない人間はそれができないのである。

私はシンガポールの刹那の時を、満州事変下のパリで、ゆっくりと絵巻物に描いた。これが私の持ち続けている日本民族という絵巻物である。

私は近ごろ、ブラジルにいる日本人から実に長文の手紙をもらって、お前は日本民族を守り通してくれと頼まれた。

頼まれなくても、私の第一の関心はそこにある。満州事変以後、この随想の途中まで三十五年間ほど、私は日本民族の存続について心配し続けて、心のやすまるときはなかったのである。

宗教

理性界において宗教を定義することはできない。だからいうならばハッキリいわなければわからない。

日本には宗教は、神道と仏教と二つあればよい。神道は実践のためのもの、仏教は自覚のためのものである。両者のつながりは法常禅師に見るがよい。

キリスト教を信じたいと思う人は信じてもよい。これが信教の自由である。あとは国の監視がいる。

私が神道についていえるのは、伊勢の内宮さまを信じるのが神道である、とだけである。内宮さまは生命界の神、仏教でいう天（物質界）の神ではない。

せんさく好きの人には西行《さいぎょう》のように「何事のおわしますかは知らねども」と答えておくのがよいだろう。

芥川は「神々の微笑」で、たかみむすびの神か何かに、われわれは世界の夜明けを見たものたちですから、といわせているが、実際そんな気がする。本来の日本人はみなこんな気がするのである。生命に目ざめたのは三十万年くらい前だろう。他の星からきたのである。

人類の起源はいろいろにいわれているが、六十万年くらい前としよう。日本民族の起源はずいぶん古く、少なくとも三十万年くらい前と思われる。どうしてもそうとより思えない。あとこの生命のメロディーにだんだん目ざめてきたのである。深めるのはこれからである。

そうすると、どうしても日本民族は他の星から来たとより考えようがない。この意味で日本民族は天孫民族である。「ににぎの尊」は天孫降臨である。その日が紀元節なのである。私はこう思い続けている。

心霊界の実在だけが信じたい、という人たちに対してはいろいろ方法があるだろう。しかしそれについてはまだ考えていない。

も一度これを繰り返して、私たちにこんどは、私たちは世界の終わりを見てきましたが、といわせるのは、「大ミオヤ」の御むねではあるまいと思う、といっているのである。

日本民族だけがなぜ初めから生命に目ざめていたか、なぜ生々世々実践して生命のメロディーを自覚しようとしてきたかが、少しおわかりになったでしょう。大体三十万年もの間、日本民族が何をしてきたかがおわかりになったでしょう。

「平蕪の緑」

天上界（生命界）のことはそれくらいにして、少し地上（物質界）のことをいおう。まず学問、芸術を対象にとろう。

私たちがただ学問といえば、西洋の学問のことである。私も主としてそれについていおうと思っているのである。

私たちが明治以後西洋に本当に学んだものは、学問ではなくて、ものを見きわめたいという「意欲」である。これが地上における「向上の意欲」である。これは天上の向上の意欲を空間的にひろげて見せたものである。

自分の生命のメロディーのわかりかけているものには、すぐにそのよさがわかるであろう。

男がみめ麗しい女に会ったようなものである。それですぐによろめいてしまうのである。漱石は創作とは何かを英文学に学んだし、芥川はどうしたのだろう。芥川だけはあまりよろめいていないようである。友人という気がする所以《ゆえん》だろう。しかし眠っていたこの向上の意欲が目をさまして、それに忙しく追いたてられ、漱石がいくら牛のごとく歩けといってもきかないで、早馬のごとくかけて生命（普通いう意味）をすり減らしてしまったのであって、しかも美を、捕えるとは美という女性を捕えることだと思ったのだから、美もまた自分の生命のメロディーの中にあるのだから、これは捕えられるわけがない。芥川はよろめきの典型であるともいえる。私が友人と感じるのはその点であろう。

漱石はそんなによろめいてはいない。真、善、美に壮を加えて、「荒滝や万山の若葉皆振う」といったことや、恋を入れなければ小説にならないといったそのいい方や。私に、なんとなく一番よろめき方が少なかったかもしれないが、やはりよろめいていると感じさせるのは、漱石といえども、美は自分の生命のメロディーにあるのだと知らないで、美という女性にあるのだとしか思っていなかったという、その最も本質的な点においては、他の人たちと変わりがなかったことだろう。どうしてそう断じうるのかというと、小《こ》宮《みや》豊隆《とよたか》先生一代の名著「夏目漱石」を見ると情操型に、縦一列に並んでいるものは漱石の作品であって、漱石の生命のメロディーではない、同じようでも芭蕉とその一門はそうではないのである。

日本民族の一人でありながらこうなったのだから、よろめいたというほかないのである。だから、いつまでたっても悟れなかったのである。漱石がその速さを驚嘆しているものの本体こそ自他弁別本能である。少し悟りかけたことはある。

わかるるや夢一筋の天の川　漱石

学問を対象に取って、それを芸術によって説明する結果になったが、おわかりいただけたと思う。

学問に対するよろめきと学問恐怖症とは違う。日本ではいま前者を学者といい、後者を学問屋といっているのである。しかし

絶域花は稀ながら平蕪《へいぶ》の緑今深し、　晩翠

…………………


私と一緒にいる下の孫洋一は、今幼稚園の最上級であるが、このギリシャに源を発する向上の意欲そのものを、もう移し入れている。

童心の季節の後半（意欲の季節）にガラス瓶に入れた蛙を毎日じっと見ていて、とうとう私たちに畳の上で蛙泳ぎを泳いでみせた。今はこの暮れにお年玉に動植物図鑑を買ってやると「……五つ六つ、六つも」といって喜んで、毎晩毎晩枕元に置いて寝た。今は昆虫を取っては逃がしてやっている。鳴戸《なると》市へ行ったお土産に貝づくしを買って帰ってやると、一々図鑑とくらべ合わしてこれとわかるまでやめなかった。雷って蛇のように光るんでし

ょ、といっていた。

「蠅は虻の子?」といっているのを聞いたから出て行って、私「虫は親と子と形が変わるの。蠅の子は羽がないから、地べたを歩いているの」というと、洋一「じゃ、蟻は蠅の子?」私がちょっと困っていい方を考えていると、すぐに立って行って、昆虫図鑑を持ってきて、ページを繰って開いて見せた。洋一「ね、あるでしょ」なるほど家蠅の一生という図がある。私は幼虫をさして、これがうじ、これが蠅の子、と教えた。だれかが幼虫という言葉を不完全に教えたとみえて、翌日、蠅かうじかどっちかの幼虫、といっていた。言葉を不完全に教えることは側頭葉教育であって困るのである。(テレビが教えたのだということであった)

このごろ立体感を持った自動車を描くようになった。時間についてはどうだろう。よく注意してみよう。今この子にとっては、たぶんすべてが現在なのであろう。お友だちはたくさんこの家にいるし、虫はいるし、図鑑はあるし、母親がいて、末っ子だからいくらでもあまえられるし、「永遠にのどけき春」なのであろう。

春なれや石の上にも春の風　石風

大ミオヤが一民族の文化を他民族に移そうとするときには、まずその「意欲」を移すとみえる。

大ミオヤは個人の童心の季節を作ると同じやり方で、ここをやっていられるにちがいない。

この二つは全く同じだとは思いませんか。

私たち日本民族のすべきことは、この「意欲」だけを頼りに、生命そのものを科学することである。

芥川の「すさのおの尊」

芥川は「すさのおの尊」で、天上界を追われてすぐしたことは女性たちにおぼれたことであって、次にしたことはこれではいけないとすぐに立ち上がって、川で浴《ゆあ》みして、「火《ほ》の雷《いかずち》の尊」が木に鍔《つば》もとまでさしていった高麗剣《こまつるぎ》を抜き取ったことであると書いている。

聞くところによると、日本の産業界は、敗戦後わずか五年にして立ち上がって、敵だったアメリカのやり方を逆に見習って、僅々十五年間に大躍進をとげ、今や工業的生産力は世界第三位だということである。

さすがは「すさのおの尊」だといいたい。しかし日本は今アメリカという女性によろめいてしまって、痴態の限りを尽くしている。マリリン・モンローの写真を見ていると、私には腐肉のにおいがして来るのだが、それがわからないくらいにまでなってしまっている（こんなのを人道における餓鬼道というのである）。はやく本来の雄魂に目ざめて、川で浴みして、「火の雷の命」の高麗剣を抜きとらなければいけない。でなければ八またの大蛇《おろち》は斬れない。

空に轟《とどろ》く雷か
波にきらめくいなづまか。

私の数学

さてその高麗剣であるが、せっかく四十年も研究してよくわかったんだから、純正数学についてお話しして、ご参考に供しようと思う。

人が本来の意味で数学するとはどうすることかを、お話ししようと思っているのだから、私自身のことをお話しするほかないのである。数学の原形は個人の大脳前頭葉に創造されるものなのだから、こうするよりほかにそれを彷彿していただく方法はないのである。論文に書くともはや数学の影であって、数学そのものではない。

数学が実在するのでなければ、いつまでたっても物質の科学、たとえば物理学はあり得ない。

自然数の1が何かは「無生法忍」(悟りの位)を得ればわかると、光明主義の笹本上人がいったが、そこへ行くには八百年ぐらいはかかりそうである。しかもこの人のいうことは、弁栄聖者の場合とちがって、そのまま信じることは私にはとてもできない。

だが自我の外廓《がいかく》がなぜあるか、ということもまた非常な不思議の一つなのである。たぶん数学が実在するからだろう。

しかし初めに断わっておくが、生命現象には数学は使えない。いいようがないから二つの個とはいうが、個の量は無量というべきであって、個の数は無数とはいえない。

私の三高時代と京大時代

私は、前にいったように、西洋の学問はこれまで一度もしたことがないから、今日は一つそれをしてみようと思った。なぜ数学を選んだかをお話ししよう。私は歴史にしようかなと思っていたのである。しかしそれではなんだか知っていることをやるような気がしたのだろう。しかし数学と歴史とはきわめて近いものにはちがいない。

私は一高へはいろうと思っていたのだが、入学試験も近いころになって、一高は自分に合わないと知って三高に変えた。こんなふうに違うのである。

行途《ゆくて》を拒むものあらば
斬りて捨つるに何かある
破邪の剣を抜き持ちて
舳《へさき》に立ちて我よべば
魑《ち》魅魍魎《みもうりよう》も影ひそめ
金波銀波の海静か　一高

神楽《かぐら》ヶ岡の初時雨
老樹の梢《こずえ》伝う時
檠燈《けいとう》かかげ口誦《くちずさ》む
先哲至理の教えにも
嗚呼《ああ》又遠き二千年

血汐の史《ふみ》や西の子の
栄枯の跡を思うにも
胸こそ躍れ若き身に　三　高

その三高でフランスの大数学者ポアンカレーの一連の著書「科学と仮説」、「科学の価値」、「科学と方法」を読んだ。今ではみな岩波文庫にある。「科学と方法」だけは、日本語で出版されたのは私の大学一年のときだったかもしれないが、そんな物質的なせんさくをするようでは、私のいおうとしていることはわからない。

その「科学と価値」の一節にこんなことが書いてあった。

「クライン（リーマン一辺倒のドイツの大数学者）はリーマン（今アメリカにいるフランスの大数学者ウエイュは、秋月と私とに、自分は数学者ではこの人が一番偉いと思うといった。私も同感である）のジリクレの原理（ジリクレはリーマンの先生、これはリーマンがそう名づけたのであって、彼の原理である）を証明しようとして、頭の中で、球やドーナツやいろいろな模型を作って、両極から電気を流してみた。そしてそれが常に流れるのを見て安心した」

この一節は私の興味を強くそそった。私の親友にやはり数学をやっている秋月康夫《あきづきやすお》という男がいる。このとき、クラスは違ったが同学年であった。

京都大学で、私は二年から数学科にかわったのであるが、秋月は私より一年おくれて数学科にはいった。三高の卒業間ぎわにチブスをしたからである。

そのとき私は、純正数学とはどんなものかよく知っていたのだが、秋月はまだ数学という言葉だけしか知らなかった。この言葉の意味は後で説明する。

しかし秋月も、私が興味をひかれたポアンカレーの一節には強く興味をひかれていた。そのときちょうど丸善に「クライン全集」（三巻）がきていると聞いたので、二人でいって三冊ずつ買ってきた。そしてポアンカレーの一節に相当する論文を読んだ。実に面白かった。

数学がわかるとはどんなことか、ここで、も一度お話ししよう。大学一年になると、「意識の連続」とはどんなことかわかるようになる。名は同じだが内容はベルグソンのものとは違う。これは大脳前頭葉を流れる平等性智の流れなのである。たとえば、これという証明についてならば、証明の始まりから証明の終わりまで、この流れをとぎらせてはならない。途中に計算、論理等の異物が混ると流れはそこで切れてしまう。そうすると、また初めから流し始めるよりほか仕方がない。そして終わりまで行ったとき、すべてが一時にわかるのである。そのとき初めて、数学がわかるとはこういうことかとわかるのである。

ポアンカレーは「科学と方法」に数学上の発見という一節をおいて、自分の経験をこまごまと述べ、数学上の発見は一時にパッとわかり、疑いを伴わず、また決して間違わないのだが、努力なしにこれがあるということだけではないが、その他は一切それまでの努力と関係しないのだが、どういう智力が働くのか全くわからない、といっている。

数学がわかるとはどういうことかわかると、この一節に非常に興味がひかれる。しかしこれは自分がやってみなければわからない。

私は一年の三学期に、これが何を意味するかを体験して知ったから、物理学科から数学科にかわったのである。

前にもどるが、こんなふうにしてクラインの論文を読んで非常によくわかって、私はリーマンの続きをやろうと思った。この言葉は説明しなければならない。

秋月とウエィュと私と三人で、奈良で日本料理を食べながら話したのだが、秋月がウエィュに若い数学者を指導するにはどうすればよいかと聞くと、ウエィュは、「リーマンのエスプリ(根本の意欲)を教えなさい」といった。これは生命界の言葉である。私もこの意味でリーマンの続きといったのである。

私はその後、もう一度ウエィュと日本料理を食べた。このときはウエィュ夫人も妻も一緒だった。妻は私が文化勲章を陛下の御名でいただいたときの写真をいろいろ持っていった。

奈良の菊水楼という料理屋で食べ、終わって池と池との間の道を、ウエィュ夫妻を奈良ホテルまで送っていったのだが、ウエィュと私とが一組、ウエィュ夫人と妻とが一組になって歩いて、私たちのほうがだいぶ先にホテルについた。ウエィュは私に、あなたが文化勲章をおもらいになったので、奥さんはすっかりご満足ですね、といって、実に人のよい笑いを浮かべた。

私と同じくながく多変数解析函数《かんすう》の荒野を開拓するという事業に従事してきたカルタン夫妻とは、数日奈良ホテルで会食した。あのときは妻もそれから秋月も一緒だった。自動車でほうぼうを案内もした。カルタン夫人は私に岡さんは詩人だといった。

私というものも知ってほしいし、フランス人というものも知ってほしいから、こんなことをいったのである。

話をもとに戻す。私はつまり、リーマンの続きをやろうと思ったのだが、学校ではリーマンの論文についてはだれも講義してくれなかったのである。

しかしその結果は、いよいよ私の情熱をあおることになったのである。

こんなこともあった。ポアンカレーは「科学の価値」の一節でこういっている。

「エルミットの語るや、いかなる抽象的概念といえども尚《なお》生けるが如くであった」大数学者エルミットはポアンカレーの先生である。やはり私の大学二年のとき、秋月と私とは丸善へ行って、「エルミット全集」三巻を買ってきた。各巻頭にエルミットの写真がある。若いころ、中年、晩年。若いころの目はまさしく詩人の目である。中年のは本を開いて読んでいる。その読書姿態を見ると、ポアンカレーの言葉の意味が生き生きとわかる。

秋月はその写真を切り取って額にはめて机の上に立てた。やはり私たちと三高の同学年に西田幾多郎《にしだきたろう》先生のご子息の外彦君というのがいた。化学をやっていたのだが、秋月からその話を聞くと、その写真一枚のためにわざわざ全集三巻を買ってきて、やはり額に入れて机の上に立てた。

これで大体おわかり願えたかと思う。

私のライフワークとその第一着手（付・パリ大学）

私は西暦一九二五年に大学を出て、一九二九年の春に船でフランスへ向かった。その途中でシンガポールへ寄ったのである。

私はそのとき二つほど習作はしていたのだが、こんどはライフワークを始めようと思った。それには数学のどの分野を開拓するかを決めなければならない。つまり開拓すべき土地が問題なのである。私はそれさえ決めればよいのである。こんなふうだったのだから、産業界は工業時代から情報産業時代に移ったと聞くとよくわかる。

ソルボンヌ大学（パリ大学）とはどういう所かといえば、授業料は三種類ある。一つは講義を聞くためのもの、一つは図書室を使うためのもの、一つは学位論文を審査してもらうための手数料である。人員に制限もなく国籍も問わない。授業料さえ払えばよい。アメリカ人はずいぶんきていた。家庭教師をやとうより留学させたほうが安くつくからである。数学教室は独立した建物になっていた。ロックフェラーの寄付で建てたのである。アンリー・ポアンカレー研究所という名がつけてあった。

そこには大きな講義室が二つあった。小さいのはずいぶんあったが、いくつあったか知らない。大きな部屋にはフランスがほこる大数学者たちの名をとって、一つをエルミットの部屋、一つをダルブーの部屋といった。図書室がついていた。

私が着いたときは、もう夏休みに近かった。

この大学の夏休みは非常にながい。一年が三つにわかれていて、特別講義は毎年変わるのだが、その講義は最後の三分の一だけで、先生たちは初めの三分の一は文献の準備、次の三分の一の夏休みに大体の研究をすませて、最後の三分の一でそれを講義しながら書き上げているような気がした。先生のお弟子が講義の速記をする。それを先生が見て直すべきは直して、毎年本にして出す。要点だけを抜き出して論文も書くというふうにしているようにみえた。論文は夏休みがすんでから講義が始まるまでの間に書くのかもしれない。私はその年度はその図書館の閲覧できる授業料だけを払った。それでもうパリ大学の学生である。

パリ市は城のあとである。その南の入り口にモンスーリーという公園があって、その外側に大学都市がある。まだ城郭の内側だが、ここだけは自治を許されていて、パリ市は関与しない。そのいわば国際的自治都市の中に日本会館もある。私はその一室を借りていた。私のすべきことは、この図書室を相談相手に、この学年中にライフワークのための土地を選ぶことである。

そんなこと、日本でしても同じではないかというかもしれないが、日本にいてはそれができないし、フランスにおれば易々《やすやす》とできるから全く不思議である。何しろここは、ギリシャに源を発するラテン文化の流れを真向きに受けている国だから、ただクラゲのようにポカポカ浮いてさえおれば、流れがおのずから着くべき所へ着けてくれるのである。

これが環境というものである。もちろん地上の影をそう呼んでいるのであって、これは生命のメロディーの影なのである。彼らはそれを自覚してはいないが、やるのはそれでやっているのである。

論より証拠、大体その学年中にはライフワークの土地として、多変数解析函数の分野が見つかった。それで、次の年には講義を聞くことのための授業料を払った。そして世話してもらえる先生の家を訪ねた。私はそこで、先生の論文を少なくとも七十五はもらった。しかし読んだのは二つだけである。しかもそのうち一つは、日本で読んでいたのである。この論文は広島の大学の私の部屋の書物棚へ入れておいたのだが、私がそこをやめた後も、いくら送ってくれといっても送ってくれないのでそのままにしておくと、原爆で焼けてしまった。三年目も学位論文の審査のための手数料は払わなかった。習作は日本で二つしていたし、フランスでも二つしたが、そんなのを審査してもらって学位をもらっても仕方がない。

ではなぜ、留学は二年だのに頼んで三年いたのか、というと、私はフランス文化をそれほど高く買ってはいなかったのだが、これについては後に述べる。ではなぜかというと、私は芥川の好きな中谷治宇二郎君とすっかり気があってしまって、もうしばらく一緒にいたかったからである。

今になって、これが私にたいへん役立ったことがわかる。私はじっと動かないし、この人はなんだか永遠の旅人という感じである。

ところでそのラテン文化であるが、私にはなんだか、「高い山から谷底見れば瓜や茄子の花盛り」という気がした。この土地はいわば高原のようなものであって、その山に上る第一着手は、三十年近くだれにもわかっていないのである。十中八、九、私にも見いだせないかもしれない。しかし一、二可能ではないといい切れないふしもある。よしやってやろう。私にできるかできないかわからないが、私にもできないのに、フランス人にできるはずがなかろう。こう思ったから、これをやると決めたのである。

ラテン文化は実際は、私が思ったよりずっと底が深かったのであるが、これも日本に帰ってみて初めてわかった。

これも、というのは、この随想でいったかいわなかったか忘れたが、私はフランスへきて、初めて日本のよさがはっきりとわかったのであった。

今や私には問題はしぼられて、第一着手の発見が問題である。

私はパリのあらゆる文化をこの発見に役立てようとした。

私は一九三二年に日本へ帰って、広島の大学へ勤めた。ずいぶんこの問題の解決の探求の邪魔になるのだが、洋行させてもらって、しかも一年延期してもらったのだから仕方がないのである。そのうち一九三四年の暮れになった。

ドイツのベンケがトウルレンに手伝わせて多変数解析函数の分野の文献目録のようなものを出してくれた。

私はそれが手にはいったから、翌一九三五年の一月二日から、それを持って私の部屋に閉じこもった。

これは私には箱庭のように思える。それを二ヵ月かかってたんねんに心に描き上げた。今や困難の全貌《ぜんぼう》は明らかである。

問題はその上へ昇る第一着手を発見することである。

私は来る日も来る日も、学校の私の部屋に閉じこもって、いろいろプランを立てては、うまくいきそうかどうかをみた。

日曜など、電気ストーブにスイッチを入れると石綿がチンチンチンと鳴って赤くなっていく。それと共に心楽しくなる。今日は一日近く自分のものだし、昨日まで一度もうまくいかなかったということは、今日もまたうまくいかないということにはならない。

そう思って新しいプランを立てる。日が暮れるころまでにはうまくいかないことがわかる。

そんな日々が三月続いた。私には立てるプランがなくなってしまった。

少しも進展していないし、もうやりようがないし。

私は、これもパリでしばらく非常に親しくしていた中谷宇吉郎さん、この人は治宇二郎さんの兄さんで寺田先生のお弟子なのであるが、その人が、北海道へ遊びにこいといってくれたので行った。そんなことをしている間も、知的にはもうすることがないのであるが、情意は働きつづけていたのである。

中谷さんのいる札幌《さっぽろ》へ着いて、中谷さんの家の裏へ下宿した。札幌の大学は講師の阿部さん（寺田先生のお弟子で、北海タイムス社長）の部屋を貸してくれた。私は毎日そこへ行くには行くのであるが、何しろ知的にはもう私にできることはないのだから、十分もたてば眠くなって、そこのソファに寝てしまう。そのうわさが北大の理学部中にひろまって、口の悪い吉田洋一さんの奥さんが、嗜眠性《しみんせい》脳炎《のうえん》という仇名《あだな》をつけてしまった。中谷さんは、「岡さん、札幌は失敗だったね」といった。

この嗜眠性脳炎の時期が、札幌へ来る前から数えて、三月続いた。そうこうしているうちに九月にはいって、もう広島へ帰らなければならない日が近づいた。そうしたある朝、中谷さんのお宅で朝食をいただいた後、いつもは一緒に学校へ行くのだが、その日は妙にじっとしていたくて、一人残って応接室にすわり込んでいた。二時間近くもそうしていただろうか。

そうするとパッとわかったのである。この種の発見に伴う悦びが、ながく尾を引いた。疑いは少しも伴わない。私はその後を考えた。これが多変数解析函数についての論文Iになるのであるが、私には後のVまでは大した問題のないことがわかった。Iを書いたのは翌年の蛙鳴《かえる》くころである。

このとき私にはどんな智力が働いたのだろう

こういう時、生命界のことを全く知らない人たちは、みな自分でしたのだと思っている。しかし、生命界のことをよく知っている人たち、たとえば道元禅師は、以下だいぶ乱暴ないい方になるが、人はみな生命の大海の中の操り人形のように、常に操られているものなのであるが、人はこれを知らないのだといっている。

生命の大海とは智の世界である。智が操るのである。

こんなふうにいえる。このとき働いた智の種類（四つある）をご説明しよう。

この国はラテン文化の流れを真向きに受けている、といった。歴史で見たラテン文化の流れは、いまなお絶えずこの国にあっては流れ続けている、という意味である。これは物質界のことだから、こういえばわかる人にはわかるであろう。

この流動的文化の中に絶えずひたっている国だから、といった。たとえば、少しほっとすれば、コーヒーを飲ませる店があるし、そこでは各国の若い数学者たちが、私のフランス語ではよくわからないが、前向きに学問の話をしているし、時間を計って行けば、かなりよい音楽を聞かせてくれるし、街にはどこからか讃美歌《さんびか》が流れてくるし、学生都市に帰れば、この国は緯度が高い関係だろうか、薄明りの期間が驚くほどながいのであるが、そのいわば明るい薄明りの中を、各国の学生が三々五々学問や芸術のことを話していて、私たち日本人もその中に交わっているし、話はみな前向き（過去を背負って、現在に立って、未来を見ること）だし、そんな中におれば、自分の脳裡を去来する想念の動きがおのずから同化されてそうなって行く、正確には行った、のであったことが、日本に帰ってからよくわかったのである。話をフランスに戻して、そんなふうだから、このラテン文化の流れはおのずから図書室をもひたすことになる。そんな図書室に毎日毎日通いつめておれば、図書室もまたこの文化の流れの外の異物でなくなる。流れにとけこんでしまう。あとはただぽかぽか浮いておりさえすれば、流れがおのずからしかるべき所へ運んでいってくれるのである。

あとはただ、自分は生きているからそうなるのだ、ということに気づきさえすればよいのである。

しかしこれは、それまで地上（物質界）のものと執《しゅう》していたすべてが、実は天上（生命界）のものの影であったと気づくことである。

だから、充分に気づくことは非常にむずかしい。しかし薄々はわかりかけるであろう。

そのほうはそれくらいでよいとして、このとき働いた智力の種類について、今考えてみる。

自分は何のためにそういうことをするのかという、いわば方向を不動にしないと、すべてがわからなくなってしまう。この何のためにを、真の意味で固定して微動だにさせないものは、平等性智である。

自分が流れか、流れが自分かわからなくなってしまっている。このことあらしめているものは、妙観察智である。

終わりには、なんだか図書室が左の手のひらへ乗るようになってしまう。このことあらしめているのは、大円鏡智である。これは一巻五、六百ページ、全三巻くらいの専門書で実験するといっそうよくわかる。それが左の手のひらにのるような気持ちになってきてからでないと使えない。このことあらしめているものが大円鏡智だというのであって、だから一口にいえば、その人に学問あらしめているものは、大円鏡智である。

私は今、それをここに書いている。書くといっそうよくわかって、書きながら考えている。そのときは、たとえば言葉がだいぶ手助けしている。自分の言葉が、と断わらないといけないかと思うが、このとき働いたのが、成所作智である。

四智が協力して操ってくれたのである。

操られ方であるが、私は私の生命のメロディーに合うもの以外は受け入れなかった。これが真の自分である。基本の情緒と感じると思う。なおよく注意してみると、その基本に、民族からくるものと自分個人のものと二種あることに気づくと思う。

時実先生の「人間像」のいい方をすれば、問題が決まったのが一九三〇年、それについで一九三四年の暮れまでは、受け入れ態勢のできていった時期である。

この時期について考えてみよう。

肉体との結びつきは知らぬ。不案内な土地へ降りるより、むしろじかに天上においてみよう。

これは、このかなりながい期間に、私のさす所が確固不動のものになったのである。これあらしめたものは平等性智である。

一九三五年にはいって、初めの二ヵ月間にはベンケ＝トゥルレンの文献目録を心の中の箱庭に変えている。これを、資料室を作った、というのかどうかしらないが、もしそうならば、この言葉はあまりよくない。

これは複雑であって四智のすべてが動くからできるのである。ここはむしろ、人が大脳前頭葉の働きと感じている大切な智力や感情を例示して説明したほうが、よくわかってもらえると思う。それについては後に述べる。

一九三五年の第二期の三ヵ月間を見よう。これは典型的な思考の過程であって、可能性の場合を尽くしたのである。ただし尽くしたというのは主観的な言葉であるが。

このとき主として働いたものが何であるかを見よう。

昨日までは全部むだ、日曜に学校の私の部屋にいく、足どりも軽くいく、電気ストーブがチンチンとなる。うれしくなる。これが知的情緒である、そうすると、春の季節が来ればスミレがおのずから咲き出すように、一つの花が咲く。これがこのさいの可能性であるが、それを未《いま》だ試みざるプランに変えなければならない。そうしてプランが立つのである。

プランが一つ立つまでの間がこんなにも複雑である。これはあたりまえで、人の生命のメロディーはこんな瞬間に出るのである。

それで芥川は、日本の神々は、せせらぎの中にもいる、夕月の中にもいる、といったのである。

まずこれは、それまでの知識が智的印象として心の中に貯えられていなかったらできない。この印象が種である。

これは心の中にある阿頼耶識という所に種をまくのであるが、阿頼耶識と人体とのつながりは知らない。(大脳新皮質に貯えられるだろう)

もし肉体あらしめているものを自他弁別本能とのみ解するならば、阿頼耶識とはつながらない。

ここは生命でいってもいいにくい。

ごく大体をいうならば、これも生命のメロディーである。ここはそんなにもむずかしい所である。

あなた方は、つまりこうしたいのであろう。それあらしめているものは、主として知的情緒であるが、他の諸情緒も働くであろう。時を情緒化しているものは何かということになった。

たいへんな問題が出てきてしまった。考えてみよう。

ここへ、時とは何か、というたいへんな問題をとり入れては到底だめである。手短には、ほぼ説明できるかどうかもわからない。

人は心の糧を咀嚼玩味して情緒化する、と私はいった。

一応の咀嚼は理性である。これは平等性智である。一応の玩味は感性である。これは妙観察智である。

次の問題は情緒化するとは何かである。

智は存在化するといった。これは平等性智である。

情は純化するといったかしら。ともかく紅白粉を落として素顔だけにするのは何だろう。これも平等性智である。

意志は霊化するといった。これは平等性智である。

感覚は浄化するといった。これも平等性智である。

結果は実に簡単であった。心の糧を情緒化するものは平等性智である。時を情緒化するものは平等性智である。

これをやって情緒化しておけば、生命のメロディーという形で天上（生命界）に貯えられる。その地上の影については、土地不案内であって、よく知らない。（たぶん情緒という形で大脳新皮質にも貯えられると思う。しかしこのほうは生きている間だけで、いったん死ねば、次の一生には伝わらない）

私はすべてこうしてきたから、今はごく簡単で、スミレが咲かせたかったら春を呼べばよい。

スミレの花を可能性というものにするのは？

一輪のスミレにスミレというものを見なければならない。妙観察智である。一即一切、一切即一。最後の即一に至って、具体的な一つのプランである。

やれやれ、やっとプランを立てることができた。

これに対して、私はどういう態度をとるのかといえば、何しろ第一着手の目標はよく見えているのだが、第一着手そのものを見いだした人は三十年来一人もいない。その前はというと、それからさかのぼると問題はあり得ない。

私は、もしこのプランが第一着手の発見に役立ちうるならば、ここはこうなっているはずだがという、その着目点を捜すのである。これはすぐできる。同じ妙観察智だから。そのあとだが、これは大体普通人がいう数学だから、何が何だかわからない。

しかし主体は、妙観察智と平等性智である。

妙観察智はエルミットの読書姿態に学ぶがよく、平等性智はポアンカレーのわかり方、平等性智の意識の流れを稽古しておくのがよいのである。計算もはいれば論理もはいるから、主体は平等性智よりもむしろ妙観察智である。

それで、私には代数は運動という気がするのだが、見ていると、首も目もかえって動かさないのが普通である。

代数学の講演を聞けばここが大写しにされるのだが、それは外面のこと、内面はどうだろう。

あそうだ、ここは碁打ちや将棋さしに似ている。あれはある所までいくと平等性智が裏光りして、その上で、一分碁などのときは誤りなく技術しているのである。そうすると、頭の中へそこまでの情勢を作り上げてしまうのは、主として妙観察智である。これはできさえすればよく、あまりうまくなくてもよいのだから、何も幼年から稽古させなくてもよい、碁ならば二、三段で充分であって、それ以上打てても使いようがない。むしろ古棋譜を味わう力のほうがずっとよく使える。

古棋譜よむ南の窓に梅白く　石風

夕暮れの道を川沿いに、川上に家路をたどりつつ、私はきまってどう思うかといえば、人の力には限度がある。こんなもの、可能か不可能かわかるものか。

一九三五年の第三期、嗜眠性脳炎の季節を見よう。

これはこの知的情緒を無視して、平等性智が働き続けてやまないのである。このとき平等性智は情、意に働くのである。

第四、発見の瞬間、これは前にいったと思うが、平等性智の働きである。

普通、前頭葉に働く智力

これで時実先生が「脳の話」でいわれた感情、意欲、創造の、創造を説明しようとして、私の場合の一例を詳しく述べたのだが、まだ説明し残している所がある。

いずれここは、土地のありさまを詳しく知っておられる時実先生にお導き願いながら、わかりやすく間違っていると思われないいい方を捜していきたいと思うのであるが、今は時実先生はここにおられないから、私なりにいうことを許してほしい。

大脳前頭葉は心の座と思われている。感性と理性とが働く。感性は妙観察智、理性は平等性智である。意志と思っているものは、平等性智と自他弁別本能との混合である。

問題は、これ以外に、どんな智力がどう働くか、ということである。思いつくままにいおう。

存在あらしめるものは平等性智である。

自明が自明とわかるのは、平等性智が働くからである。

目標が大きくなるほど、目につきにくくなるのは、大円鏡智がよく働かないからである。

孔子が、学ばなければ危ういといったのは、この大円鏡智がよく働かないと危うい、といったのである。

自分がそのものになることによって、自分に帰った後に、そのものがわかるのは妙観察智の働きである。これは前に一度いったが、もう一度丁寧に見ておこう。

聞くままにまた心なき身にしあらば　己なりけり軒の玉水　道元禅師

自分がそのものと一致してしまっているときは何もわからないのであって、自分に帰る瞬間にわかるのである。たとえば、知らない多くの人たちの集まりの中へはいって談話したり、講演したりする。その日は何も気づかないが、翌日、目覚めの瞬間に、あの集会の人たちはこうであったと電光の閃《ひらめ》くごとくわかるのである。私はこのわかり方で情報を体取（道元禅師の言葉）して回っている。あの会合の人たちはああだ、あのときの自分はこうだと、至極簡潔に体取できる。非常に便利であるが、そのかわり、会合が自他弁別本能で濁っていると、ひどい目に会う。それが肉体のひどい疲労となって数日抜けない。

明治以前の日本人は、実にこの妙観察智がよく働いた。特に芭蕉はこの妙観察智で句を詠んでいる。芭蕉の句に例外なく調べがあるのは、主としてそのためである。

芭蕉は、「散る花鳴く鳥見とめ聞き止めざれば止まることとなし」といっている。これが前にいった存在である。

芭蕉は、「もの二つ三つ組み合わせて作るにあらず、黄金を打ちのべたるようにてありたし」といっている。これは今、私がこの随想を書いているようにせよという意味である。私の情緒はおのずから流れてやまない。これは情緒を流している私があるからである。そうすると、今一人の私がそれを見て、言葉で描写しているのである。特徴は私が身を二つに分かっていることである。この身を二つ、三つ……に分かつのは妙観察智の働きである。

これで大体、芭蕉の句の調べがおわかりになると思う。芭蕉の情緒の流れが聞き取れる、という意味である。もう一度聞き直してみよう。

春雨や蓬《よもぎ》をのばす草の道
秋深き隣は何をする人ぞ
旅人とわが名呼ばれん初時雨

ね、みなそれぞれの調べがあるでしょう。これがわかるのは自分の情緒がそれに合わせて流れるからである。

調べがわかるのは妙観察智の働きである。情緒の流れを見るのは妙観察智である。みなそれに操られているという意味である。

光と闇

そんなにすべて操られているのだといわれてしまって、なるほど、そういわれたらそうだ、という気がして来ると、すっかり心細くなってしまって、大抵の人は、では自分とは何ですと問い直したくなる。

しかしきわめて稀《まれ》にではあるが、そうでないのがいる。禅の、後の六祖が、ときの、前にいった五祖に会った。一目見て稀代《きだい》の法器であると知って、どこからきたと聞くと、嶺《れい》南《なん》からきたというからこういった。

五祖「嶺南人無仏性如何が作仏する」

そして直ちに、ただ米をつけ、といった。ただとはどういう意味か知らないが、これは道元禅師から聞いた話であって、在りし日の道元禅師はどういう御真意からか知らないが、形式をやかましくいわれたように見えるからどうだろう。これを書いているときはわからなかったが、あとでわかった。形式のやかましいのが曹洞宗の永平禅師、私に嗣法したのは大梅宗の道元禅師。

ともかく、後の六祖は慧能というのだが、慧能は日夜ただ米をついた。いつ眠ったのだろう。そしてわずか八ヵ月たったとき、夜半に、米をついている慧能の所へいって、五祖「米白しや未だし？」慧能「白し、但し未だ箕《み》にてふるわざるあり」このとき五祖、杖《つえ》にて唐臼《からうす》を打つこと三度、慧能これに合わせて箕にてふるうこと三度、正法眼蔵の授受はこのとき行なわれ終わったということである。

よくわかるという点からいえば、これが一番よくわかると思うから、五祖のいい方でいうことにする。

「嶺南人が自分と思っているものは自他弁別本能である。平等性智なんか少しも働いていない。真我はそんな所にはいない。お前はどうする」大体こういったのである。

そうするとさすがは慧能、その一点に関心を凝集して、昼夜に米をつくこと八ヵ月に及んだのである。むだは一つもしていない。

これは、嶺南人である自分をつきくだいて粉々にしてしまうのだから、実行は非常にむずかしいが、原理は実によくわかる。

しかし普通の人には、自然があるのは冴《さ》やかにあるのであって、自分のからだがあるのはどろどろと濁ってあるのだといってもわからない。これさえわかれば、前者は平等性智がそう思わせているのであって、後者は自他弁別本能がそう思わせているのだ。平等性智が真我の体であって、自他弁別本能を抑えれば抑えるほど、四智が操っているのは真我であるから、その人に四智がよく働くようになって来るのだが。

自分のあり方を見てほしい。冴やかにあるときもあれば、どろどろと濁ってあるときもあるであろう。

わからなければ、「うじのわきいらつこの尊」を見てほしい。実に冴やかにあるでしょう。風鈴の妙音を聞く思いがするでしょう。毛沢東でわかりにくければ、彼の崇拝するスターリンを見てほしい。実にどろどろと濁ってあるでしょう。「うじのわきいらつこの尊」が光、スターリンが闇である。

紅衛兵が感激して躍るのは、なんとなく、彼らのながい間のユートーピアであった支那上代の治世が今に来る、という気がするからであって、毛沢東もその夢をいだいているのかもしれない。

もしそうならば彼の夢は光であるが、彼のやり方は闇だということになる。

支那上代の治世は私にも懐かしい。

日本民族は滅びない

私は今まで日本民族を私だと思っていた。真我よりは小さかったが、小我よりは大きかった。今は、それではやれないと悟って、半年ほどかかって一段上に上った。そして初めて、日本民族の将来について安心することができたから、この随想を書き始めたのである。

私は足掛け三十七年、日本民族について心配し続けたのだが、この随想の途中で、日本民族は早くから生命に目覚めた民族であって、日本的情緒とは生命のメロディーのことである、と知って、初めてやや安心することができたのである。

日本民族が外国の文化に接すると、いつもよろめいてしまう。外国の文化とは、たとえば欧州のものは、みめ麗しい女性のようなものである。日本民族がいつもそれによろめくのは、日本民族が男性である証拠である。

しかしこんどのよろめき方は目に余る。

日本民族について二度繰り返したからそれまでを省いて、明治以後を一目で見よう。日露戦争終戦まではあれでよかった。でなければ滅ぼされてしまっていたかもしれない。だがそのあとはいけないものがまじっている。終戦後はみないけない。日露戦争に勝って心おごって人心は腐敗してしまった。それでも明治天皇御在世中はまだよかった。明治天皇が崩《な》くなるとすぐ大隈内閣ができた。そして支那に二十何ヶ条かの無法な要求を突きつけた。いくら欧州大戦中でも、あまりの無法は通らない。無理に通して、そのかわりその日を国恥記念日にされてしまった。

この日の下《もと》に生い立った子たちが、やがて若い世代になった。目先のことしか見えない軍部は、それが恐ろしくて満州事変を勃発させてしまった。その後はすることなすことますます悪く、ついに完敗となったのであって、滅びなかったのはキリスト教のお陰である。

終戦後進駐軍は、日本を骨抜きにしようとした。日本民族が一億一心であることが恐ろしくて、示唆して日本国新憲法の前文を書かせ、これをすべての基にすることを命じた。これは自他弁別本能そのものである。

法律は唯々諾々として、それに基づいて憲法を作り法律を作った。

大新聞は唯々諾々として、それに基づいて作った社会通念を世にふりまいた。

教育は唯々諾々として、これを教育の基礎に置いた。自他弁別本能を教育の基礎に置いたのだから、全く始末に悪い。
進駐軍はまた、日本の歴史がこわかった。日本の歴史は、伊勢の内宮さまを心の太陽と仰ぐ人たちの行為に現われた心情の美の玉を、皇統という緒で貫いたものである。

人生旧を傷みては万古替らぬ情の歌　晩翠

進駐軍はこの日本民族の歴史を読まれるのが恐ろしくてたまらず、日本語が読めないようにして日本語そのものを焼いてしまった。文部省はあとを受けて、昔が読めないようにし続けている。自他弁別本能のほうも進駐軍のあとを文部省が守り通している。改悪する危険さえある。

いま荒城の夜半《よわ》の月
替らぬ光誰《た》がためぞ
垣に残るはただ葛《かつら》
松に歌うはただ嵐《あらし》

私は書いているうちに、涙が出てきて止まらなかった。

進駐軍はまた日本を骨抜きにするために、三つのSをはやらせた。三つのSとはセックスとスクリーンとスポーツとである。

今初めの二つのSは、この国にはやりにはやって、生まれて来た多くの子が生後八ヵ月で立って歩いている。

スポーツでは人々は根性を礼讃し続けている。これは自他弁別本能そのものである。アメリカにはキリスト教があり、家庭教育がしっかりしている。アメリカはいわばこの二つの帯をしめているのである。

日本には、大ひるめむち（天照大神）は天の岩戸にこもってしまっていられるから、実践のための宗教としての神道はなく、自覚のための宗教としての仏教は眠ってしまっている。いまは像法をすぎて末法の世である。せめて家庭教育だけでもしっかりやらなければ国は滅びてしまう。

一部の物質主義者たちはそれを知らないで、これを昭和維新だなどといって喝采《かっさい》している。彼らは日本国民なのだろうか。

ラテン文化とともに

私は一九〇一年（明治三四年）に生まれた。そして一九二九年から一九三二年（昭和四—七年）までまる三年フランスで過ごした。終わり二年は、妻と絶えず一緒に暮らした。そのころをよく思い出すためもあって、今これを書き始めようとしているのである。

発端

洋行前、私は微熱が取れなくてどうなることかと思ったのだが、なんとか文部省をごまかして、いよいよ明日立つということになった。

親戚が大勢集まってきて碁がはずんだ。私の叔父に妻の姉を娶《めと》っているのがいる。私はその叔父と碁を打った。私が白を持って、五目置かせて打ったのだが、たいへんな碁になって、大石の攻め合いが勝敗を決することになった。私は手数を正確によんでみたのだが、黒石が五目中手になっているため、白一手敗けである。しかしちょっと見ると白石のほうがだいぶ手が長そうに見える。それにいよいよ一手を争うまでには、まだ大分手数的なゆとりがある。そのうえこの攻め合い以外にも、一見大きそうな所がないわけでもないし、何しろ五目の差があるのだから、相手は何かのはずみに攻め合いから外に転じないとは限らない。ここで一つ叔父の実力をよく見せてもらうことにしよう。そんな気になったから内心を色に出さないで、黒が一手詰めれば、徐《おもむ》ろに白も一手詰めるというふうにした。すると案の定、それまで意地で攻め合っていたに過ぎなかった黒は、翻然我執をすてて他の大場を打った。

それでさしもの大熱戦も事実上勝敗がついたのだが、何しろこの碁は、始めたのがだいぶおそく、その上、叔父も私も碁は考えるために打つのだと思い込んでいるのだから、いよいよ叔父が投げたときは、夜はもう白んでいた。

これは京都の私たちの家での話だが、私はとうとうその夜は寝ないままで神戸から乗船した。インド洋回りで、船は北野丸である。

そのとき港まで送ってきてくれた人々の顔を今思い浮かべてみると、父がいる。妻がいる。しかし母と祖母とは、いるようでもあり、いないようでもある。

遠くその顔人の顔消えて風吹く　井泉水

私の部屋は船首にある。私はそのベッドにはいってぐっすり寝た。目をさますと門司《もじ》に着いていた。

「春は島山霞《かすみ》に包まれて眠るが如く、夏は満山緑の粧《よそおい》を凝らす」

小学五年の国語の時間以来の憧憬《どうけい》の瀬戸内海《せとないかい》を、私は未《いま》だに知らない。

船では、私は碁、将棋、花カルタ、麻雀《マージャン》と、およそからだを使わない勝負事はみなやった。食事のときと入浴のときとだけが起きている間中での例外である。入浴は時間が惜しかった。

それでは食事はどうかというと、私たちは五人で隅の丸テーブルで食べた。メインテーブルは二列になっていて、ちょうどジュネーブに世界労働会議があるので、それに出席するために乗船している、一つは政府代表、一つは労働代表である。門司出港のときは、西尾さんがランチでいつまでも見送った。

私たちのテーブルは文部省留学生が三人、外交官補が二人である。留学生中の一人は年配、一人は中年であるが、外の私たち三人はみな若かった。この若い三人が申し合わせて、メニューは一通りみな食べ、そのあとにつくライスカレーも取り、それにチーズを刻んだもの、椰子《やし》の実を粉にしたもの、その他、計六種類ほどのふりかけをすべてかけてライスカレーとまぜ合わせ、こうすると今何を食べているかわからないからうまいといって喜んだ。つまり食堂でだけは、ばかのように食べたのである。

こんな暮らしを四十日したのだが、海の空気はおいしいし、南方の色彩は強烈であるし、この船中の四十日間ほど楽しいときはなかった。私の微熱はケロりとうそのように取れてしまった。

パリ大学

私はパリ大学へはいるためにきたのである。ここでパリ大学のことを説明しておこう。日本の大学しか知らない人たちには、同じ世界にこんな大学があろうとは空想もできないことだろうと思う。

パリ大学のことを、パリではソルボンヌ大学という。授業料を払えばだれでもそこの学生になれる。授業料は三種類あって、そのどの一つでも払えばもう立派なこの大学の学生なのである。一つは図書閲覧のためのもの、一つは講義を聞くためのもの、一つは学士試験を受けるため、または学位論文を審査してもらうためのいわば手数料である。

私は数学の論文は、習作は日本で二つ書いていたのだが、こんどはライフワーク（生涯の仕事）を始めるための土地を選定しようと思ってきたのである。習作で学位をもらっても仕方がないから、授業料は図書閲覧のためのものだけを払った。

数学教室は独立した建物になっている。ロックフェラーの寄付金で建てたものであるが、名はアンリー・ポアンカレー研究所という。研究所というのは、教室の教授の数が非常に多く、その研究が主体になっているからである。この研究所付属の図書室にある図書を閲覧する許しを、私は得たのである。図書は数学の本と数学の雑誌とであるが、私の印象ではすべて寄贈だと思った。非常に大きな図書室であった。私はそれを見たくなれば見てよいのであって、見なければならないということは少しもない。これは非常に大切な点である。

教授たちの数多い私室のほかに、大講義室が二つあって、これにもフランスが誇る大数学者たちの名がつけてある。一つをエルミットの部屋、今一つをダルブーの部屋という。ほかに特別講義のための小講義室が数多くある。

パリは今でも城廓《じょうかく》で囲まれていて、外部とは数少ない大通りでつながっている。その真南の通路をポルト・ドルレアンという。そのたぶん両側に、城廓に沿って大学都市がある。パリ市はここにはその自治権を分譲していて、市の警官はその内側に沿ったモンスーリーという公園までは来るが、都市へは立ち入らない。各国がそこに会館を（多くはやはり寄贈で）建てている。私は日本会館の三階に、南の見える一室を借りてそこに住んだ。

この国はギリシャに源を発するラテン文化の流れを今でも真受けに受けている。図書の閲覧に飽きると、うまいコーヒーをのませる店があるし、そこには各国の若い数学者たちが私の語学の力ではよくわからないが、顔つきや姿態から、前向きに（過去を背負い、現在をふんまえて、見えない未来に面して立つこと）、時と場所とを忘れて熱心に話し合っているし、時を計り、コーヒー店を選べば相当よい音楽が聞けるし、街にはどこからか讃美《さんび》歌《か》が流れて来るし、

天つ真清水流れ来て
あまねく世をぞ濡《うるお》せる

この国は緯度が高い関係で、たそがれが二時間くらいもあるのだが、その明るいたそがれの光の中を日本人たちは日本人たちで、私もその中にいるのだが、やはり前向きにめいめい自分の学問や芸術のことを話し合っているし、音に聞こえたラテン文化の流れは今でもひしひしと身に感じられる。

しばらく図書室に通っていると、いつの間にか図書室もこの流れにとけこんでしまう。あとはただもう、クラゲのようにポカポカ浮いていさえすれば、このラテン文化の流れが私たちを、めいめいの目的地に運んでくれるのである。

論より証拠、私はその学年のうちにライフワークのための土地を見つけた。

学士試験は教科書から出る。私たちのときのはグルサーの解析学三巻が主であって、ほかに幾何学としてエリー・カルタンの、たぶんリーマン空間論が添えられていたと思う。

そのグルサー三巻は、前半は連続函数《かんすう》、後半は解析函数について書いてある。その解析函数の分野について一つの問題がある。

いわば、ここに一つの大道がある。近きを数えてもデカルト、ニュートン、オイラー（以上十七世紀の大数学者たち）ガウス、コーシー、リーマン、ワヤーストラース（以上十九世紀の大数学者たち）によって代表される解析学の大道は、その行くてを、高いけわしい山脈によってさえぎられている。この困難は年の順にファブリー（一九〇二）、ハルトッグス（一九〇六）、E・E・レビー・ジュリア、トウルレン、アンリー・カルタン（一九三二、これはエリー・カルタンの令息）によって、次第に明確にされたものである。

この山脈の向こうはどのような土地かはわからない。しかしこの山脈を越えなければ大道はここにきわまる。この問題の存在理由は、かようにも明らかである。

しかも困難の姿態が実に新しくかつ優美である。

のみならず、当面の問題は第一着手の発見であって、これはハルトッグス以後三十年近く、一口にいえばだれもまだ見いだしていないし、それ以前には、かようなことは問題になり得ない。

私は私の部屋で深夜ひとり、この第一着手の発見という問題をじっと見て、この問題は私にも解けないかもしれないが、もし私に解けないならばフランス人にも解けるはずがない。それにこの問題は十中八、九解けないだろうが、一、二解けないとはいいきれない節がある。せっかくの一生だからそれでなければ面白くない。よしやってやろうと思った。まるで、

高い山から谷底見れば瓜《うり》や茄子の花盛り

私は結局ここをやり抜くのであるが、この呑《の》んでかかるという一手以外何も使わなかったのである。日本民族三十万年の歴史はいたずらに古いのではなく、いわば心の中に高々たる山があるようなものだから、本当に真剣になればきっとここに登って見るし、そうすればどんなものでもこう見えてしまうのである。

二年目には、中風だった妻の父がとうとう死んだので、その遺言もあって、妻が一人で船で、やはりインド洋を回って私を尋ねてきた。

マルセーユ、ニース

初めて父を失い、その遺言で一年ぶりに私を尋ねて一人旅して、やっとフランスに着いた妻は、マルセーユまで迎えに行った私にすがりつきたいような気持ちだったらしい。私はホテルを決めて荷物をあずけると、空の青い、景色も建物も奇麗なこの港町のそこここを二人で見物し、私は一等できたのだが、妻は二等できたのだというから、二等の食事のことは聞いていたから、夕食には世界に鳴り響いているこの町の魚料理を二人で食べた。私もおいしかったが、妻はいっそうおいしかったらしい。すっかり新婚気分を新たにした私たちは、翌日はニースへ向かった。

ニースの空は抜けるように青い。真直ぐ海に抜けている街に並ぶホテルのベランダには、いろいろな熱帯樹が植えてある。私たちはここに一週間ほどいた。私はチェスの本を買ってきて、大急ぎでルールや戦法を覚え、早速泊まり合わせの各国人とさした。日本将棋の応用でさしたのだが、結構させたという印象が残っている。もっとも実戦を見ながら充分考えを練りつつ、またさしつつしたのではあったが。

ソルボンヌの二、三年目

私たちはパリに帰ってソルボンヌ大学のすぐ前のホテルにしばらく泊まった。私はこの一年間、日本会館で親友の中谷治宇二郎君と一緒にいた(部屋は別々だが)。その治宇さんが、そのうちにパリ郊外のサンジャルマン・アンレーという村に、食事付きのよい下宿を見つけてくれた。ここはルイ十四世の別荘のあった高台で、立派な森があり、パリから汽車で三十分ほどセーヌ川をさかのぼった所にある。

私と妻とは何階かに一室を借りた。妻の名はみちというのだが、「おみっちゃん」「きよっさん」といい合っていたと思う。治宇さんはその天井の真上の部屋をかりた。私たちは部屋へ帰るとどてらを着た。

食堂は地階にあった。そこへは洋服を着、ネクタイも仕方がないからしめて出た。

話を学問にもどす。ソルボンヌの二年目は、授業料は図書閲覧のためのもの以外に、講義を聞くためのものも払った。問題がきまったから、特別講義を聞こうと思ったのである。先生は前に名をあげたジュリヤである。先生のお宅によばれて夫妻と夕食を共にし、あとで問題のまだ残っている論文をずいぶんたくさんもらった。いくらいっても勝手にくれるのだから仕方がない。先生の論文は、がさっと大きな箱に入れてあった。少なくとも七十五あるといった。

私のほしいのは前にあげた論文一つだけである。論文は六十ページくらいだろうか、私はそれを張良の巻物か何かのようにぐるぐる巻きにして、その上を紫のふろしきでよく包んで、学校へ行くときはいつも持ち歩いた。滅多に見ないのだが、そうしているといつも関心はそこを離れないのである。

私はラテン文化のすべてを、前いった第一着手の発明に役立てようとして、いわばその炉に投げ込んだ。しかしラテン文化の底の深さが本当にわかってきたのは、日本に帰ってからである。

私は二年の留学を、頼んで三年にのばしてもらったが、そして在仏中に習作を二つ書いたのだが、三年目も学位論文審査のための授業料は払わなかった。私には学位は全然眼中にないのである。ここで話はまた研究を離れる。

ラテン文化の底深さ（その一）

ある日私は、曇り空の下をポアンカレー研究所へ急いでいた。一変数解析函数に関する発見を一つしたからである。ジュリヤ教授はスウェーデンへ行っていなかったから、日本でも親切なことで通っているフレッセ教授の部屋をたたいて、書いて行ったレジュメ（要約）を見せると、フレッセは黙って戸をあけたまま出て行った。しばらくしてダンジョア教授を連れてきた。ダンジョアは持っていた「コントゥランジュ」（アイデア、新しい着想をのせる雑誌。それを半年分くらいとじ合わせてある）を開いて、私の腰掛けていた机の前に置いて、だまってさした。見るとダンジョア自身の論文である。数行読むうちに、私は耳まで真赤になって、その「コントゥランジュ」の上に顔をふせてしまったまま、その顔が上げられなかった。私の主張と相容れないことが書いてあるのである。

二人の教授たちは何かヒソヒソ話し合っていたが、やがてフレッセだけが、つかつかと私のかたわらに歩み寄って、静かに私の肩をたたいて、「ダンジョア教授はこの方面の（もちろん世界における）権威だから」といった。そして二人とも静かに出て行った。戸をあけたままである。

私は下を見たまま、私の乗る汽車の出る北停車場に急いだ。いつの間にか雨が降ってまた晴れたとみえて、所々空をうつす水たまりが光っていたことだけしか印象にないが、この水たまりこそは、ラテン文化の底の深さを示すものでなくてなんであろう。

このフレッセもダンジョアも、特別講義だけのための教授である。

特別講義

一般講義をする教授たちはごく少なくて、大抵の教授はみな特別講義だけをしていたような印象を、私は今持っている。ところで、その特別講義はせいぜい三月くらい、日本の第三学期に相当するところでするだけである。夏休みは非常にながく、四ヵ月くらいあったと思う。この国にとってはすばらしい季節である夏を、充分楽しむためである。その両側に第一学期と第二学期とある。さて特別講義であるが、各教授は、第一学期にそのプランを立てて文献を用意し、それを携えて、夏休みに避暑地で夏を楽しみつつ、研究をもあわせ楽しみ、第二学期にそのごく一部分を論文にまとめ、研究の全貌を第三学期に講義することによってまとめるのである。詳しくいえば、その先生の講義を先生のお弟子が速記し、先生はこれに手を加えて叢書《そうしょ》の一冊にして出版するのであって、もちろん毎年変わる。この種の教科書（本のことをそういう）の特別な面白さは、実にここからきているのである。

この数学の研究法はしかし、私にいわせると忙しすぎる。本当の特別研究は、私にはどうしても六、七年は掛けるのが本当であるように思う。私はこれを知って以来、論文が出ている間は少しも恐ろしくないと思うようになった。第一次大戦前、すなわちアンリー・ポアンカレー在世のころはどうだったのであろう。こんなジャーナリズムは、たぶん、まだ始まっていなかったであろうことが、「科学と方法」の一節、「数学上の発見」で述べた彼の数々の経験談からも察せられる。私は主としてジュリヤの特別講義を聞いてそう思っているのであるが、私が招かれて彼を家に訪ねたとき、お前はなぜそんなにたくさん教科書を書くのかと問うと、彼は、「考えてもみてくれ、私には六人も子どもがあって、しかもそれがみな男なのだ」と答えたから。

サンジャルマン・アンレーの冬

私の在仏第二年の、サンジャルマン・アンレーでの冬は、実に楽しかった。

私と妻とは夜は暖炉に火をつける。それが景気よく燃えつくと棒でこつこつと天井を突く。そうするとこの合い図を心待ちにしていた治宇さんは、どてら姿で二階から降りてくる。私たち三人は暖炉を囲む。治宇さんは初め文学の創作に志し、芥川《あくたがわ》に「或る無名作家」とほめられただけあって想像力が実に豊富で、いろいろ面白い話をして聞かせる。私たちはよく学問の話もし合った。治宇さんは考古学である。このときは妻は聞き役である。

治宇さんは日本の考古学的人形の画や写真をアルス・アジアトゥイカ（そういう叢書の名前、アジアの芸術の意）から出版するのだといっていた。さっきまでごく古い土の人形の画を描いていたらしい。この本はきっとヨーロッパで受けるといっていた。彼のこういう勘は実に鋭い。

私たちはときには芭蕉《ばしょう》一門の連句を研究し合うこともあった。私は「芭蕉七部集」「芭蕉連句集」「芭蕉遺語集」などを日本から送ってもらって持っていた。

なぜそんなことをしたのかというと、私はフランスへきてみて、日本には空気や水のようにいくらでもあるが、ここには無いような、何か非常に大切なもののあることを痛感していた。

その同じ心が、私をなんとなく芭蕉およびその一門の俳句にひきつけた。芥川の「芭蕉雑記」によると、芭蕉にいわせると、名句は名人でも生涯に十句（というと芭蕉でも十句という意味になるのだが）、普通は一、二句あればよいほうだ、というのである。そのような頼りないものに生涯をかけることは、私には薄氷に体重を託することのように思えたのだが、蕉門の人たちはどうもそれをやっているらしい。私はその神秘がうかがえると、そのわからない大切なものがわかってくるように思えたので、それで日本からこういう書物を取りよせたのである。ここまで書いて日数を数えてみると、これはも少し後のことであったかもしれない。私たちは連句を作ってみたこともあった。ともかくサンジャルマン・アンレーは楽しかった。そしてそこでの暮らしを思うと、いつも暖炉の火を思い出す。北原白秋《きたはらはくしゅう》の詩も思い出す。

私はここで、いずれも習作ではあるが、数学上の発見を二つしている。一つは秋、森を散歩していたとき、いま一つは春、この高台から見ると遠《お》ち近《こ》ちにリンゴの花が咲くのだが、それが見渡せたとき。これはしかし、同じ一つの論文に発端と仕上げとを与えるものである。在仏中には今一つ数学上の発見をして、今一つ論文（やはり習作）が出来上がっている。これはジュネーブ湖の船に乗って、船が急にゆれた瞬間にしている。発端を与えるものである。

私が思索しつつ道を歩いたり、カフェー（喫茶店）で百姓たちの玉撞《つ》きや、トランプを見たりしている間、妻は下宿のおかみさんの料理を手伝ったりなんかしていたらしい。

カルナックへの避暑

私の在仏二年目の夏、妻と私と治宇さんと、私たちの家庭教師のマダム・A・ドゥ・フエロディー（ロシア人の未亡人、私たちくらいの息子さんが一人ある）と四人は、イギリスへ突き出ている半島（ノルマンジー半島）を人の手とすれば、そのわきの下の所にあるカルナックという村へ避暑に行った。ここには巨石文化があるし、海水浴場でもあるからである。私たち四人は丘の上にある見渡しのよいホテルに三室を借りた。そのうち、マダム・フェロディーにいわせると、ムッシュウ・サダナケが、私たちを尋ねてきた。定兼（?）さんは文部省のお役人で、フランスの小学教育か中学かを調べて回っているのだが、聞くと統計ばかり取って回っている。こんな調べ方をして何がわかるというのだろう。

サンジャルマン・アンレーの下宿人にセルジュという小さな小学生がいた。下宿している人たちはみな、彼は天才（ゼニュイ）だといって、大きくなったら、レコール・ポリテクニック（砲工学校）かレコール・ノルマン・シューペリュール（高等師範学校）かへはいるだろうといっていた。フランスにある二つの天才児のための大学である。フランスは、天才児にはごく小さな小学生のころから目をつけているのである。そうして人を捜しているのである。ソルボンヌ大学の数学教授たちはすべて、後の天才学校の出身である。初めの天才学校のためには、別にカレッジ・ド・フランス（フランス単科大学）がある。数学の教授は一人で、積分で有名なルベッグがそれをやっていた。ポアンカレーは初め後者にはいり、のち前者へかわったのである。

カルナックは空も海も青かった。景色はちょっとマチスが描いた、窓から見たエトルタの海岸に似ている。

教会は各村に一つある。ある日婚礼の列が私たちのホテルの下を通った。私たち四人はその列の終わりについて教会まで送りとどけた。おどりながら行ったのではなかったかという気がする。マダム・フェロディーだけは早くパリへ帰った。

ラテン文化の底深さ（その二）

ある日、海岸で治宇さんがゆくりなくも一人の知人に会うた。この人はこの近くのある町で鉄工所を経営している。考古学が好きで、カルナックの沖の小島を一つ買って、そこにある貝塚を日曜日ごとにきて掘っているのである。私たち三人は次の日曜の昼食にその島へ招待された。

日曜日には娘さんがモーターボートで迎えにきて下さった。主人夫妻と、お子さんたちは兄さんと妹さんとの四人家族である。この四人で、大きな貝塚を、これは世界中の人たちのものであると思って、実にたんねんに掘っては、写真にとったり文章に書いたり、一々記録に残しているのである。治宇さんは、孫の代までかかってやるつもりだろう、といっていた。私はラテン文化の底の深さを、再びまざまざと見せられた。

巨石にもたれて

巨石文化というのは、大きな石がいろいろ並んでいるのである。治宇さんは磁石と巻尺と地図とで何か測っている。私は巨石の一つによりかかって、モンテルのファミーユ・ノルマール（正規族）を読んでいる。妻は治宇さんについて行ったのだろう。空は青いし空気はおいしいし、野は緑深いし、風は涼しいし、正規族は面白く読める。しかし、あまり私の中心の問題とは関係が無さそうである。私はむしろ、私がまのあたり見た二つの情景、フレッセ、ダンジョア両教授と小島の貝塚とのほうが、この中心の問題、すなわち第一着手の発見に役立ちそうに思った。あたりは全く静かである。私たちはしばらくして、妻の手作りのお弁当を食べた。私の連想はまだ続いている。治宇さんの兄さんの宇吉郎さんから聞いた、その先生の寺田先生の実験法の中では、箱庭式実験法という文字がなんだか面白い。静かなカルナックの夏のお昼過ぎである。

レゼイジーに移る

私たちはカルナックを立つとレゼイジーという中部フランスのビスケー湾に流れ出る川の中流にある村へうつった。水は清く、川床は黒ずんでいた。ここには洞窟《どうくつ》があり壁画があり石鏃《せきぞく》が出る。私たちは鶏《とり》を食べさせることで有名なホテルへ泊まった。サンジャルマン・アンレーの下宿の主人は、戦後まだ一度も鶏を食べないといっていた。こうしてフランス人は小金をためるのである。

治宇さんと私とは石鏃を熱心に掘った。ときどきは見事なのを買った。このときの石鏃は今でも、東大理学部の人類学教室に保存されているはずである。

妻はその間に栗を拾った。これはホテルがゆでて夜の食事のあとでみなに配った。妻はみなからほめられてうれしそうにしていた。ここは川沿いの山峡《やまかい》の村で、空気が冷え冷えとしている。妻はとうとう病気をして熱を出して医者に見てもらった。

なぜ留学を延期してもらったか

このカルナックやレゼイジーへ避暑に行ったのは、私の留学二年目の夏である。それがすむと私たちはまたサンジャルマン・アンレーの下宿へ帰った。私たちは少し蕉門の俳句というものがわかりかけてきた。どうわかりかけてきたのかというと、芥川が「神々の微笑」で、日本の神々はせせらぎの中にもいる、夕月の中にもいる、といったあれである。またゴッホの画に常にある詩情である。つまり人の世のあわれである。そのときはまだ寺《てら》田《だ》先生は生きておられたから、私は、

時雨《しぐ》るるや黒木積む屋の窓明り　凡《ぼん》兆《ちょう》

は知らなかった。しかし人の世のあわれならば私には直下《ちょくか》にわかる。いえないだけである。

それに芥川の「芭蕉雑記」「続芭蕉雑記」を知っている。

しかし去来の句が「一葉舟」で説明したように、自明にわかってきたのはずっと後年のことであって、まだこのころは、「生死去来」に目ざめていなかったように思う。

冬が再び近づくと、私は留学のもう一年延期を、ほうぼうへ願わなければならない。あなた方はなぜそのようなことをするのか、とお問いになりたいでしょう。私は治宇さんによって親友とはどういうものかを知った。自覚したのは後年であるが、今その言葉を

使って説明すると、私たちがなぜそんなに気が合ったのかというと、それは治宇さんは永遠の旅人という気がするし、私はじっとつっ立っていて、決して動かないからである。こういう二つの個（個人の中核）が一つになると、どの一つにもないものが出るのである。私はこれによって生涯どれほど得をしたかわからない。妻もいることだし、もう一年この自由なラテン文化の中にいようと思ったのである。フランスの自由とは「他の自由を尊重する自由を享楽すること」である。

くたびれて宿借る頃や藤の花　芭蕉
ほろほろと山吹散るか滝の音　芭蕉
旅人とわが名よばれん初時雨　芭蕉

ご覧なさい、芭蕉と他との間には通い合う心がある。芭蕉と人里との間にも通い合う心がある。芭蕉と自然との間にも通い合う心がある。これが情である。心の底の暖かさである。淋しいのは表面だけである。これが芭蕉の「人の世のあわれ」である。

この情という言葉がフランスにはないのである。ジイドの、ドストエフスキーの「カラマゾフの兄弟」の評を見ればわかる。

私は日本人というスミレ

私は日本人というスミレだから、スミレのようにしか花咲けない。私は第一着手に情を通じなければならない。そしてその情を、その一点に集めなければならない。こういうのが正しいのだが、当時はまだそんな自覚はなかった。

これを知的にいい直したければそうしても同じことであるが、今のようにいうのが正しいと思う。何よりもやりやすいのである。関心を凝集し続けるとは、宿命の星を一つ決めてしまって殺されても変えないことである。知は自由に遊ばせるのがよい。

「はかなき夢を」

以下、情緒を主にし、日記的な叙事を従にして述べる。

治宇さんはそのうちにこの下宿を出て、パリ市内のどこか、トゥロカデロ博物館の近くかどこかに下宿した。仕事の都合もあったのだろう。私たち三人はよくパリの支那料理屋で鯛《たい》のあめだきを食べた。そのまま私たちの下宿に連れて帰ったこともある。

そのうち病気になって一時病院へはいり、やがてそこを出てパリ市内の、たぶんもとの下宿へ帰った。そこから病気だから至急きてくれという速達がしばらくぶりに私たちの下宿へとどいた。

私たちはすぐに行って医者を呼んだ。医者は取るものも取りあえずにきて、胸にハンカチをあててよく聴いて、私をかたわらに呼んで小声でいった。「お国へ電報をお打ちになって、ご家族をお呼びになったほうがよい」。このときである。私に次の芭蕉の句のよさがはっきりわかったのは。

蛸《たこ》壺《つぼ》やはかなき夢を夏の月

妻は、つきっきりで看病した。私はどうしたかよく覚えていない。たぶんこの下宿の近くへ下宿し直したのだろうか。それだったらここは、もとのソルボンヌ大学に近い所である。そのうち病気が思ったよりよくなったので、治宇さんはスイスのローザンヌ郊外のサナトリウムに移った。これはジュネーブ湖（レマン湖）畔のスイスの古都である。

私は同じジュネーブ湖畔の仏領のトノンという村へ行って、ちょうどもう在仏三年目の夏だったので、その湖畔の切り岸の上の貸し別荘を一軒見つけて借りた。三階建てで部屋数もずいぶん多かった。行く行くといっていたパリの日本人たちがみなこられなくなったので、私たちは三人でそのガランとした別荘に住んだ。下は食堂だが、二階は湖に面した隣合った二た部屋だけ戸を開き、三階は閉め切りである。

市場へは私が買い出しに行くのである。治宇さんは生ガキにレモンをしたたらせて汁ごと食べるのが好きで、妻はカキを割るのに骨を折った。湖の姫鱒《ひめます》をにぎり鮓《ずし》にしてよく食べたが、そのため後に三人とも条虫をわかせて困った。

治宇さんはだいぶ元気になって俳句を詠んだ。その中から拾ってみると、

戸を開く僅《わず》かに花のありかまで
子等遊べ主なき庭の巴《は》旦《たん》杏《きょう》
湖を渡る白波明け切らぬ
山暮れて山際一筋の夕明り
山暮るる異国の湖の秋の風　石風

トノンの宿では、ゼニアオイの花の赤かったのが印象に残っている。

私たちはアルプス連峰が雪を頂くころまでここにいて、ドイツを経てパリに帰り、三人でまた同じ私たちの下宿に下宿した。そのうちに一九三二年になり、前年には満州事変が勃発していた。

日本民族という私の宿命の星

ここは情緒を省かずに描こう。

一九二九年に私は、一人でシンガポールの渚《なぎさ》に立っていた。長い椰子の木が一、二本斜めに海につき出ている。はるか向こうには二、三軒伊勢神宮を思わせるような床の高い土人の家が、渚にいわば足を水にひたして立っている。

私は寄せては返す波の音を聞くともなく聞いているうちに、突然、強烈きわまりない懐かしさそのものに襲われた。時は三万年くらい前、私たちはここを北上しようとして、遅れて来る人たちを気づかいながら待っているのである。

パリで聞いた、満州事変を起こした日本に対する世界の非難はものすごい限りである。私たち三人の日本人は下宿で小さくなっていた。その間に、三月くらいの間にだろうか、私がほうぼうでたびたび述べたような日本民族という絵巻物が、私の動かせない情緒として結晶していったのである。

友は脊髄《せきずい》カリエスだし、妻は妊娠しているし、ポンドの暴落でお金はもうあまりないし、私はもときたインド洋を二等で引き返すことにした。

木の葉の香

日本へ着いて親戚に迎えられて、父母の家に帰ろうとして大阪市から高野《こうや》電車に乗った。紀見《きみ》峠の手前の天見《あまみ》という駅で降りて、小路にはいると木の葉のにおいが強く鼻をうった。フランスの木の葉には、においがないのである。私は日本へ帰ってきたと思った。峠の家で祖母や父や母はなんといったろう。たぶん妻の妊娠を一番喜んだのではなかったかと思う。

私は異国の梅や菊が国土の花になるには、千年くらいはかかっただろうと思っている。葉でも花でも国土のにおいがしなくては仕方がないと思う。坂本《さかもと》さんも強く木の葉のにおいのことをいっていた。

私の数学研究のその後

数学の問題については「一葉舟」に詳しく書いておいたから読んでほしい。第一着手を発表したのは一九三六年。それを一応適用してみせたのは一九四二年である（実際は一九四一年に論文を送った)。ここまでだけを数えても、一九三〇年から足掛け十二年である。やや切りがついたのは一九五二年かと思う。その後のものはただ一つしか発表していない。私がうまくバトンタッチできるかどうかは今後に掛かっている。ただまだできていないということは、できないということではない。

情緒

私の数学のほうは「一葉舟」に譲って、ここでは私がどんなふうに私の宿命の星、日本民族を調べていったかをお話ししよう。

日本民族は情の民族である。フランスには情という言葉はない。和英によると、英米にも情という言葉はない。ある米人の妻となっている日本女性は、Soul(魂)というのが情であるといったが狭すぎる。人と人との間に Soul が通い合うだろうか。ドイツについては、フィヒテの指さす方向に情はない。情の色どりが情緒である。

時雨るるや黒木積む屋の窓明り　凡兆

(黒木はまきの一種、割り木である)そんなとき、そんな所に佇《たたず》んでいると、なんだか過去世に自分がまだ小さかったころ、その団欒《だんらん》の中で笑いさざめいていたような気がして来る。ここでこの気をすべてとみて、我執のほうを捨てなければいけないのである。そうすると、それがこの世のことでないのが妙に淋しくなる。それでよいのである。もう時雨のよさ（人の世のあわれ）がしみじみとわかる。凡兆はその境地でこの句を詠んだのである。それがだんだん深くはいるに従って、この世のことであるとか、前世のことであるとか、自分のことであるとか、他のことであるとか、自他弁別本能から来る甘ったるいものはみな取れてしまう。芭蕉はその境地で句を詠んでいるのである。

初時雨猿も小《こ》蓑《みの》を欲しげなり　芭蕉

情緒は知、情、意および感覚の広義の情の全面に汎《わた》る。芭蕉の連句集から抜いて例示すると、

梅が香にのつと日の出る山路かな　芭蕉
処々に雉《き》子《じ》の啼《な》き立つ　蕉門

この二句のかもす情緒の調和は情的情緒である。

灰汁《あく》桶《おけ》の雫《しずく》やみけりきりぎりす　蕉門

油かすりて宵寝する秋　芭蕉

これは意志的情緒の調和である。画に描き得ない一幅の名画である。

雨の宿りの無常迅速　蕉門

昼ねむる蒼鷺《あおさぎ》の身の尊さよ　芭蕉

これは知的情緒の調和である。

掌《てのひら》に虱《しらみ》這《は》はする花の影　芭蕉

霞《かすみ》動かぬ昼のねむたさ　蕉門

これは知的情緒の調和と感覚的情緒の調和との中間である。

青畳敷きならしたる月影に　蕉門

並べてうれし十の盃《さかずき》　蕉門

これが感覚的情緒の調和である。

人とはその人の過去のすべてである。人は時の諸内容をエキス化して一所に貯える。これが情緒である。このときたびたびいったように不純物がとれる。知、情、意、感覚、いずれも自他弁別本能のどろどろしたものがとれていって、平等性智の冴《さ》やけき存在が、だんだん現われて来るのである。

かくして時のエキスがその人の情緒の全体となって、その全体が時がたつにつれてふえていくのである。

芭蕉と道元

私は芭蕉によって、典型的な日本人とはどういう人をいうのか、ほぼわかった。そして私もそういう人だという一応の自覚を得た。

しかしそれをもっとよく調べたいと思って、道元《どうげん》禅師（村上《むらかみ》天皇七世の孫）をよく調べた。十数年調べて、自分はそういう人の一人である、という充分の自覚を得た。

しかし私は、まだそれでは満足できなかったらしい。慧能《えのう》の米つきにならって一九三六年から一九六七年まで足掛け三十二年かかって、岡潔《おかきよし》の二字を粉々につきくだいて糠《ぬか》にしてしまった。そして箕《み》でふるった。そしてやっと自分はスミレである、という本当の自覚を得たのである。日本民族はスミレである。今はまだかくれているこのスミレが、花咲くかどうかは知らぬ。しかしもし花咲かないならば、それは春がこないことを意味する。もしまた咲き続けるならば、「永久に長閑《のどけ》き春ならめ」であって、すぐ季節が過ぎてしまうというようなことにはならないであろう。

大和乙女の恋

特に絶対にラテン文化に見倣《みなら》ってもらっては困るものがある。それが大和乙女の恋である。

畝傍《うねび》山樫《やまかし》の尾の上にいる鳥の　鳴き澄むきけば遠つ世なるらし

の作者折口信夫《おりぐちしのぶ》は、終戦後間もなく死んだが、今日あるを予見して、「大和乙女よ、大和乙女の恋をせよ」といい残した。

まず芥川に説明してもらおう。

時は平安、式子内親王《しょくしないしんのう》が、「春の限りの夕暮の空」と詠まれた、ちょうどその季節のわずかに暮れ残るころ、一人の貴公子が、「思ひやるべき方もなき」ままにそぞろ歩いていると、これが宿世《すくせ》の縁《えにし》というものか、ゆくりなく一人の美女が、「咲きも残らず散りも始めぬ」桜を背にして、まるでその精とでもいうように、見るから立派な門の前に立って、もうさっきからこちらを見ているのに会った。目と目と見合っただけで二人の情が一つにとけ合った。ただしばらくそうしているだけで、二人はこれがこの世のことか、前世のことか、まだ見ぬ世のことかわからなくなった。時が無くなったのである。やがて空間も無くなった。

やがて男はやむなく立ち上がって、堅く明日を契り、乞《こ》われるままに扇を渡した。次の日、少し早くそこにきて、昼の光の中で見ると、ただ荒れ果てた築地《つきじ》しかない。いぶかりつつ中にはいってみると、桜の木の根元にその根を枕に一匹の白狐がその扇を顔にあてて死んでいた、というのである。

白狐だからそれで済むが、人の場合はその後がいる。そのあとを芭蕉に問うてみよう。芭蕉はまだ二十歳に満たぬころ、隣家の娘と文字通り命がけの恋をし合ったのであるから。

その芭蕉は伊勢《いせ》の海、駿河《するが》の海、石見《いわみ》の海といっている。それでその後は弟橘媛《おとたちばなひめ》や松浦《まつら》佐世《さよ》媛《ひめ》のようにしてほしい。よい子を産んでよく育てるのもよいだろう。国は喜ぶだろう。

私はよく知らないのだが、これらでみると、大和乙女の恋は一生に一度きりしか花さかないのかもしれない。

あとがき

私は夏という季節と合っているらしい。夏はもの皆が命に生きる季節という気がして、自分もそれにとけこんで、元気に何かを始めるのである。この随想集も主体は夏に一気に書き上げたものである。それで何が書きたかったのか自分でもよくわからなかった。

ところが最近「建国新書」という本を読むめぐり合わせになった。この本は汪兆銘《おうちょうめい》政府の高官で、この政府が亡《ほろ》ぼされたとき日本に亡命し、その後ずっと日本にいる支那人の胡《こ》蘭成《らんせい》という人が書いたのである（中日新聞東京本社発行）。

この人はこう思っているのである。今から一万二千年ぐらい前に、氷河が浴けて地球上に大洪水が起こった。このとき不思議に生き残った人たちに知力が急に開けた。かようにして旧石器時代が新石器時代になったのであって、人類の文化はこれ以後開け始めるのである。この人たちは、はじめ中央アジアのアノ、スサ地域にいた。

知力がどんなふうに開けたかを説明すると、人には識の領域が三つある。顕在識、潜在識、悟り識。この悟り識が開けたのである。今学校で教えているものは顕在識ばかりである。人ではないが、玉蜀黍《とうもろこし》が台風を予知するのは潜在識である。真の文明は悟り識を欠いては開けない。

支那では黄老、日本では神道がこの悟り識である。

礼楽の礼を説明すると、点があり線があって立体幾何を産むように、仁があり義があって五常を産み、礼儀三千が生まれるのである。西洋人は悟り識がないからこの仁と義がわからない。中国や日本の人の世の生成の理は、幾千年否定されたことがないが、西洋社会の建設原理や主義が次から次へ否定されるのは、このためである。仏教では点を空といい線を色という。しかしそれきり発展しない。古インド文明に斉家治国平天下がない故《ゆえ》である。仏教では潜在識を末那《まな》識、悟り識を阿頼耶《あらや》識という。日本では荒魂、和魂という。西洋人は荒魂だけしか持たない。

支那も日本も、その文明は「うみ出す」である。非常に親近感がある。

西洋では、メソポタミヤ人やエジプト人がわが先祖と同じ、アノやスサ地域の新石器文明の出であったが、後に奴隷《どれい》社会ができたため文明はけがされ、とうとう消え去った。ギリシャの代に至り、さらにローマの代に至っては、もう完全に歴史の断層となったのである。しかも現代西洋人のほとんどの祖先は、もと北欧にあった旧石器人で、アノとスサ地域の新石器文明の創造に参加しなかった。後にギリシャやローマのものを奪って、やがてその跡継ぎとなろうとしたが、いっこう知性の点火はあり得ぬ。無明である。だから中国や日本には喜びがあり、西洋には喜びがない。

この本の終わりの章「盟書」の一節で著者はこう書いている。「〝天下英雄会〟は天照大神の御神魂である御鏡を拝し、建国新書を伝習し、祭政一致の新制度の樹立と、日華印三国平和同盟の結成を期す」まったく驚くのは「天照大神の御神魂である御鏡を拝し」という所である。

聖徳太子が仏教をお取り入れになったのは、それが日本民族によく合った文字であることを見抜かれたからである。また御一代で明らめ尽くして、それによって政治をしようとなさったのは、学ぶ前から知っておられたからである。神道とはそういうものなのであるが、日本民族の人たちにさえ説き方に困っていることが、異邦人にすらすらとわかるとは。さすがに支那にはこんな人がいるのかと思った。

胡蘭成氏のいう悟り識が開けるとは、一口にいえば、自然や人の世の有様が穢《けが》れさえとれば、そのまま智の喜びの姿であるとわかることである。ここまでの悟りならば日本民族の中核の人たちは生まれながらにして持っている。これが古神道である。胡蘭成氏はそれを的確に指摘したのだから驚嘆する。

私はこの随想で仏教の言葉を借りて古神道を説いたのである。つまり日本民族は、神代の頃《ころ》から根本的に大切なことは皆わかっていたのである。それだのに今日本民族でありながら、日本民族はつまらない民族だという人が多いし、学校でもそう教えている。それで私はやきもきしてその反対だから自信を持てといっているのである。今読み直してみると、いいたいことがうまく言葉にならなくてじだんだふんでいるさまがよくわかる。

「一葉舟」という書名は、例によって土井晩翠《どいばんすい》から借りた。しかも二ヵ所から借りたのである。

一葉《いちよう》軽く棹《さお》さして
三寸の舌呉に説けば
見よ大江の風狂ひ
焰《ほむら》乱れて姦雄《かんゆう》の
雄図砕けぬ波あらく。

いま一つは、

閑雲野鶴《やかく》空闊《ひろ》く

風は嘯《うそぶ》く身はひとつ
月を湖上に砕きては
ゆくへ波間の舟一葉《ひとは》
ゆふべ暮鐘に誘はれて
訪ふは山寺の松の風。

私は、始めは今の日本のあれもこれも皆いけないといってしまいたかったし、それがすんでからは、学問についてしみじみ話してみたかったのである。

昭和四十三年二月

岡　潔　識す

解説　岡潔と仏教の叡知

若松英輔

心の発見

心はどこにあるのかという問題をめぐって、あるとき岡潔《おかきよし》（一九〇一〜一九七八）は、大転換を経験する。「私は十五年前までは、自然の中に心があると思ってきた。今は心の中に自然があると思っている」（五頁）と語り、また、「心の本体は決して生滅しない」（七頁）とも書いている。岡は、「多変数複素関数論」の研究で知られる、文字通りの意味で世界的な数学者である。この心の発見は彼にとって数学の意味も変えた。数学を行い「自分の心の調和を高めようとしている」（九頁）ともいう。さらに数学を考えるときも、誰が何を発見したかではなく、人間は「数学上の発見がなぜできるのか」（九頁）を考えるようになった、とも述べている。

きっかけとなったのは、仏教をめぐる経験の深化だった。数学は、仏教が説く最上界

「事々無碍法界《じじむげほっかい》」への道程だから「やればやるほど簡単になるはず」(一九頁)だとすら岡はいう。本書を読み進めると「二心寂静」という美しい言葉に出会う。二つの心が「寂静」のうちに交わり合うというのである。この言葉をめぐって著者は、道元が日本に伝えた仏法「正法眼蔵」の伝承をめぐる話にふれながら、こう書いている。

その何祖かがある日、弟子の若い僧と二人で対座していた。そのとき、風鈴が「妙音」を発した。師は、なぜだろう、と聞いた。弟子は即座に「二心寂静なるが故に」と答えた。(中略)

師は即座に「よい哉《かな》言や。我が正法眼蔵を伝えんもの、この子にあらずして誰ぞや」といった。授受はこの刹那に残りなく行なわれたのである。(二五六頁)

二つの異なる心が、それぞれのままでありながら、同時に一なるものになる。その働きが仏法で、ここで師弟はそれを全身全霊で感じている。

意識をつなぐのは言語だが、心がつながるのには必ずしも言語は必要ない。人はときに沈黙のうちに分かり合うことがある。むしろ、静寂のなかで容易に言語化されないことを認識する。仏法の真髄もそうしたものの一つだというのである。

情緒の働き

彼は一九六〇年、数学研究の業績が認められて、文化勲章を受章する。このことが契機になって毎日新聞でエッセイの連載がはじまった。これらの文章はのちに『春宵十話』として刊行される。この著作は多くの人の手に取られ、数学と縁のない人々も岡の言葉を読むようになった。以降、彼は求められ、多くのエッセイを書いた。本書もそうしたなかで生まれた果実である。

エッセイで彼が、一貫して語ったのが「情緒」の育成だった。現代が抱えるさまざまな社会問題の根底には、情緒の未発達という、目に見えないもう一つの問題が横たわっているという。

現代、とくに戦後の日本は、知性を育て、意志をもつように人間を教育してきた。だが、知と意の間にある「情」を育てることを忘れた。「知、情、意のうち情だけは送り込まなければならない」(一三五頁)と岡は考えている。

情緒も心と同じく、言語の力だけでは明確に語り尽くせない。本書でも彼は「心と観念という言葉を、情と情緒という言葉に置きかえて」(二四頁)と書いてみたりしながら、どうにか読者の知性ではないところに想いを送り届けようとしている。

「端緒」という表現があるように「緒」という文字は手掛かり、あるものの顕われであり、働きである。情緒は、「情」が動き、世に顕現することを指す。情緒とは何かを概念として捉えるのではなく、まず「情」とは何かを感じてみる必要がある。むしろ、記号としての言語にすべてを見ようとする態度が、岡にいわせれば情緒が育っていないということになる。岡は、情と愛の差異にふれ、「情と愛（欧米でいう）とは違う」と述べた後、彼はこう続けた。

愛も情にちがいないがごく浅いのであって、情は心が通い合うのであるが、愛は自他対立する。愛を連続的に変化させるといつの間にか憎しみに変わる。それで仏教では愛憎というのである。（八八頁）

ここで岡が、愛と書いているのは、西洋でエロースと呼ばれてきたものだろう。彼が情という言葉で表現した働きは、西洋ではアガペーと記されてきた。
エロースが情熱の愛であるのに対して、アガペーは無償の愛である。それは仏教でいう大いなる慈悲、大悲に近い。エロースには、相手を思う気持ちが強く潜んでいるが、エロースの働きだけでは、二者の間にある溝を埋めることはむずかしい。エロースには、どこかに相手を自分に引きつけようとしたり、あるいは強引に相手のなかに入ろうとする働きがある。それが成就されないとき、エロースはときに憎しみに反転する。情愛という言葉があるように、愛は情を伴侶にしなくてはならない。だが、燃えあがる愛がなくては、人間は生きられない。また、芸術も生まれない。しかし、それは静謐のうちに働く情を伴うことで、人の意識を揺さぶるだけのものではなく、心の奥に届くものになる。

情緒は物的な存在ではないから、目に見ることも、ふれることもできない。しかし、それは確かに存在する。それはいつも働きとして私たちの生活のなかにある。「私は随筆を書くときも、講演をするときも、数学の論文を発表するときや数学を講義するときさえ、ただ、情緒の流れを描写しているのである」（九三頁）と述べ、岡は、情緒が自らの生活のなかに流れるさまを語ろうとする。

さらに彼は、「情緒とは、いわば時のエキス」（九〇頁）だという。時と情緒の交わりにふれ、岡は自らの経験を記している。

二十九歳のとき、岡はシンガポールの渚《なぎさ》に一人で立っていた。背の高い椰子《やし》の木が斜めに生えていて海に突き出ている。その向こうには、どこか伊勢神宮を思わせる木造の現地の人々が暮らす家が見えていた。そこで寄せ来る波の音を聞いていたとき、出来事が起こる。

突然強烈な「過去の情緒」に襲われた。私は名状し難い気持ちで立ちつくしていた。

どれくらいの時間か知らない。これが道元禅師のいう「有時」である。(二一〇頁)

情緒は、過ぎゆく時間的世界で働きだけでなく、過ぎゆくことのない「有時」すなわち永遠の世界へと私たちを導く。そこに顕われるのは、単なる過ぎ去った過去ではない。それは今に生きる、悠久なる過去である。

こうした情感は私たちの日常にもある。人と、初めて会ったにもかかわらず、心と心がふれあうような心持ちに包まれることがある。そうしたとき、あの人はどこか懐かしい感じがする、と口にする。情緒は、時間の世界での交わりを豊かにするだけではない。時間とは別ないわば「時」の世界での交わりが可能であることを教える。そうした人々にとって歴史は、単に観察する対象ではない。今において対話する場所となる。またすでに逝った、歴史の世界に暮らす人々も、沈黙のうちに行われる対話の相手になる。岡は、情緒に生きる人を「過去世の懐かしい人たち」(二二四頁)と呼んだりもする。

「エキス化」された「時」を経ると、私たちの心も姿を変じる。

知は存在化(印象化)されるのである。浮いたものはとれてしまう。

情は本質化されるのである。顔にたとえると紅白粉《べにおしろい》はとれてしまう。感覚は浄化されるのである。自他弁別本能から来るどろどろとしたものはとれていく。意志は霊化されるのである。（一三四頁）

「時」の力は、知性の働きを深化させ、情の純度を高め、感覚を浄める。さらに意志を。「霊化」する、別な言い方をすれば意志は祈り変じるというのだろう。「霊化」という表現は聞き慣れないかもしれない。先の一節に続けて岡は、この言葉をめぐって「これは弁栄上人の言葉であるが、人の意志は、主として生きようとする盲目的意志であるが、この盲目的な部分がとれていくのである」と書いている。

山崎弁栄

一九四〇年に岡は、研究生活に没頭するために広島文理科大学の助教授の職を辞している。第二次世界大戦をはさみ、一九四九年まで岡は、定職に就くことはなかった。この間に彼は世界を驚かせるような研究を行っている。こうした日々、岡は、念仏を唱えてから研究に臨んだのだった。南無阿弥陀仏と唱えるようになったのは一人の仏教僧を知ったことがきっかけだった。先の一節に「弁栄上人」と記されていた山崎弁栄《やまざきべんねい》（一八五九〜一九二〇）との出会いである。

もちろん、二人に直接の面識はない。しかし、「時」の世界に生きる彼にとって、弁栄の言葉を読むことは弁栄と会うことだった。もし、岡が弁栄を知ることがなければ、その人生はまったく異なるものになっていただろう。心をめぐる認識に、情緒の働きもまた、念仏を行うこともなく、数学者としての研究も今日、私たちが知るようなところには至ってはいなかったと思われる。それほどに弁栄との邂逅《かいこう》の意味は大きい。

日本に明治の少し前に、山崎弁栄という方がお生まれになった。私たち、上人を知るほどの人みなには釈尊の再来としか思えない。時代がごく新しいから御伝記もよくわかっておれば、御著述も数多く残っている。

私たちは何を措《お》いてもこの人を知らなければならない。（一二八頁）

「何を措いても」とは、彼の偽らざる実感だった。本書だけでなく岡は、しばしば弁栄を語った。彼の著作を通じて弁栄を知ったという人も少なくないだろう。私もその一人で、そう語る人に幾人も会ったことがある。そのなかでも本書は、岡が弁栄をめぐってもっとも直接的に語ったものとして注目してよい。

山崎弁栄は、一八五九年（安政六年）千葉県に生まれた。同時代人には内村鑑三《うちむらかんぞう》（一八六一～一九三〇）、岡倉天心《おかくらてんしん》（一八六三～一九一三）などがいる。夏目漱石《なつめそうせき》（一八六七～一九一六）が生まれたのは、弁栄の誕生から八年後である。

父親は、周囲から念仏嘉平《かへい》といわれたほどの篤信家だった。弁栄の幼名は啓之助という。この少年は幼いときから異才を発揮していた。十二歳のときに阿弥陀三尊に想見。二十一歳のときに出家し、「弁栄」の名を受ける。黄檗版の一切経を読破したのは、一八八五年、二十六歳のときである。

そのほかにも弁栄が自らに強いた厳格な修行の様相は、高弟田中木叉《もくしゃ》が書いた伝記『日本の光』に記されている。この伝記を岡がこよなく愛したことは本書からも窺える。

弁栄はのちに「今法然」、すなわち法然の再来と称されるのだが、弁栄も法然と同じく、今日の言葉でいえば傑出した仏教思想家だった。彼の視野は仏教に限定されなかった。宗派的差異を超えた「霊性」の次元で宗教を語り、それを体系的な思想として書き残してもいる。そこで彼が繰り返し語ったのが四智と五眼の働きである。

四智と五眼

四智とは、「平等性智」、「大円鏡智」「妙観察智」「成所作智」を指す。

「平等性智」は、理性を深化させる働き。そして、この働きによって人は、確かな自己を感じながら、深く他者とつながる。また、「性智」は「地金」(三五頁)と記されているように、存在の公理、仏教でいう因果、縁起の働きを認識する。

「大円鏡智」の働きによって私たちは、心眼が開かれる。それは、般若心経で「色即是空　空即是色」というときの「色」と「空」を同時に認識する働きである。「鏡智」とは、いうときの「鏡」は、今日私たちが日々接している「ミラー」ではない。日本では古くから『大鏡』『今鏡』『水鏡』『増鏡』など、歴史書を「鏡」の文字を持って呼んできた。それは、永遠への扉を意味する。先に情緒は「時のエキス」であると岡が語ったように「鏡智」の働きにとって人は、現在、過去、未来という三世を一なるものとして生きることができる。

「妙観察智」によって人は、一輪のスミレに、永遠なる「スミレ」の姿、プラトンがいうイデアを見る。それは存在全体を把捉する力であり、華厳経でいう「一即多、多即一」を認識する働きでもある。さらに岡は、「情」の目で見る働きであるともいう。(八二頁)人は「察智」によって自然界における万物の交感を感じる。同時にそれは人の心、魂の働きを察知する働きでもある。本書では、人は、「他人と対応して内心の多情を言葉でいい表わす。聞く人はただ符号に過ぎない言葉を受けて、その察智はいう人の心を知る」(四一頁)とも述べられている。

「成所作智」とは、これまで述べてきた三つの「智」の働きを、世に向けて表現する働きを指す。

四智は、如来からもたらされる光、「光明」であると弁栄はいう。それは常に人間に働きかけている。その働きを岡は次のように書いている。

如来は人を産み育て自分に帰一せしめている。如来が一切衆生という子らの智を向上させて、しかもさらに進んで如来の自境界なる仏智の光明界に帰趣させる（帰り着かせる）ためには、報身仏の四大智慧の光明をもって、衆生の四智を開発させて、如来の自境界に摂《おさ》めて一切の真理をさとらしめるのである。（二五頁）

如来は、万物を救うために四智を使者として送り出している。それが弁栄の実感であり、岡の確信だった。

四智の働きは五眼と不可分に結び付いている。

五眼とは、「肉眼」、「天眼」、「法眼」、「慧眼」「仏眼」である。「肉眼天眼の二眼は自然界を見、その上の三眼は心霊界を見る」（一三一頁）と岡は書いている。

肉眼は、私たちが物を見る眼である。

天眼は、自然と感応したときに開かれる。自然には人の心も含まれる。

法眼は、人が、日常世界の奥、法界で開かれる眼。浄土を観る眼だといってよい。
慧眼は、存在世界を一なるものとして観る眼。
そして仏眼をめぐっては、岡はこう述べた。

眼をもって見聞嗅味等の識を起こし、身を使用して自由自在である。臨機応変であって、十方一切衆生のためにひとしく応じ、身を分かたずして同時に現われ、しかも別々のことをすることができる。(五〇頁)

仏眼をもつ者は自身を他者の救済のために捧げる。そして、しばしば、その人のことを思う者の胸の内にありありとその姿を顕わす、というのである。

この一節は、もちろん、山崎弁栄という人物の境涯を示している。だが、それに留まらない。現代に生きる私たちには宗派は異なるが、マザー・テレサのような人物を思った方が身近に感じられるかもしれない。

弁栄は、近代日本屈指の仏教哲学者であると同時に透徹した如来の教えの布教者でもあった。彼の生涯は、仏の叡知とそれを渇望する民衆のために注ぎ込まれた。

当時の浄土宗の東部の管長に福田行誡《ぎょうかい》(一八〇九~一八八八)という名僧がいた。彼は、いつからか特異な存在として弁栄の存在を知ることになる。行誡は使いを出して弁栄に会いたいと言う。しかし、弁栄はそれを穏やかに断る。行誡は、宗派の長だっただけでなく、その時代の仏教界を牽引した人物でもあった。弁栄は、「ただいまお釈迦様に拝謁中であるから」（二三七頁）といって面会を断ったのだった。

当時すでに仏教は民衆から少しずつ離れようとしていた。大きな寺院と膨大な教学のなかに道を見失いそうになっていた。弁栄は行誡の存在を軽んじたのではなかった。ただ、自分は既存の教団とは異なる道を行くということを体現しただけだった。

だが、行誡も大人物で、こうした弁栄の態度に立腹するどころか、敬意を深めた。彼は入寂の前に、二十五条の法衣を弁栄に送っている。ここでは面会することなく「二心寂静」が実現している。

評伝には、亡くなる前に弁栄が語ったとされる言葉がある。本書でも岡は、その一節を感慨深く引用している。

如来はいつもましますけれど衆生は知らない。それを知らせにきたのが弁栄である。（二四九頁）

如来は目に見えないが、いつも人々に寄り添うように存在している。私たちはそのことを知らないで生きている。如来は、人間がどんな困難にあるときも人間の傍らから離れることがない。自分はそれを世に教えにきたのである、というのである。如来の働きをありと感じるためにも人は情緒の扉を開かなくてはならない。その先にある悲願をめぐって岡はこう書いている。

「真我の心は同体大悲である。これはひとの心の悲しみを自分の心の痛みのごとく感じる心という意味である。心とはここでは、情的にいえば、という意味である」(二〇三頁)

情緒が開くとき、人は、他者の悲しみを自らの悲痛として経験する。世に悲しみを経験していない人などいない。悲しみは単なる嘆きの出来事ではなく、容易に分かり合えなかった者たちの間をつなぐ懸け橋になる。

一《ひと》葉《は》舟《ぶね》

岡《おか》 潔《きよし》

昭和46年 7月31日　初版発行
令和7年 10月10日　改版13版発行

発行者●山下直久

発行●株式会社KADOKAWA
〒102-8177　東京都千代田区富士見2-13-3
電話　0570-002-301（ナビダイヤル）

角川文庫 19680

印刷所●株式会社KADOKAWA
製本所●株式会社KADOKAWA

表紙画●和田三造

ISBN978-4-04-400126-1　C0195

◆◇◇

角川文庫発刊に際して

角　川　源　義

第二次世界大戦の敗北は、軍事力の敗北であった以上に、私たちの若い文化力の敗退であった。私たちの文化が戦争に対して如何に無力であり、単なるあだ花に過ぎなかったかを、私たちは身を以て体験し痛感した。西洋近代文化の摂取にとって、明治以後八十年の歳月は決して短かすぎたとは言えない。にもかかわらず、近代文化の伝統を確立し、自由な批判と柔軟な良識に富む文化層として自らを形成することに私たちは失敗して来た。そしてこれは、各層への文化の普及滲透を任務とする出版人の責任でもあった。

一九四五年以来、私たちは再び振出しに戻り、第一歩から踏み出すことを余儀なくされた。これは大きな不幸ではあるが、反面、これまでの混沌・未熟・歪曲の中にあった我が国の文化に秩序と確たる基礎を齎らすためには絶好の機会でもある。角川書店は、このような祖国の文化的危機にあたり、微力をも顧みず再建の礎石たるべき抱負と決意とをもって出発したが、ここに創立以来の念願を果すべく角川文庫を発刊する。これまで刊行されたあらゆる全集叢書文庫類の長所と短所とを検討し、古今東西の不朽の典籍を、良心的編集のもとに、廉価に、そして書架にふさわしい美本として、多くのひとびとに提供しようとする。しかし私たちは徒らに百科全書的な知識のジレッタントを作ることを目的とせず、あくまで祖国の文化に秩序と再建への道を示し、この文庫を角川書店の栄ある事業として、今後永久に継続発展せしめ、学芸と教養との殿堂として大成せんことを期したい。多くの読書子の愛情ある忠言と支持とによって、この希望と抱負とを完遂せしめられんことを願う。

一九四九年五月三日